Katharina Tannhäuser
Makkaroni zum Muttertag
Die Laura-Trilogie
Buch Zwei: Schmerz

AF209246

Die Autorin

Katharina Tannhäuser heißt in Wirklichkeit zwar anders, lebt aber in der Realität mit einem treuen Ehemann, zwei genauso launischen wie großen Kindern plus Hund und Katz am grünen Rand einer großen Kleinstadt in Süddeutschland.

Im Frühjahr 2024 veröffentlichte sie als Katharina Tannhäuser ihren ersten Liebesroman »Die Schuhe der Schneiderin«, der in der Buchcommunity und Bloggerszene hochgelobt wurde. Mit „Makkaroni zum Muttertag" folgt nun die von ihren Leserinnen und Lesern sehnsüchtig erwartete Fortsetzung der Laura-Trilogie.

Folgen Sie Katharina Tannhäuser und ihren Protagonistinnen auch auf Instagram und TikTok

Katharina Tannhäuser

Makkaroni zum Muttertag

Roman

Bibliografische Information der Deutschen Nationalbibliothek:
Die Deutsche Nationalbibliothek verzeichnet diese
Publikation in der Deutschen Nationalbibliografie;
detaillierte bibliografische Daten sind im Internet
über http://dnb.dnb.de abrufbar.

Covergestaltung: KaT PR mit Canva Magic Studio
unter Verwendung eines Fotos von Diignat

Verlag: BoD • Books on Demand GmbH, In de Tarpen 42,
22848 Norderstedt
Druck: Libri Plureos GmbH, Friedensallee 273, 22763 Hamburg

ISBN: 978-3-7597-8461-2

Du weißt nicht, welche Lieb' ich zu dir hege,
mutmaßtest, dass ich andre Liebe pflege…

Mary Stuart
Liebessonett an Jakob Carl von Bothwell

PROLOG

Die schallende Ohrfeige bringt mich wieder zur Besinnung. Meine linke Wange brennt lichterloh. Benommen schlage ich die Augen auf und schaue ich mich um, ohne aber irgendetwas erkennen zu können. Um mich herum ist es stockfinster. Jede Faser meines Körpers schmerzt, als hätte ich wochenlang mit einer Grippe im Bett gelegen. Trotz der Ohrfeige fühlt sich mein Kopf seltsam taub an. K.o.-Tropfen, denke ich. Scheiße, da war was in den Martini gemixt!

Erst jetzt merke ich, dass ich mit allen Gliedmaßen von mir gestreckt auf einer viel zu weichen und ziemlich durchgelegenen Matratze fixiert bin.

Nackt.

Instinktiv zucke ich vor lauter Ekel zusammen. Sofort schneiden sehr dünne, metallisch kalte Ringe in meine Hand- und Fußgelenke. »Ahhhrrg«, stöhne ich leise auf. Dann erst fühle ich plötzlich die Nähe eines menschlichen Wesens, das dicht neben mir zu sitzen scheint. Augen oder gar ein Gesicht sind nicht auszumachen.

»Wer sind Sie?«, frage ich in die Stille. Und: »Wo bin ich?« Keine Antwort. Ich zerre an meinen Fesseln. Leise klirren Ketten, an denen die Ringe wohl befestigt sind. »Machen Sie mich los! Sofort!«, stoße ich grimmig hervor. »Los jetzt! Oder ich schreie!« Die Gestalt bleibt stumm und regungslos.

Gellend schreie ich los. »Hilfe! Sofort! Hilfe! Hier!« Keine Reaktion.

Ich lasse ein langanhaltendes Kreischen folgen.

Nichts passiert. Hilflos schnaufe ich in die Stille.

Plötzlich legt sich eine Hand wie aus dem Nichts auf mein Gesicht. Fremde Finger tasten über meine Stirn und fahren dem Strich meiner fein gezogenen Augenbrauen nach. Ich fühle, wie sich der Handballen auf meinen Mund legt und beiße reflexartig mit aller Kraft zu. Ich kann nicht anders.

Fremdes Blut rinnt in meinen Rachen. Wieder überkommt mich Ekel, aber ich lasse nicht nach, beiße weiter zu, bis die Muskeln meines Unterkiefers vor Schmerzen zu zittern beginnen. Der metallische Geschmack des Blutes einer anderen Person ist widerlich.

Dann trifft mich wie aus dem Nichts ein harter Schlag mitten zwischen meine Beine.

Ein heißer, feuriger Schmerz fährt mir bis ins letzte Mark. Nun brennen auch meine Schamlippen genauso lichterloh wie bereits zuvor meine Wange.

Ich schreie laut auf und lasse den Handballen frei. Wütend auf mich selbst würge und spucke ich die Reste des fremden Blutes aus. »Du Schwein, du elendes Schwein«, brülle ich ins Dunkel. Ein stahlharter Griff umfasst meinen linken Unterarm und presst ihn gnadenlos zusammen. Kurz darauf fühle ich den feinen Nadelstich in meiner Haut. Es brennt, als die Flüssigkeit in meine Vene dringt. Sofort breitet sich wieder Benommenheit in mir aus, dringt in warmen Schüben durch meinen Körper und lässt meinen Kopf immer schwerer werden.

Nein, denke ich, Laura, bleib wach! Bleib klar! Meine Augenlider fallen zu.

Ich sehe, wie Eva auf mich zuläuft, immer schneller wird, in ihren heiß und innig geliebten Chucks plötzlich zu rennen beginnt. Ihr Lieblings-Piratenhemd flattert im Wind, die Arme wild fuchtelnd ausgestreckt. Wie sie mit den Händen nach mir greifen will, während ich mich immer schneller und immer weiter von ihr entferne, bis sie als kleiner Punkt im Nichts verschwindet.

Teil Eins
Fast neuneinhalb Wochen zuvor

Im Durchgang zum Flur wende ich mich noch einmal um und schaue trotz meiner Erschöpfung genauso glücklich wie zufrieden und obendrein in ziemlich gelöster Stimmung auf das zerwühlte Kingsize-Bett. Wie ein fein glitzerndes Gaze-Tuch haben sich wasserstoffblonde Haarspitzen über das daunenweiche Kopfkissen ausgebreitet. Der Rest bleibt unter der großen Bettdecke verborgen, die sich unter den tiefen Atemzügen der schlafenden Person leicht hebt und senkt.

Plötzlich räkelt sich am Bettende ein Fuß aus dem cremeweißen Überwurf heraus, untermalt von einem wohligen Stöhnen, das ganz tief eingegraben unter der Decke erklingt.

Kurz darauf folgt ein zweiter Fuß und reibt sich behaglich an seinem Partner.

Wieder brummt es entspannt unter der Decke.

Angeregt betrachte ich die malerische Szene und überlege kurz, ob ich nicht doch wieder umkehren sollte, um das so entspannt schlafende Wesen an den Fußsohlen nun endgültig wachzukitzeln. Doch andererseits ist meine innere Unruhe inzwischen zu groß geworden. Entschlossen wende ich mich ab.

Mit den Schuhen in der Hand schleiche ich durch den schmalen Flur zum Ausgang, drücke die Klinke sacht nach unten und schiebe mich durch einen schmalen Spalt nach draußen. Es klickt leise, als ich die Tür wieder ins Schloss ziehe.

Erst jetzt schlüpfe ich barfuß in meine Heels und folge dem Wegweiser in Richtung Lift. Der dicke Teppich schluckt trotz der hohen und dünnen Stiletto-Absätze jeden meiner Schritte.

»Laura!«

Ich erstarre, als ich ihre Stimme in meinem Rücken höre, und wende mich um. Umrahmt von der wasserstoffblonden Mähne blickt mich ein kleiner Schmollmund aus der leicht geöffneten Tür an.

»Ich hatte auf ein zweites Frühstück mit dir im Bett gesetzt!« Wie in Zeitlupe schiebt sich nun ein nackter Körper am Türrahmen vorbei, bis ich schließlich die eine Hälfte von ihr komplett zu sehen bekomme. Das Rosentattoo, das sich von der Scham bis unter die Brust verzweigt, ist eine Augenweide.

»Der Zimmerservice ist einzigartig, das musst du mir glauben. Und nicht nur der…«

Neckisch winkt nun der linke Fuß, um dessen Knöchel sich ebenfalls dornige Rosen schlingen, in meine Richtung.

Ich muss schlucken. »Können wir das auf ein andermal verschieben? Bitte!«

Wieder wird im Türrahmen ein Schmollmund gezogen. »Es ist Wochenende! Und ich habe den Late-Checkout gebucht. Was willst du denn heute noch wichtiges erledigen?« Ich drehe meinen Kopf und nicke über meine

Schulter in die entgegengesetzte Richtung. »Du weißt doch, was da gestern Abend passiert ist. Es reicht! Ich muss nun endgültig Nägel mit Köpfen machen.«

Die blonde Mähne nickt bedächtig zurück.

»Okay, das ist nachvollziehbar. Auch wenn ich sagen würde: Jetzt läuft dir doch eh nichts mehr weg. Aber gut. Was erledigt ist, ist erledigt. Das Wichtigste aber: Du hast meine Nummer?«

Ich klopfe auf meine Handtasche und grinse sie an. »Bereits fest eingespeichert! Ich schicke dir gleich eine Nachricht, damit du auch meine hast.«

Sie wirft mir einen schmatzenden Kussmund zu, der durch den langen Gang hallt. »Ich verlasse mich drauf!«

Augenzwinkernd verschwindet die herrliche Haarpracht wieder aus meinem Blickfeld, bevor die Tür mit einem deutlich vernehmbaren Klacken ins Schloss fällt.

Etwas zögerlich setze ich nun meinen ursprünglich geplanten Weg fort und bleibe nach wenigen Schritten vor einem großen Panoramafenster wieder stehen.

Aus dem zehnten Stock des Hotels hat man einen herrlichen Blick auf die Stadt, die an diesem späten Vormittag unter blauem Himmel von einer bereits tiefstehenden Herbstsonne angestrahlt wird. Mein Blick wandert zu den markanten Kirchtürmen im Zentrum. Nicht weit davon entfernt betreibt Natalia ihre kleine Schneiderei. Ich denke an den magischen Moment vor einigen Monaten, als ich in ihrem Laden über dieses eine Paar Schuhe gestolpert bin. Es sind genau die, welche ich gerade an meinen Füßen trage. Eine ungeplante Anprobe, die mein Leben rigoros auf den Kopf gestellt hat.

So rigoros, dass ich schließlich in diesem Hotelzimmer gelandet bin, aus dem ich mich gerade gestohlen habe.

Schon wandert mein Blick weiter, bis ich ganz hinten am Horizont das alte Industriegelände ausmache, wo Eva ihr Fotostudio eingerichtet hat. Ich sehe die Bilder unserer ersten gemeinsamen Session, als ich in Natalias herrlicher Kollektion posieren durfte. Und irgendwann, nach vielen gemeinsamen Shootings, folgte schließlich diese anzügliche Aufnahme von Eva und mir: als wir unsere beiden Köpfe nach der einzigen gemeinsamen Nacht auf ihrem Insta-Profil hochgeladen haben.

Herrliche Schauer der Erinnerung jagen über meinen Rücken, bis mein Blick in dem Viertel verharrt, wo ich mit meiner Familie lebe.

Noch lebe.

Schlagartig habe ich wieder einen dicken Kloß im Hals. Was werden meine Kinder jetzt denken? Was werde ich meinem Mann sagen? Sagen müssen?

Die Wahrheit, habe ich damals im Brustton der Überzeugung gegenüber Eva verkündet. Ja, aber denk dran, dass zur Wahrheit auch das alles gehört, was vorher war und auch alles, was nicht mehr war, hatte sie daraufhin entgegnet. Ich schaue wieder den langen Hotelflur entlang. Vielleicht sollte ich erst einmal klären, was gestern war. Entschlossen stiefele ich los und bleibe kurz darauf vor der Zimmernummer 1051 stehen. Zaghaft klopfe ich an die Tür. Es bleibt ruhig. Ich klopfe etwas fester.

Stille. Ein kurzer Blick nach rechts und links den leeren Flur hinunter gibt mir genügend Sicherheit, bevor ich die Chipkarte aus meiner Handtasche herauskrame und sie gegen den Sensor halte. Es blinkt kurz grün auf, und klickend gibt der Schließmechanismus den Zugang frei. Sachte drücke ich die Türklinke nach unten.

»Hallo?«, rufe ich leise in den Raum hinein. Keine Reaktion. »Hallo!«, wiederhole ich zaghaft. »Roomservice?«, setze ich fast schon flüsternd nach.

Ich schlüpfe wieder aus meinen Heels und schleiche mich auf Zehenspitzen in das Zimmer.

Es ist leer.

Meine Augen streifen das auch hier zerwühlte, noch nicht gemachte Bett und bleiben dann am Sessel hängen, über den achtlos ein dunkelblaues Businesskostüm geworfen ist. Auf dem Boden liegt eine zusammengeknüllte, hautfarbene Strumpfhose.

Wieder wandert mein Blick weiter zur offenen Garderobe in der Ecke der großen Suite, an der zwei mir bestens vertraute Gegenstände hängen: ein, nein, eigentlich mein rotes Cocktailkleid von Natalia, daneben der Smoking meines Mannes, noch frisch aus der Reinigung mit einem Folienüberwurf geschützt, genauso wie ich ihn damals bei Asad abgeholt hatte. Ich muss schlucken.

Langsam gehe ich auf die Garderobe zu und lasse meinen Finger über den feinen roten Stoff gleiten. Einmal hatte ich das Kleid selbst getragen: damals, in Evas Studio, als ich wie eine Diva über einen improvisierten

Catwalk stolziert bin, bevor ich schließlich meinen ersten Striptease vor Evas Kamera gewagt hatte. Wieder wird mir heiß und kalt zugleich.

Nun hängt das traumhaft geschneiderte Werk hier. Warum, das weiß ich immer noch nicht. Soll es eine weitere Demütigung sein, die mir mein Mann irgendwann noch um die Ohren hauen will? Durch die Wand höre ich plötzlich viel zu nah die Klospülung rauschen. Scheiße, schießt mir durch den Kopf, ist hier doch noch jemand im Raum? Es rauscht erneut, als der Wasserhahn geöffnet und gleich darauf wieder geschlossen wird.

Keine Chance, noch am Bad vorbeizukommen, die Tür befindet sich direkt neben dem Zimmereingang. Panisch sehe ich mich um. Unters Bett?

Das ist doch affig! Hinter den Vorhang? Dann kann ich gleich mitten im Raum stehen bleiben!

Noch einmal irrt mein Blick durch den Raum. Instinktiv ziehe ich die Schiebetür des großen Kleiderschranks neben der Garderobe auf und presse mich am Bügelautomaten und Zimmersafe vorbei ins geräumige Innere. Leise klappern leere Kleiderbügel, als ich an sie stoße.

Gerade noch rechtzeitig gleitet die Tür nahezu lautlos wieder zu. Durch einen kleinen Spalt kann ich noch sehen, wie eine junge Frau, von der Brust abwärts nur von einem großen Duschhandtuch umschlungen, mit Mickymaus-großen Kopfhörern auf den Ohren summend aus dem Bad ins Zimmer tänzelt.

Es ist tatsächlich Jana Hartwald, rechte Hand meines Mannes. In nervöser Anspannung verfolge ich, an die

Wand des Schrankes gepresst und weiter durch den kleinen Spalt blickend, wie sie die Strumpfhose vom Boden aufhebt und, nachdem sie diese kritisch auf Laufmaschen prüfend glattgezogen hat, über ihr Kostüm legt. Dann wühlt sie sich durch das Bett und fördert ein schwarzes Set aus spitzenbesetztem BH und String zutage. Mit der Unterwäsche in der Hand geht sie auf den Kleiderschrank zu.

»Hallo?«

Mir stockt der Atem. Ihr Blick ist fest auf die Schiebetür gerichtet.

»Ach du bist es, die Verbindung war gerade etwas abgehackt. Ja klar, bei mir ist gut. Bin gerade noch allein, kann also reden.«

Erst jetzt begreife ich, dass sie über ihre Mickymäuse auch telefonieren kann. »Nein, Thomas ist gerade unten beim Aufbau der Veranstaltung. Der muss da anscheinend was abnehmen.«

Wieder hört sie der Gegenseite zu. »Nein, die Proben sind erst heute Nachmittag, logisch, da muss ich auch mit ran. Aber bis dahin gönne ich mir noch etwas Wellness! Man ist ja nicht jeden Tag in so einem feudalen Luxusbunker untergebracht. Und muss es noch nicht einmal selbst zahlen. Alles auf Firmenkosten!«

Sie lacht leise los, und durch den Spalt kann ich zusehen, wie sie vor dem Schrank ein paar Stretching-Posen einnimmt. Mir fällt wieder ein, dass die Schiebetüren komplett verspiegelt sind. Deshalb also der ständige Blick in meine Richtung. Puh, Glück gehabt!

»Was willst du wissen? Details? Alles?« Ich höre sie wieder auflachen, diesmal etwas lauter – und klingt es zugleich nicht auch etwas hämisch? »Als der mit diesem komischen Kleid in Rot aufgetaucht ist, dachte ich schon: Jetzt wird's ja mal schräg! Aber anscheinend hat der noch eine fette Rechnung mit seiner Alten offen!«

Sie geht ein paar Schritte nach vorn und verschwindet aus meinem Sichtfeld. Doch ihre Stimme bleibt ganz nah bei mir. Anscheinend steht sie, wie kurz zuvor ich selbst, direkt vor Natalias Cocktailkleid.

»Nein, das hat er von irgendeiner kleinen Schneiderei hier aus der Innenstadt, wo auch seine Frau immer einkauft. Und irgendwie muss die ihm gerade eine lange Nase drehen, weswegen er es ihr jetzt heimzahlen will.« Ich sehe, wie sie nur Zentimeter von mir entfernt am Spalt vorbeigeht. Es rumpelt leise, als sie sich anscheinend mit dem Rücken an die Schiebetür lehnt.

Wieder hört sie eine Weile nur zu. »Klar haben wir gefickt. Aber weißt du, was wirklich das Schrille ist? Die hatten gestern wohl ihren zwanzigsten Hochzeitstag, und sie hat sich vorher aus dem Staub gemacht! Auch ganz schön wild, die liebe Frau Gemahlin. Und überleg mal: die ist doppelt so alt wie wir!«

Sie kichert kurz los, bevor es eine Zeitlang still bleibt. »Ne, du glaubst doch nicht ernsthaft, dass ich mich auf etwas festes mit dem einlasse. Und dann haben die beiden ja auch noch die Kinder am Hacken. Zwei Stück, wobei die beide aber auch schon volljährig sind. Der Sohn zumindest. Studiert wohl oder macht was Soziales. Die

Tochter geht noch zur Schule. Aber auch nicht mehr lange, wenn ich es richtig kapiert habe. Die muss gerade ihr Abi machen.«

Die Gegenseite scheint zu einer längeren Erwiderung anzusetzen, erst dann höre ich sie fortfahren.

»Eben, so ein toller Stecher ist der Alte nun auch nicht und auf das Gerede in der Abteilung kann ich echt verzichten. Das war bis jetzt okay und wenn die Nachfolge für den Gerlinger geregelt ist, dann brauche ich die Fürsprache des lieben Herrn Hermes ja auch nicht mehr. Wenn du verstehst, was ich meine. Ich…«

Sie verstummt für einen Moment, um wieder zuzuhören. Erst dann setzt sie ihren unterbrochenen Satz fort.

»Den notgeilen Sack Gerlinger wollen sie doch absägen, hast du das noch nicht mitgeschnitten. Da gab es jetzt wohl wieder ein paar Vorfälle, die nach oben durchgedrungen sind. Und laut Thomas stehe ich auf seiner Vorschlagsliste ganz oben. Da kann man sich doch auch ein wenig gefällig zeigen, findest du nicht?«

Erneut lacht sie auf, dieses Mal klingt es aber eine Spur dreckiger, als nicht nur ich plötzlich höre, wie sich die Zimmertür öffnet, gefolgt von der Stimme meines Mannes. »Hallo! Jana, bist du noch da?«

Abrupt beendet seine Assistentin ihr Telefonat, um im gleichen Atemzug ihm zu antworten. »Ich muss auflegen, melde mich später, okay? Mach's gut – ja, hallo Chef, klar bin ich noch da, ich komme doch gerade erst aus der Dusche!« Irritiert bemerke ich, wie sich ihr Tonfall mitten in ihren Sätzen in ein leichtes Säuseln gewandelt hat. »Alles klar bei den Aufbauten? Müssen wir schon für die Proben nach unten kommen?«

Verärgert stelle ich fest, dass mein Mann ihr mit ähnlich schmachtender Stimme antwortet. »Ja hallooo, was haben wir denn hier für einen entzückenden Anblick? Da könnte man doch glatt wieder in Versuchung kommen!« Meine Augen beginnen hinter der Schranktür wie wild zu rotieren: Was für ein Esel!

»Wenn wir die Zeit haben, mein scharfer Chef. Was hältst du denn davon?«

Entgeistert muss ich zusehen, wie das Handtuch aufs Bett fliegt, gefolgt von den Mickymäusen, und höre das Klicken einer Gürtelschnalle wie auch das Geräusch eines Reißverschlusses, der mit einem Ruck geöffnet wird.

Wieder wackelt die Schiebetür, als die Hand von Thomas in den Spalt gleitet und sofort die Schranktür fest umklammert. Instinktiv drücke ich mich ins hinterste Eck und halte meinen Atem an.

»Wer kann bei dem Anblick schon nein sagen«, grunzt mein Mann mit gicksender Stimme. Mir wird bei dem schmalzigen Klang leicht übel, dass ich fast schon würgen muss.

»Dann lassen wir deinen Prachtburschen gleich mal an die frische Luft«, kontert Jana Hartwald mit inzwischen auffallend herrischer Stimme und schon höre ich, wie sie bei ihm Hose und Boxershorts nach unten streift. »Uihhh, da steht ja wieder was zur Behandlung bereit. Herr Hermes, ich muss ganz ehrlich sagen: Respekt, Ihre

Ausdauer!« Gleich darauf verrät ein schmatzendes Geräusch, dass sie bereits ihre Arbeit aufgenommen hat.

Ich sehe, wie nur wenige Zentimeter von meiner Nasenspitze entfernt der Klammergriff meines Mannes das Weiße in seinen Knöcheln hervortreten lässt. Sein Keuchen wird immer heftiger. Zornig starre ich auf seinen, nein, unseren Ehering, der mir zwar reichlich verschrammt, aber immer noch goldglänzend im Halbdunkel des Kleiderschranks entgegenfunkelt.

Ein lauter Klatscher ertönt. Und noch einer. Hat sie ihm etwa auf den Hintern geschlagen? Es scheint so.

»Los Cowboy, jetzt bist du an der Reihe!«, kommandiert dazu bereits die Stimme der Hartwald und ich habe sie wieder voll im Blick, als sie mit weit gespreizten Beinen am Fußende stehen bleibt und sich mit ihrem Oberkörper bäuchlings auf das hohe Boxspringbett legt. Schon taucht auch Thomas hinter ihr auf und zieht ihren (wie ich neidisch registrieren muss) knackigen, apfelrunden Po leicht nach oben und eng zu sich heran.

Weit über sie gebeugt und sich nun mit beiden Händen auf dem Bett abstützend, fährt sofort sein Glied in sie hinein. Und das alles ungeschützt, stelle ich mit wachsender Wut aus meinem Versteck heraus fest.

Während mein Mann mit heruntergelassener Hose seine Assistentin schnaufend penetriert, dreht sich ihr Kopf wieder in meine Richtung. Schaut sie mich etwa doch an? Ahnt sie was? Oder beobachtet sie einfach nur den von ihr schon sehr mechanisch ausgeführten Liebesakt im Spiegel der Kleiderschranktüren?

Ich könnte jetzt tatsächlich nicht nur das Liebesspiel, sondern auch alles andere meines gemeinsamen Lebens mit diesem Mann schlagartig beenden, indem ich einfach aus dem Schrank in den Raum trete. Und seiner Assistentin ob ihrer schauspielerischen Leistung applaudiere: wie sie dort mit gelangweiltem Blick sich selbst im Spiegel betrachtet, trotzdem aber theatralisch im Takt mitkeucht, den mein Mann von hinten schwer atmend vorgibt.

Doch ich bin hin- und hergerissen. Immerhin hat mir die nette Daniela aus der Hotelbar dank Evas Vermittlung gestern Abend genau aus diesem Zweck diese speziell präparierte Zimmerkarte zugesteckt. Du willst Gewissheit? Dann hol sie dir!

Aber auch wenn Daniela extra betont hat, dass sie keine Konsequenzen zu befürchten hat: Nachher ist dennoch etwas nachvollziehbar und fällt auf sie zurück. Den Ärger aber will ich ihr nicht zumuten. Zumal ich bereits einmal erlebt habe, wie hinterfotzig der Servicechef des Hotels als ihr Vorgesetzter sein kann.

Und habe ich jetzt nicht genau das vor Augen, was ich haben wollte? Gewissheit! Dass mein Mann pünktlich an unserem zwanzigsten Hochzeitstag mit seiner Assistentin in die Kiste gehüpft ist. Und es am Tag danach, wie ein Karnickel, gleich wieder macht.

»Auf meinen Bauch, Cowboy!« Jana Hartwalds Stimme reißt mich aus meinen Gedanken und ich sehe, wie sie mit einer schnellen Drehung den steil nach oben gereckten Penis meines Mannes aus sich herausflutschen lässt. Gleich darauf ergießt sich ein überschaubarer Schwall Sperma auf ihren (wie ich ebenfalls neidvoll zugestehen muss) ansehnlich festen Brüsten.

Respekt, denke ich insgeheim, das Mädel hat es ganz schön drauf. Genau den richtigen Zeitpunkt abgepasst.

»Du kleines Ferkelchen«, schnault sie ihn mit übertriebenem Tremolo in ihrer Stimme an, »jetzt muss sich deine scharfe Jana gleich wieder abbrausen.«

Mein Mann grinst sie nur dümmlich an. Plötzlich höre ich den unverkennbaren Klingelton seines Handys. Umständlich fischt er es aus seiner noch in Knöchelhöhe befindlichen Hosentasche. »Klaus-Peter?«

Stirnrunzelnd fixiert ihn Jana Hartwald mit leicht zusammengekniffenen Augen.

»Ja, in fünfzehn Minuten hinten im Saal, das passt. Ich habe gerade noch unseren Kunden in der anderen Leitung, ich müsste dich mal schnell wieder wegdrücken. Okay? Bis gleich!«

Er wirft sein Smartphone in Richtung Kopfkissen und dreht sich nun ebenfalls in Rückenlage neben seine Assistentin aufs Bett. Sein Glied liegt mittlerweile vollkommen erschlafft auf seinem, auch mit zweiundfünfzig Jahren immer noch muskulösen Bauch.

»Bekommt es der Gerlinger mal wieder nicht allein auf die Reihe?«

Erstaunt registriere ich den süffisanten Tonfall in der Frage seiner Assistentin, während sie ein paar Kleenex aus dem Spender auf dem Nachtisch zupft und sich seinen inzwischen zähen Erguss von ihrer Brust wischt.

»Mach dir keine Sorgen, der ist nicht mehr lange auf der Position und dass du dann übernimmst, ist eigentlich nur noch eine Formalität. Dafür habe ich schon alle Weichen gestellt.« Wieder sehe ich das dümmliche Grinsen in seinem Gesicht, als er den Kopf in ihre und damit auch in meine Richtung dreht.

Auch sie dreht ihren Kopf in meine Richtung. »Sag mal, heute Abend, auf der Gala, das mit diesem Kleid da, meinst du wirklich…«

Schnell fällt ihr mein Mann ins Wort. »Nein, nein, das war eine blöde Idee, ich wollte damit eigentlich nur…« Thomas stockt für einen Moment, und ich beiße mir verärgert auf die Lippen. Scheiße, das wäre jetzt mal interessant geworden!

»Ich glaube, dass es deiner Frau hervorragend stehen würde. Aber mein Stil, sorry, dass ich es dir jetzt so direkt sagen muss, ist es auf keinen Fall. Es sei denn, du willst, dass ich nicht nur hier im Bett deine Gattin vertrete.«

Schlagartig wird mein Mann knallrot, während sie aufsteht und nach dem Handtuch greift. Etwas neidvoll sehe ich nun auf die nackte und äußerst attraktive Rückseite einer schlanken und sportlich durchtrainierten Frau Mitte Zwanzig.

»Hast du dich eigentlich mit ihr mal ausgesprochen? Du hast mir doch erzählt, dass du denkst, dass auch bei ihr was läuft. Ich habe keine Lust, dass ich für sie nachher die Buhfrau bin. Oder darüber getuschelt wird: die arme, arme Frau Hermes, die böse, böse Frau Hartmann.« Mein Mann schweigt noch immer, während ihn seine

Assistentin mit ihrem Blick anscheinend durchbohren muss. Schließlich wälzt er sich aus dem Bett heraus und zieht seine Hose mit den Boxershorts wieder hoch. »Ich muss dann mal runter, ich will den Gerlinger nicht zu lange warten lassen.«

»Keine Antwort ist auch eine Antwort.« Wieder liegt ein wenig Süffisanz in ihrer Stimme. »Aber denke nicht, dass ich ewig warte, bis du dein Eheleben endlich geklärt hast. Für ein kleines Liebchen bin ich mir zu schade!«

Sie greift nach dem Handtuch, um es um ihre Blöße zu schlingen, und verschwindet aus meinem Blickfeld. Schon klappt die Badezimmertür laut zu, und ich höre, wie die Dusche zu rauschen beginnt.

Mein Mann steht am Fenster und steckt sich bedächtig das Hemd in die Hose. Als er sich mit den Fingern durch seine Frisur fährt, fällt mir der seltsam leere Blick in seinem Gesicht auf.

Genauso hat er vor drei Tagen abends an unserem Küchentisch gesessen, als ich türenschlagend das Haus verlassen habe. Drei Tage? Ich muss schlucken. Was alles ist in diesen drei Tagen passiert? Was anderen noch nicht einmal in drei Jahrzehnten passiert!

Ich habe die zweite Nacht meines Lebens mit einer, dieses Mal sogar wildfremden Frau verbracht und meinem Mann gerade dabei zugesehen, wie er seine Assistentin nicht zum ersten Mal gefickt hat.

Langsam geht er um das Bett herum und verharrt mit melancholischem Blick minutenlang vor dem Kleid, das direkt neben meinem Versteck an der Garderobe hängt.

»Ach Laura«, höre ich ihn schließlich leise seufzen, »was ist mit uns inzwischen nur passiert?«

Ich spüre, wie meine Augen in meinem Versteck feucht werden und muss mir auf die Lippen beißen, um nicht laut aufzuschluchzen.

Dann verschwindet auch Thomas aus meinem Blickfeld und Sekunden später hallt bereits das klackende Geräusch der automatisch zuschnappenden Tür durch den Raum.

Das Wasser in der Dusche rauscht weiter. Leise schiebe ich die Schranktür zur Seite und schleiche mich eilig in den Flur, um die Zimmertür einen Spaltbreit zu öffnen. Der Flur ist menschenleer.

Schnell drücke ich mich nach draußen und ziehe die Tür sachte zu, bis das Schloss dieses Mal mit einem kaum vernehmbaren Klicken wieder einrastet.

Barfuß eile ich weiter bis zum Lift und drücke die Taste mit dem Richtungspfeil nach unten. Erst jetzt wage ich es, wieder in meine Schuhe zu schlüpfen und mir das Cape, das ich bislang über meinen Arm gelegt hatte, überzustreifen. Mit einem leisen Pling öffnet sich die Lifttür, und ich schaue Thomas, der konsterniert von seinem Handy aufblickt, mitten ins Gesicht.

ZWEI

Viel zu schnell rast er mit dem alten, leicht zerbeulten Lieferwagen über das zernarbte, mit riesigen Schlaglöchern übersäte Asphaltband in dem alten Industriegebiet. Es rumpelt gewaltig, als er in die kleine Sackgasse einbiegt und dabei mal wieder die besonders große Auswaschung direkt im Scheitelpunkt erwischt. Ein leiser Fluch kommt ihm über die Lippen.

Erst jetzt verlangsamt er das Tempo und lässt den asthmatisch klackernden Dieselmotor nur noch knapp über Standgas weitertuckern.

Fast schon im Schritttempo rollt er nun den schmalen Stichweg hinunter. Seine Augen sind nicht mehr auf die Straße gerichtet, über die ohnehin kein Verkehr fließt, sondern scannen sorgfältig den mehr als mannshohen, einst sehr stabilen, inzwischen aber stark verrosteten Maschendrahtzaun ab, der das brachliegende Fabrikgelände auf der rechten Seite des Weges umgibt.

Umso auffälliger glänzt dagegen die neue Stacheldrahtrolle mit fiesen, scharfzackigen Metallplättchen auf der Spitze des Zaunes, die jeden ungebetenen Besucher abwehren wird, die Industriebrache näher in Augenschein zu nehmen. Und wenn doch, das weiß aber nur er, werden die von der Straße nicht wahrnehmbaren Minikameras, die in passenden Abständen in dem struppigen

Buschwerk hinter dem Zaun positioniert sind, dank der integrierten Bewegungsmelder stillen Alarm schlagen.

Seitdem im Netz wieder vermehrt Geocacher unterwegs sind und Lost Places-Touristen ihre Fotos verbreiten, hat er nicht nur mit gut sichtbarer Abschreckung am Zaun, sondern auch mit beeindruckenden Hightech-Mitteln ansehnlich aufgerüstet. Bislang mit Erfolg. Und so soll es auch bleiben.

Er schaut kurz nach links zu dem mehrstöckigen Verwaltungsgebäude auf dem Nachbargrundstück hinüber, bei dem die Jalousien in den oberen Etagen immer noch windschief in den Führungen klappern.

Hatte der alte Marwitz ihm nicht von den neuen Mietern erzählt, die dort eine finanzierbare Bleibe für ihr junges Start-up einrichten wollten?

Wahrscheinlich doch wieder abgesprungen. Immerhin bleibt dem Alten als Vermieter noch die kleine Expresskurierfirma, die sich seit langem im Erdgeschoss ausgebreitet hat. Drei Autos stehen noch auf dem Hof, der Großteil der – ebenso wie sein Transporter zerbeulten – Lieferflotte wird auch an diesem Samstag bereits im Stadtgebiet unterwegs sein. Er richtet seinen Blick wieder auf das Grundstück zu seiner Rechten, wo ein brusthohes und von Büschen überranktes Gartentor erscheint. Seine Hand zuckt nach vorn, um auf die Taste eines Transponders auf dem Armaturenbrett zu drücken.

Schon schiebt sich einige Meter weiter ein sehr großes und ebenfalls mit auffällig scharfen Zacken gekröntes Metalltor zur Seite.

Mit ausgeschaltetem Motor lässt er sein Fahrzeug die gepflasterte Rampe nach unten rollen, an deren Ende sich bereits das Lamellentor einer Doppelgarage im Kellergeschoss eines großzügigen Wohnhauses aufwickelt. Durch den hohen Bewuchs ist es von außerhalb des Geländes kaum noch wahrnehmbar. Bereits wenige Meter hinter dem Haus mit seiner verwitterten Fassade, dem man aber immer noch ansieht, dass es vor fünfzig Jahren eine architektonische Perle gewesen sein muss, erheben sich die stark verfallenden Industriehallen ohne Leben.

Der Lieferwagen kommt im Untergeschoss neben einem sorgfältig abgedeckten Fahrzeug, das eine sehr flache und sehr sportliche Kontur hat, zum Stehen. Schon rattert das Rolltor wieder nach unten.

Nur noch ein kleines Notlicht erhellt den akkurat eingerichteten Raum mit einigen verschlossenen Stahlschränken, Schwerlastregalen mit allerhand Kartonagen, einer breiten Werkbank und etlichen Gartengerätschaften, die sauber sortiert an der Wand hängen.

Minutenlang bleibt der Mann noch stumm hinter dem Steuer sitzen, bis er schließlich in einem schnaubenden Wutanfall auf das Lenkrad einhämmert.

Mit einem leise gezischten »Scheiße!« auf den Lippen öffnet er schließlich die Wagentür und steigt aus.

Durch eine Stahltür, die er am Schloss mit seinem Daumenscan entriegelt, betritt er einen langen Kellergang, bevor er die unverschlossene Tür zu einem offenen Treppenhaus aufzieht, das ihn schließlich eine Etage höher in einen hallenähnlichen Eingangsbereich führt. Eine breite, zentral im Raum positionierte Freitreppe führt im leichten Schwung nach oben ins erste Geschoss zu einer umlaufenden Galerie, von der aus einige Türen zu verschiedenen Zimmern abzweigen.

Der Mann bleibt zunächst mitten in der Empfangshalle stehen, bevor er sich nach links wendet und durch einen offenen Zugang eine sehr nüchtern eingerichtete Küche betritt, die, wie auch das Haus selbst, vor fünfzig Jahren einmal »State-of-the-art« gewesen sein muss.

Er öffnet einen Schrank und nimmt ein Glas heraus, das er an der Spüle randvoll mit Leitungswasser füllt.

Gierig trinkt er es in großen Schlucken leer, um es plötzlich in einem spontanen Wutanfall in die Ecke neben dem großen Terrassenfenster zu feuern, wo es laut splitternd in tausend Scherben zerspringt.

Mit müdem Blick schaut er minutenlang auf das Trümmerfeld, bevor er wieder den Raum verlässt. Im Gehen streift er seinen Parka ab und lässt ihn achtlos auf die ebenso flache wie lange Eckcouch fallen, die zusammen mit einem zum flachen Stil des Sofas passenden Glastisch die einzigen Einrichtungsgegenstände in der riesigen Eingangshalle sind.

Durch eine nur angelehnte, doppelflügelige Tür betritt er ein genauso wie Küche und Flur minimalistisch eingerichtetes Wohnzimmer und lässt sich schnaufend auf eine Couch fallen, die das Zwillingsexemplar des Möbelstücks aus dem Flur sein könnte.

Er greift nach der fein geschliffenen Kristallkaraffe, die neben ihm auf einem, in schwarzem Klavierlack glänzenden Beistelltisch steht und gießt sich deutlich mehr als zwei Finger breit in das zur Karaffe passende Whiskyglas ein. Nach nur einem großen Schluck ist es bereits zur Hälfte geleert.

Diese Scheissnutte!

Er leert sein Glas jetzt komplett, um es aber sofort wieder aufzufüllen. Dieses Mal einen Fingerbreit mehr.

Musste sie diesen spöttischen Blick aufsetzen?

Und ihre Augenbraue hochziehen?

Und dann diese Süffisanz in ihrer Stimme! Am liebsten hätte er ihr schon unten in der Tiefgarage eine verpasst. Aber sie musste sich dort gut auskennen. Der Treffpunkt war gut von ihr gewählt. Nein, nicht gut. Eigentlich perfekt. Immer hatte sie so gestanden, dass die Überwachungskameras des Hotels sie stets erfasst hatten. Und damit auch ihn!

Vielleicht wäre es dieses Mal wieder gut gegangen. Nur im Dunkeln sitzen und zugucken, wie sie es sich selbst besorgt. So war doch der Deal. Aber diese überlegene Arroganz, die sie vom ersten Moment an ausgestrahlt hat. Diese Selbstgefälligkeit, die plötzlich wie sein Vater klang, als sie ihn schon unten in der Tiefgarage frech angesprochen hatte.

Er wusste ganz genau, dass ihn genau das in Rage gebracht hat. So sehr, dass…

Wieder nimmt er einen großen Schluck.

Er spürt, wie der Alkohol ihn besänftigt. Klar, er hat ja seit gestern Mittag auch nichts mehr gegessen. Kein Wunder, dass er jetzt so schnell wirkt, ihn benommen, ja fast schon schläfrig macht. Sinnierend schaut er vor sich auf den Tisch, um dann auf den Knopf einer kleinen Fernbedienung zu drücken, die neben ihm auf dem Tisch liegt. Leise rattert das Lamellenrollo vor dem großen Terrassenfenster nach unten und taucht den Raum in diffuses Licht. Er greift nach dem Tablet, welches neben ihm auf dem Sofa liegt und wischt ungeduldig auf dem Display herum, bis er das gefunden hat, wonach er gesucht hat. Surrend springt ein an der Decke montierter Beamer an. Sofort ist SIE zu sehen. Lebensgroß!

Nein, überlebensgroß taucht SIE vor ihm auf der schneeweiß getünchten Wand auf.

Dieser Mund, dieses Lachen, diese Augen. Im Sekundentakt flackern die Motive mit ihr auf. Diese herrliche Pin-up-Pose, hier dieser verruchte Ausschnitt, dort dieses frivol verrutschte Kleid, dann diese Schuhe, die sie gerade von ihren Füßen streift und dieser Rock, den sie gerade flattern lässt. Sehr hoch flattern lässt.

Er spürt, wie ihm das Blut in die Lenden schießt.

Genauso hätte er es doch gestern haben wollen! Nur zugucken und genießen! Aber dann spricht diese Nutte ihn in genau diesem Tonfall an. Den er nicht mehr hören kann. Noch nie hören wollte. Vielleicht hätte er sie doch nicht in diesem Look bestellen sollen. Aber er wollte es auch mal wieder so genießen! Sich die Erinnerung zurückholen. Jemanden genauso sehen, wie er es in seinen Träumen konserviert hatte. So unendlich viele Jahre sind doch bereits verstrichen, seitdem er heimlich beobachtet hatte, wie damals in diesem Haus, im Schlafzimmer…!

Seufzend lässt er den Rest der goldenen Flüssigkeit seinen Rachen herunterrinnen und genießt die brennende Schärfe, die zugleich auch etwas Wärme in seinen Körper fließen lässt.

Egal, er wird es der Nutte heimzahlen! Das Geld, das er ihr überreichen musste, bevor er Reißaus genommen hat, wird noch verrechnet werden. Auch wenn ihn die Summe in keiner Weise schmerzen wird.

Aber die Gegenleistung wird noch eingefordert werden. Mit Zuschlag!

Doch bevor er wieder allzu sehr in Rage geraten kann, lächelt SIE ihn von der Wand an. Besänftigt prostet er ihr zu und fährt mit seiner Hand in die Hose, wo ihn bereits sein inzwischen knallharter Penis erwartet.

D R E I

Ich schaue in Evas zorniges Gesicht. So wütend habe ich sie noch nie erlebt. »Nur um es noch einmal kurz zusammenzufassen: Du triffst eine Hure im Aufzug und springst sofort mit ihr ins Bett, anstatt dich um Klarheit in deinem Eheleben zu kümmern? So wie wir es gemeinsam geplant hatten. Dafür guckst du später auch noch heimlich aus dem Schrank heraus deinem Mann und seiner Assistentin beim Vögeln zu!« Sie schnauft hörbar durch.

»Daniela könnte dafür in Teufels Küche kommen, wenn du aufgeflogen wärst und rauskäme, dass sie die Chipkarte freigeschaltet hat. Das ist dir hoffentlich klar!« Das reicht.

Trotzig feuere ich nun zurück. »Das hätte auch schon gestern Abend passieren können! Also, dass die Sache mit der Chipkarte auffliegt.«

»Quatsch«, kontert Eva sofort, »wir hatten es so abgesprochen, dass wir deinem Mann heimlich bis zu seinem Raum gefolgt wären. Und du dann gemerkt hättest, dass die Zimmertür nicht richtig verschlossen war, als du gerade klopfen und ihn zur Rede stellen wolltest. Das nimmt dir aber keiner mehr ab, wenn man dich einen Tag später im Schrank entdeckt hätte.« Wir sitzen uns an dem großen Arbeitstisch in ihrem Fotostudio gegenüber und funkeln uns weiter aufgeladen an. Für einen Moment herrscht Stille, bevor Eva wieder ansetzt. Ihre Stimme klingt mittlerweile deutlich gefasster.

»Laura, ich, nein, wir haben uns doch echt Sorgen gemacht! Natalia hat mich wie ein aufgeschrecktes Huhn fast schon jede Stunde angerufen. Ob ich endlich was gehört habe? Es wird doch nichts passiert sein! Sollen wir die Polizei informieren? Du hast es doch selbst auf deinem Handy gesehen, wie viele Nachrichten wir dir die ganze Nacht lang geschickt haben.«

Ich lange über den Tisch und greife nach ihren Händen, um sie mit festem Druck in meine zu nehmen.

»Eva, es tut mir doch leid, dass ich euch nicht früher Entwarnung gegeben habe. Ich habe die halbe Nacht mit Verena gequatscht. Wirklich gequatscht. Okay, vielleicht war es zum Schluss ein Wodka aus der Minibar zu viel. Und aus dem Kuscheln ist halt etwas mehr geworden.«

Ich merke, wie mich die Erinnerung an Verenas Mund, der einen Moment vor meinem auf Entdeckungsreise gegangen ist, wieder rot werden lässt.

Schnell versuche ich, den Bogen Eva gegenüber durch weitere Details aus der gerade vergangenen Nacht mit Verena nicht weiter zu überspannen. »Heute Morgen, als ich in dieser gelösten Stimmung an dem Zimmer von Thomas vorbei bin, da musste ich einfach…«

Ich verstumme kurz, um nach passenden Worten zu ringen, mit denen sich Eva wieder besänftigen ließe. »Dann ging es auch nicht mehr anders. Und irgendwie kam ich aus der Situation ja auch nicht mehr raus.«

Fehlgeschlagen! Eva befreit sich aus meinen Händen und verschränkt die Arme vor der Brust. »Gestern Abend wäre es einfacher gewesen. Du hättest alle Trumpfkarten in der Hand gehabt. Jetzt ist es verdammt noch mal umgekehrt. Nun hat dich dein lieber Mann in der Hand, wenn ich das mal so direkt sagen darf. Er erwischt dich in dieser Aufmachung im Hotel, sieht sofort, dass bei dir was gelaufen sein muss, und du kannst ihm nicht die Wahrheit über sein Fremdgehen um die Ohren schlagen, weil du faktisch betrachtet bei seiner Assistentin eingebrochen bist. Schließlich hatte sie das Zimmer über die Firma auf ihren Namen gebucht, das wissen wir ja. Und er redet sich damit fein raus, dass er sein Gspusi zu den Proben für die Firmengala abholen wollte, weil er sie telefonisch nicht erreicht hat. Du stehst da wie ein dummes Huhn, das ihm mit irgendjemanden in genau demselben Hotel die Hörner aufgesetzt hat. Schon klar, wie das jetzt alles rüberkommt!«

Schweigend senke ich meinen Kopf und denke an die Szene vor wenigen Stunden, während ich die fein verzweigte Maserung der Tischplatte in Evas Studio betrachte. Sie scheint mehr Struktur zu haben als mein gerade verdammt verworrenes Leben.

Unfassbar, wie schnell und eiskalt mein Mann umgeschaltet hatte, als die Fahrstuhltür aufging und er mich von oben bis unten musterte.

Und ich blöde Pute wahrscheinlich noch so angefasst war, weil ich ihn doch erst gerade in dieser melancholischen Stimmung im Hotelzimmer erlebt hatte, dass ich ihm gar nicht recht etwas erwidern konnte. »Ach ne, wo kommen wir denn jetzt her?« Und: »Für wen haben wir uns denn so angezogen?« Natürlich wusste er ganz genau, dass er in diesem ihm ganz eigenen Tonfall und vor allem mit dem »wir« mich immer wieder bis ins Mark verletzen konnte.

Das habe ich in den zwanzig Jahren Ehe weiß Gott wie häufig erleben können.

Es folgte die schweigende Fahrt im Lift nach unten bis in die Tiefgarage und schließlich die lautstarke Eskalation in seinem Auto.

»Seit Monaten führst du mich an der Nase rum, das weiß ich aus sicherer Quelle«, hatte er mich angezischt. »Ich will, dass du deine Sachen gepackt hast, wenn ich nach der Gala wieder daheim bin«, kommt ihm fast schon im herrischen Befehlston über die Lippen. »Das alles lasse ich mir nicht länger bieten, nicht von einer wie dir!« war aber der eine Satz zu viel.

Zu zornig, um noch irgendetwas zurückschleudern zu können, war ich ausgestiegen und hatte die Tür so fest zugeschlagen, dass hoffentlich etwas Lack an seiner dämlichen, großkotzigen Nobelkarre abgeplatzt ist. Über die Rampe war ich dann nach draußen gehastet.

Gott sei Dank war gerade ein Taxi vorgefahren, so dass ich gleich das Weite suchen konnte.

»Wohin?« hatte mich der Fahrer gefragt und ich konnte nur ein »Erst einmal weit weg von hier« herausstoßen, bis ich dann nach ein paar Minuten wieder in der Lage war, meine Gedanken logisch zu sortieren.

Unser Haus war zum Glück leer. Klar, meine Kinder hatten ja bereits zuvor verkündet, dass sie das Wochenende auswärts verbringen würden. Natürlich auch, weil sie sich den elterlichen Stress gar nicht weiter antun wollten. Und so wie es jetzt gelaufen ist, bin ich auch froh gewesen, dass ich Mara und Moritz in dieser Verfassung nicht unter die Augen treten musste. Es wird noch heftig genug für uns alle werden.

»Und diese Verena, was ist das überhaupt für eine?« Evas weiterhin eiskalte Stimme holt mich wieder an ihren Tisch zurück.

Ja, was ist sie für eine? Ich denke an meine erste Begegnung im Hotellift, wo sie mir als obszön aufgedonnerte Domina zunächst schon einen gehörigen Schrecken eingejagt hatte. Aber wie sie sich innerhalb nur einer Stunde in eine wie seit Jahren vertraute, ja eigentlich in eine beste Freundin, mit der man Pferde und noch viel mehr stehlen kann, gewandelt hat.

Und wie sie sich neben mich aufs Bett geworfen und mir einfach nur zugehört hatte, als ich ihr stundenlang mein ganzes Leben und auch mein ganzes Herz ausgeschüttet habe.

»Sie ist eigentlich so eine wie du und ich«, antworte ich schließlich nach einer ganzen Weile der Stille.

Eva lacht verächtlich auf. »Sie ist eine Professionelle! Glaub mal nicht, dass sie das nur zum Spaß bei dir gemacht hat.« Langsam wächst auch in mir der Groll. Wie kann man nur so ablehnend und voreingenommen sein? »Bist du etwa eifersüchtig? Dass ich nicht gleich zu dir gekommen bin? Fühlt sich die Eva etwa betrogen oder hintergangen?«

Schon als ich es sage, spüre ich, dass mein letzter Satz auch hier genau der eine zu viel war.

Doch nun ist er raus und kann nicht mehr zurückgenommen werden. Ich beiße mir vor Wut über meine Unbeherrschtheit auf die Lippen.

Eva steht auf. »Das meinst du jetzt nicht ernsthaft. Aber gut! Wenn du so über mich denkst…« Sie zieht ihr Handy aus der Tasche und wischt ein paar Mal übers Display. »Ich müsste mich jetzt mal wirklich wieder um meinen Kram kümmern. Wegen dir habe ich dummerweise so einiges liegen lassen müssen. Wenn du mich also bitte allein lassen würdest.«

Mit starrem, ausdruckslosem Blick schaut sie an mir vorbei.

»Eva, ich, es tut mir leid«, stammle ich los, »es war nicht so gemeint…«

Ihre Haltung bleibt unverändert kalt und abweisend. Ich streife mir meinen Mantel über und greife nach meiner Handtasche.

»Meinst du nicht, wir sollten noch einmal…«, setze ich ein letztes Mal an, doch Eva unterbricht mich brüsk: »Laura, bitte, es hat alles gerade keinen Zweck. Lass mich jetzt am besten einfach nur allein!«

Genauso missverstanden wie vorhin im Auto meines Mannes wende ich mich sprachlos ab und lasse nach wenigen Schritten, ohne mich noch einmal umzudrehen, die große Flügeltür ihres Fotostudios laut scheppernd ins Schloss fallen.

VIER

Die Rollen meines großen Koffers rumpeln über das Pflaster unserer Einfahrt. Mit einem kleinen Ächzen wuchte ich das Ungetüm in den recht überschaubaren Kofferraum meines Autos.

»Guten Abend, Frau Hermes!«

Ich drehe mich um. Unsere Nachbarin steht am Gartentor zur Straße und mustert mich mit fragendem Blick.

»Hallo Frau Lachmann!« Langsam gehe ich auf sie zu und beuge mich dann zu Kira herab, die sofort schwanzwedelnd versucht, an mir hochzuspringen. Ein scharfer Leinenruck vereitelt das Ansinnen der kleinen Dackeldame.

»Sie verreisen heute noch? Allein?« Interessiert guckt sie an mir vorbei auf die offene Heckklappe meines kleinen Polos.

»Ja, ähmm, ich habe, nein, ich muss…« Erst jetzt wird mir bewusst, dass ich mir für »offizielle Anlässe« oder »Nachfragen« noch keine passende Erklärung zurechtgelegt habe. Abrupt verstumme ich.

»Mein Mann und ich haben in zwei Monaten dreiunddreißig Jahre gemeinsam rumgebracht.« Nachdenklich schaut sie mir direkt ins Gesicht. Ich weiß nicht, was ich in diesem Augenblick erwidern soll. »Das ist doch toll«, presse ich nach einer kleinen Weile heraus. Ihr Blick wandert an mir vorbei auf mein gepacktes Auto.

»Natürlich war das auch nie immer einfach gewesen«, setzt sie leise nach.

Wieder treffen sich unsere Augen.

Dann spüre ich, wie sie ihre Hand mit leichtem Druck auf meinen Unterarm legt. »Wenn Sie was brauchen, Frau Hermes, Sie wissen, unsere Haustür hat Ihnen immer offen gestanden. Genau wie sie Ihren Kindern offensteht. Daran wird sich nichts ändern!«

Ich muss schlucken. »Vielen lieben Dank Frau Lachmann, das habe ich immer geschätzt und werde es auch in Zukunft nicht vergessen.«

Wieder herrscht für einen Moment Stille, bevor ich meine Hand auf ihre lege und den leichten Druck erwidere. »Auf Wiedersehen und ganz herzliche Grüße an Ihren Mann!«

Aufmunternd nickt sie mir zu. »Eben, genau das wollte ich nur hören: auf Wiedersehen! Das hoffe ich doch stark.«

Ich kraule Kira noch einmal an den Ohren, bevor ich zurück zum Auto gehe und die Heckklappe mit einem energischen Wumms schließe.

Siebenunddreißig Minuten Fahrzeit sagt mir Google Maps, als ich rückwärts aus der Einfahrt auf unsere ruhige Seitenstraße mit den großartigen alten Bäumen zwischen Bürgersteig und Bordsteinkante rolle. Auf der großen Ringstraße mitten durchs Zentrum herrscht an diesem frühen Sonntagabend kaum Verkehr, weshalb meine Gedanken wieder zu den Ereignissen der letzten vierundzwanzig Stunden fliegen.

Schon als ich die Treppe des alten Industriebaus, in dem Eva mit ihrem Lebensgefährten Paul ihr Fotostudio eingerichtet hat, heruntergehastet bin, hätte ich am liebsten sofort kehrtgemacht. Nichts hätte ich mir in diesem Moment sehnlicher gewünscht, als wieder ihre wunderbar warme Stimme von oben zu hören. »Laura, komm zurück! Lass uns wieder vertragen. Und lass uns reden!«

Es blieb bei dem Wunsch.

Als ich an der Endhaltestelle fröstelnd auf die nächste Metro wartete, die am Wochenende auf dieser Linie nur im Halbstundentakt verkehrt, sah ich mich wieder auf ihrem Sofa im Studio sitzen, eng an sie und in diese herrliche Patchworkdecke gekuschelt, spürte ihre Hände, wie sie tröstend über meinen Rücken strichen, während ihre kastanienrot strahlenden Haare bei jedem Atemzug in meiner Nase kitzelten.

Stattdessen bin ich irgendwann zitternd vor echter Kälte und mentaler Erschöpfung in die Bahn gestiegen, bis ich nach einer kleinen Ewigkeit wieder vor unserem dunklen Haus stand. Natürlich war es leer. Mara hatte sich zwei Tage zuvor mit viel Wut im Bauch zu ihrer Freundin verabschiedet und Moritz war immer noch mit seinem Hockeyteam auf dem Turnierwochenende unterwegs.

Stumm und zu keiner weiteren Handlung fähig, hatte ich stundenlang am Küchentisch gesessen, bevor ich schließlich in der Lage war, mein Handy aus meiner Handtasche zu kramen.

Keine Nachricht im Familienchat, keine Nachricht von Eva, dafür zwei neue von Natalia.

Die erste hatte sie nicht lange nach dem Streit im Studio geschickt (»Habe mit Eva gesprochen, mach dir keine Sorgen, das biegen wir gemeinsam wieder hin!«), die zweite ist erst wenige Minuten alt: »Laura, jetzt melde dich endlich!!!« Immerhin schaffte sie es damit, mir endlich wieder ein kleines Lächeln der Zuversicht ins Gesicht zu zaubern. »Mach ich. Aber gib mir noch etwas Zeit!«

Schließlich hatte ich mich, ohne mich auszuziehen, ins Bett verkrochen und in einer Mischung aus Grübelei, Selbstzweifeln und Wegdämmern die Nacht bis zum Morgengrauen verbracht.

Erst dann bin ich aus Natalias unfassbar schönem Jumpsuit geschlüpft, der inzwischen nicht nur komplett zerknittert war, sondern nach achtundvierzig Stunden an meinem Körper auch entsprechend roch und somit mehr als reif für die Waschmaschine war. Unter der Dusche fasste ich endlich den Mut und schickte kurz darauf die Nachricht ab, auf die sofort, trotz der sehr frühen Stunde an diesem Sonntagmorgen, eine Antwort folgte.

Und nicht nur das: schnell kamen weitere Nachrichten mit so genauen Vorschlägen und schließlich auch unmissverständlichen Anweisungen, so dass ich schon bald meinen Koffer aus dem Keller ins Schlafzimmer trug und meinen Kleiderschrank plünderte.

Weshalb ich nun, einige Stunden später, meinen kleinen Cityflitzer an diesem frühen Abend am Zentrum vorbei in den Nordosten unserer Stadt lenke.

FÜNF

Es klingelt. Genervt schaut er auf sein Handy. Auf dem Display erscheint das Bild der Kamera am Gartentor. Ah, endlich! Ein zufriedenes Grinsen umspielt für einen kurzen Moment seine Mundwinkel. Er berührt das Symbol einer virtuellen Summertaste in der App seines Telefons und eilt weiter in die Eingangshalle.

Als er die Haustür öffnet, kommt ihm bereits ein schnauzbärtiger Mann in grau verstaubten Arbeitsklamotten entgegen. Stumm reicht er ihm die Hand. Dann stehen sie sich in der Halle gegenüber.

»Alles jetzt fertig. Sie schon gesehen?«, fragt der Besucher in gebrochenem Deutsch.

»Nein«, erwidert der Mann, »ich bin gerade erst nach Hause gekommen und habe auf Sie gewartet. Gucken wir es uns jetzt zusammen an?« Der Schnauzbart nickt und wendet sich zur Treppe, die ins Untergeschoss führt. Gemeinsam steigen sie die Stufen herab. Sein Besucher drückt die Klinke der stabilen Stahltür nach unten.

»Ist zu?«

Wie aus einem fernen Gedanken aufgeschreckt, schaut ihn der Mann irritiert an. »Stimmt, hier muss ich ja noch…«, murmelt er mehr zu sich selbst, kramt einen einzelnen Schlüssel aus der Hosentasche und lässt ihn nach dem Entriegeln im Schloss stecken.

Sie gehen den langen Kellergang entlang, von dem mehrere, allesamt fest verschlossene Stahltüren abgehen. Hinter einer ist das Geräusch einer Heizungsanlage zu hören, deren Brenner gerade fauchend anspringt. Schließlich bleiben sie am Ende des Ganges vor der letzten Tür stehen.

Der Schnauzbart legt seinen Daumen auf eine Sensorfläche, die sich unter dem Türknauf befindet.

Nichts passiert.

Fragend schaut er über die Schulter. Der Mann grinst seinen Besucher abschätzig an und reckt sein Smartphone in die Höhe. »Schon per App umprogrammiert! Sofort, als ich Ihre letzte Nachricht erhalten habe, dass Sie fertig sind. Sonst kann hier nachher jeder rein!« Nun berührt er selbst mit seinem Daumen die schwarze Fläche. Erst jetzt springt der Schließmechanismus klickend auf und gibt den Zugang frei. Sofort strahlt wie von Geisterhand taghelles Licht aus dem Raum heraus.

Der Schnauzbart zögert einen Moment und bleibt schließlich unschlüssig im Türrahmen stehen, während der Mann mit anerkennendem Nicken das große Zimmer abschreitet, interessiert durch das Fenster hinter den langen Gardinen aus feiner Biedermeierspitze schaut und eine weitere, im Raum befindliche Tür öffnet. Er verschwindet für eine Weile in dem Nebenzimmer, bevor er wieder zu seinem Besucher zurückkommt.

»Perfekt! Gute Arbeit!«

Schweigend sieht der ihm zu, wie er ein üppiges Geldbündel mit 200-Euro-Scheinen aus der Hosentasche zieht. Er zählt vierzig ab und drückt sie in die schwielige Hand seines Gegenübers. »So wie abgesprochen! Die andere Hälfte nach Abnahme.«

Nachdenklich fixiert ihn der Schnauzbart und wartet noch eine Weile, bevor er sich umständlich räuspert. »Ist, hmm, wie Puppenhaus. Nur für groß!«

Verärgert schaut der Mann auf, während der Handwerker seinem Blick aber nicht ausweicht.

Er zählt ihm nochmals zehn Scheine in die Hand.

»Benzingeld!«, sagt er in einem grimmigen Ton, der nun aber keinen Widerspruch zulässt. »Das sollte bis in deine Heimat reichen!«

Der Schnauzbart nickt bedächtig, tippt sich anstelle einer Entgegnung dankend mit dem Zeigefinger gegen die Stirn und steckt das Geld in die Brusttasche seines Overalls.

Wortlos gehen sie aus dem Keller zurück in die Eingangshalle und weiter nach draußen bis zum inzwischen wieder verschlossenen Gartentor. Über sein Handy entriegelt der Mann das Schloss der Pforte. Der Schnauzbart tippt sich ein weiteres Mal grüßend an die Stirn, bevor er, ohne noch einmal zurückzuschauen, das Grundstück verlässt und in einen verrosteten Sprinter steigt.

Nachdenklich verfolgt der Mann aus den Augenwinkeln, wie das Fahrzeug mit rasselndem Auspuff gegenüber von seiner Einfahrt losrumpelt.

Erst jetzt fällt ihm auf, dass er nie auf die Flagge oder das Länderkürzel auf dem Kennzeichen geachtet hat. Was jetzt durch die defekte Kennzeichenbeleuchtung in der Abenddämmerung auch nicht mehr auszumachen ist. Egal. Er hat sich hoffentlich klar und deutlich ausgedrückt.

SECHS

Und noch einmal: Drei-sieben-sechs-vier. Doch das Rolltor bleibt geschlossen, genauso wie mir die Ampel an der Einfahrt weiterhin in abweisendem Dauerrot entgegenleuchtet.

Ich öffne wieder den Chat auf meinem Handy: Drei-sechs-sieben-vier. Da war er, der Zahlendreher. Also nochmal und mit Konzentration! Erst jetzt wickelt sich das Alu-Gitter vor der Tiefgarage mit leisem Klackern auf, und endlich gibt eine grüne Ampel den Weg ins Untergeschoss frei. Ich folge der Ausschilderung für die Besucherparkplätze und finde mich kurz darauf mit meinem Koffer in einem voll verspiegelten Lift wieder.

Erneut gebe ich den Code, dieses Mal ohne Dreher, über die virtuelle Tastatur auf einem riesigen Touchpad ein und kann schließlich, wie es in den Anweisungen haarklein geschildert war, im nächsten Menüfenster, das sich automatisch öffnet, das gewünschte Stockwerk auswählen. Kaum habe ich die Ziffer mit der

Zweiundzwanzig berührt, schließen sich die Türen des Fahrstuhls, um mich binnen Sekunden nahezu geräuschlos nach oben zu katapultieren.

Mit flüsterleisem Surren gleiten die Türen in der obersten Etage wieder auf.

Laut wird es erst, als meine Heels über den weißglänzenden Marmorboden klackern, bis ich nach wenigen Augenblicken vor einer ebenso weißglänzenden Tür des Apartments mit der Nummer 22.02 stehe.

Ich drücke auf den Summer und schaue gebannt auf den Türspion.

Es dauert keine zehn Sekunden, bis mir eine breit grinsende Verena öffnet. »Da ist sie ja endlich! Immer nur hereinspaziert in mein bescheidenes Zuhause.«

Sie drückt mir links und rechts ein Luftküsschen auf die Wange und hat schon den Griff meines Rollkoffers in der Hand. »Den lassen wir erst mal hier vorn an der Garderobe stehen.« Verena streift mir meinen Mantel von den Schultern, um ihn neben ihrer ansehnlichen Auswahl an Überwürfen an einem Kleiderbügel aufzuhängen. »Los, raus aus deinen Schuhen und mach es dir bequem!«

Ich streife, jeweils einbeinig balancierend, die schmalen Lederriemen von meinen Fersen und stehe in meinen dünnen Nylons sofort auf wunderbar warmen Granitfliesen.

»Brauchst du Socken?«, fragt sie fürsorglich, »aber eigentlich ist die Fußbodenheizung so genial, dass ich selbst im tiefsten Winter hier noch barfuß rumspringen kann!« Sie winkt mir wie gestern Morgen wieder neckisch mit ihrem nackten linken Fuß zu. Mit dem Unterschied, dass der Rest ihres Körpers inzwischen aber von einem kuscheligen Hausanzug bedeckt ist.

Ich schüttele mit dem Kopf und schaue mich zunächst viel lieber und obendrein sehr neugierig in dem sehr offen gestalteten Penthouse um.

»Wow«, sage ich beeindruckt, als ich durch einen breiten Durchgang aus dem Flur in den großen Wohnbereich trete. Eine riesige, die ganze Breite des Raumes einnehmende Glasfront gibt den Blick frei auf die Stadt, in der in dieser blauen Stunde gerade unzählige Lichter aufblitzen. »Das hätte ich nicht erwartet!«

Verena steht inzwischen an einer quadratischen Kücheninsel, die den Wohn- und Essbereich unterteilt und lässt ein paar Eiswürfel in zwei Weingläser klimpern. »Was hättest du denn nach meinem Aufzug im Hotel erwartet? Ein bizarres S/M-Studio?«

Sie lacht belustigt auf und gießt einen gehörigen Schuss Aperol in die Gläser. »Oder ein plüschiges Puff-Ambiente, in dem das Rotlicht flackert und betörende Duftkerzen runterbrennen?«

Mit einem lauten Plopp entkorkt sie eine Flasche Sekt und füllt damit die Gläser auf.

»Zugegeben, der Dress am Freitag war schon extrem. Aber wenn der Kunde einen Domina-Look bestellt und entsprechend zahlt, dann bekommt er die Verena auch in der Aufmachung geliefert!« Das ultrascharfe Damastmesser in ihrer Hand fährt ohne Widerstand durch eine

Orange auf dem dicken Holzschneidebrett und zerteilt die runde Frucht in dünne Scheiben.

»Stößchen, meine Liebe, jetzt komm erst mal an, bevor ich mich mit Moschus einreibe und die zerkratzte Platte mit dem Je t'aime auflege!«

Amüsiert grinsend drückt sie mir den fertig gemixten Drink in die Hand. Ich ziehe am Strohhalm.

»Puh, bei der Alkoholdosis wirst du aber nicht lange Freude an mir haben«, entgegne ich keck.

»Na also, die Laune hebt sich bereits. So gefällst du mir doch wieder besser. Komm, dann zeige ich dir den Rest deiner neuen Unterkunft, bevor es zu spät ist!« Verena nimmt mir das Glas aus der Hand und zieht mich zurück in den Flur. »Da drüben Badezimmer, Dusche, WC und Waschmaschine, alles selbsterklärend – für uns Mädels«, nickt sie in die Richtung einer von drei verschlossenen Türen. Dann öffnet sie die zweite.

Wir stehen in einem Raum, der von einem riesigen, kreisrunden Bett dominiert wird. Ein meterlanger Kleiderschrank zieht sich an der einen Wand entlang, auch hier nimmt ein Panoramafenster gegenüber der Tür die ganze Breite des Raumes ein.

»Und hier ist unser Reich, wo du mir ab sofort Tag und Nacht zu Diensten sein wirst!«

Sie wirft sich bäuchlings auf das hohe Bett und schaut mich mit leicht gesenktem Kopf und strengem Blick an. »Haben wir uns verstanden, meine Zofe?«

Ich spüre, wie ich sofort knallrot werde, woraufhin Verena schließlich laut loslacht.

»Ich schiebe es mal auf die letzten zwei Tage und den wenigen Schlaf, dass man dich so leicht aus der Fassung bringen kann.« Sie steht auf und zieht mich an der Hand in den letzten verbliebenen Raum, in dem ein aufgeräumter Schreibtisch mit aufgeklapptem Laptop, ein ebenfalls ansehnlich großer Kleiderschrank und ein bereits fertig bezogenes Bettsofa stehen, auf dem sich locker zwei Personen ausbreiten können.

»Das hier ist dein Zimmer und im Schrank wirst du genug Platz für deinen Kofferinhalt finden! Passt das für dich?« Ich falle ihr um den Hals und drücke ihr einen dicken Schmatzer auf die Wange. »Danke! Das ist so toll, nein, so lieb! Ich weiß gar nicht, wie und ob ich das wieder gutmachen kann!«

»Wieso? Ich habe dir doch die Spielwiese nebenan gezeigt«, raunt sie mir mit glucksender Stimme ins Ohr. Sofort löse ich mich aus der Umarmung.

Wieder grinst sie mich augenzwinkernd an: »Mit dir kann man heute aber wirklich keine Scherze mehr machen, oder?« Ich schüttele meinen Kopf. »Nein, sorry, wahrscheinlich nicht. Und auf die Partymeile bekommst du mich bestimmt auch nicht mehr!«

»Das habe ich mir schon gedacht. Von daher schlage ich vor: Pizzabringdienst, Sofa, Tatort. Wäre das eine Alternative?«

Ich nicke ihr dankbar zu. »Genau mein Ding. Ich glaube, das bringt wieder etwas Normalität in mein inzwischen arg verkorkstes Leben.« Nur mit Mühe und Not kann ich zwei Stunden später noch der Handlung folgen. Genauso wie ich mich auch nach einer halben Pizza Rustica bereits geschlagen geben musste.

Ich spüre, wie Verenas Hände unter der Sofadecke nach meinen Fußsohlen greifen und beginnen, sie durch das hauchdünne Gewebe meiner Strumpfhose mit zunächst sanftem und dann immer fester werdendem Druck beharrlich zu massieren.

Behaglich strecke ich mich aus, schließe meine Augen und fühle endlich, dass immer mehr der bedrückenden Last aus mir entweichen kann.

Und lange, bevor die zwei altgedienten, inzwischen sehr graumelierten Krimihelden dem Bösewicht auch nur annähernd auf die Spur gekommen sind, bin ich bereits tief und fest eingeschlafen.

SIEBEN

Ich stehe in unserer Küche und schaue verzweifelt in die Rührschüssel. Mit stetigem Surren schlägt der Handmixer die Masse durch, doch sie will und will nicht fester werden.

Meine Tochter kommt, plötzlich wieder als ganz kleines Mädchen, hereingelaufen und klammert sich an meiner Schürze fest, die bereits von Teigspritzern übersäht ist. »Mama, Mama, der Papi ist schon wach und sein Geburtstagskuchen ist immer noch nicht fertig!«

Ich lache sie an. »Aber Mara, du Dummerchen. Wir backen doch keinen Geburtstagskuchen. Wir backen unsere Hochzeitstorte nach!«

Mein Lachen bekommt eine leicht hysterische Note, weil die Masse einfach nicht andicken will. »Geh schon mal deinen Bruder wecken und dann kannst du mit Moritz anfangen, den Tisch schön zu dekorieren, okay?« Sie flitzt wieder los.

Ich schalte den Mixer auf die höchste Stufe und reiße ein Tütchen Sahnesteif auf, doch es ändert sich nichts. Mit unverändert gemächlichem Surren panschen die Rührhaken die flüssige Masse durch.

Das wird nichts mehr, ich muss etwas Neues ansetzen, denke ich verzweifelt.

Ich will das Gerät ausschalten, doch es reagiert nicht. Verzweifelt stelle ich es hochkant auf die Arbeitsplatte, um die Rührschüssel in der Spüle zu entleeren, während die weiter rotierenden Haken die klebrige Masse in der Küche verteilen.

Mein Mann erscheint in der Tür.

»Was haben wir hier denn für eine Bescherung angerichtet?«, lacht mich Thomas mit hämischer Stimme aus und zieht den Stecker am Gerät, doch das penetrante Surren erfüllt weiter den Raum.

Erst jetzt schlage ich die Augen auf.

Mein Blick fällt auf einen Staubsaugerroboter, der gerade unter dem Schreibtisch auftaucht, die Schrankwand entlang rotiert und dann durch die halb geöffnete Zimmertür im Flur verschwindet. Erst jetzt wird das gemächliche Surren, welches schon eine geraume Zeit meinen Traum begleitet hat, immer leiser, bis es schließlich nach drei Piepsern komplett verstummt.

Ich richte mich leicht auf. Ein Himmel, grau in grau, hat sich hinter dem Panoramafenster zusammengeschoben. Die Lamellen sind quergestellt, so dass möglichst viel Licht hereinfallen kann.

Der Schreck fährt mir in alle Glieder, als ich bemerke, dass ich vollkommen nackt bin.

Wie bin ich überhaupt ins Bett gekommen?

Langsam baut sich die Erinnerung an den gestrigen Abend auf Verenas gigantischer Kuschelcouch wieder auf. Beim Einschlafen war ich jedenfalls noch angezogen! Jetzt hängt mein Strickkleid, die Strumpfhose, BH und Slip fein säuberlich an einem stummen Diener neben dem großen Kleiderschrank. Mein Rollkoffer, den Verena gestern noch neben der Garderobe im Flur abgestellt hatte, parkt nun in der Ecke neben dem Schreibtisch. Mein Handy liegt angeschlossen auf einem kleinen Beistelltisch neben der wirklich gemütlichen Bettcouch.

Es ist kurz vor Elf und mein WhatsApp-Eingang zeigt vier neue Nachrichten. Die können warten, beschließe ich und stehe auf.

In der ganzen Wohnung ist es still und auch sonst dringen keine Geräusche aus dem übrigen Haus herein. Ich streife mir, ohne wieder in die Unterwäsche von gestern zu schlüpfen, lediglich das Strickkleid über den

Kopf und gehe barfuß über das warme Parkett in den Flur. Die Fußbodenheizung ist wirklich klasse!

»Hallo?« Es bleibt still.

»Verena? Guten Morgen, die Langschläferin kommt!« Keine Antwort.

Die Tür zu ihrem Schlafzimmer ist ebenfalls nur angelehnt. Das kreisrunde Bett ist mit einer wunderbaren Tagesdecke akkurat gemacht. Am Durchgang zum Wohnbereich klebt ein großes Post-it, auf dem ein großer, per knallrotem Lippenstift aufgedrückter Kussmund prangt.

»Kaffee, Kühlschrank, Netflix, alles selbsterklärend, bin auf einem Termin, gegen Mittag wieder da, sorge fürs Abendessen, fühl dich wie zu Hause, Küsschen V.«

Mein Blick streift die blinkende Dockingstation neben der Garderobe, in die sich der Staubsaugerroboter wieder eingeparkt hat. Mein irrer Traum kurz vorm Aufwachen ist nur noch in kleinen Fetzen vorhanden.

Eigentlich bin ich viel mehr erstaunt, wie ausgeschlafen, ausgeruht und fit ich mich tatsächlich fühle. Verenas herrliche Fußmassage, an die ich mich auch nur noch in Fetzen erinnere, muss wahre Wunder gewirkt haben.

Ich öffne ein paar Schränke in der Küche, bis ich das gefunden habe, wonach mir ist.

Sprudelnd füllt sich das Glas am in die Kühlschranktür integrierten Spender mit eiskaltem, klarem Wasser. Bedächtig trinke ich es mit kleinen Schlucken leer.

Das tat gut.

Der Vollautomat in der Ecke der Küchenzeile steht auf Standby. Ich stelle eine große Tasse unter die Ausläufe und drücke auf dem Farbdisplay das Symbol mit dem Cafe-au-lait. Sofort steigt mir der angenehme Duft von frisch gemahlenen Kaffeebohnen in die Nase. Genau wie zuhause, denke ich mit einem behaglichen Grummeln in meiner Magengegend.

Mit der Tasse in der Hand stehe ich vor dem auch diesen Raum dominierenden, riesigen Panoramafenster und schaue über unsere Stadt.

Selbst in diesem trüben Grau mag ich sie.

Nicht mehr lange und die weit am Horizont schemenhaft aufragenden Bergketten werden wieder weiß überzuckert sein. Wie schön es war, mit den Kindern, als sie noch so klein wie in meinem just zerplatzten Traum waren, den ersten Schnee auf dem Schlitten zu begrüßen.

Wie werden sie jetzt meine Nachricht, die ich ihnen gestern Nachmittag, bevor ich aus dem Haus bin, auf dem Treppenaufgang in ihre Zimmer hinterlassen habe, wohl aufgefasst haben? Mir fallen die Nachrichten auf meinem Handy ein, die ich noch checken sollte. Doch zuvor drängt es mich ins Bad.

Einmal Pipi und eine Katzenwäsche später sitze ich an Verenas Schreibtisch und klicke mich durch meine Nachrichten.

In der kleinen WhatsApp-Gruppe, die ich gestern noch für meine Kinder und mich eingerichtet hatte, lese ich zwei Nachrichten von Moritz.

»Hey Mum, alles gut, mach dir keinen Kopf. Soll ich dir auch von Mara ausrichten. Wir kommen schon klar.« Und kurz darauf: »Paps ist auch wieder da. Um den kümmern wir uns natürlich auch – Zwinkersmiley. HEGDL.« Das Haben-euch-ganz-doll-lieb lässt unweigerlich meine Augen feucht werden.

Die dritte Nachricht ist harmlos und von Heike (»Denk an unseren Brunch im Königs! Donnerstag! Freue mich! Zwei Herzchen«), was bedeutet, dass bei ihr noch keine »bad news« eingetroffen sind, und die vierte eine Sprachnachricht von Marie.

Ich ahne, was jetzt kommt.

Mit bangem Gefühl tippe ich auf das Play-Symbol.

Sofort erfüllt eine laut keifende Stimme ohne Gruß und Komma den ganzen Raum. »Sag mal, spinnst du jetzt komplett? Da treffen Markus und ich auf der Gala auf Thomas und der erzählt uns sofort diese unglaubliche Horrorgeschichte. Bitte schön, was ist denn nur in dich gefahren? Wie kannst du dich denn so gehen lassen? Und lässt ihn nichtsahnend so auffahren? Der arme Kerl! Also, meine Liebe, das hätte ich von dir aber niemals gedacht, dass du deine Familie so bloßstellst. Hast du mal über die Konsequenzen nachgedacht? Wie steht denn jetzt Thomas da? Und deine Kinder müssen jetzt auch damit leben. Hör mal Laura, ich stehe immer noch vollkommen neben mir. Diese blöde Gala, der ganze Abend war für mich gelaufen, das kannst du dir vorstellen. Wie konntest du dich denn nur so gehen lassen? Habe ich, glaube ich schon mal gesagt. Egal! Ich kann's nicht oft genug wiederholen! Markus ist auch fassungslos. Vor allem, weil du ihm noch am Telefon zugesagt hast, dass wir uns auf der Gala doch sehen werden. Ich weiß gar nicht, ob ich jetzt von dir irgendwelche Beschwichtigungen oder Erklärungen hören will. Ich kann mir eh schon denken, wie du dir das alles zurechtlegen wirst. Vielleicht ist es besser, du meldest dich erst mal nicht bei mir. Lass mich das alles in Ruhe verdauen. Beinahe hätte ich noch mach's gut gesagt. Aber das verkneife ich mir jetzt! Ich glaube es einfach nicht! So eine fiese Tour, so egoistisch, das hätte ich bei dir niemals gedacht! Du, du… nein, ich sage jetzt besser nichts mehr.«

Ohne ein Wort des Abschieds endet die Nachricht, und wie paralysiert starre ich auf das Display, bis von der Tür eine sanfte Stimme die Stille durchbricht.

»Das war jetzt hoffentlich aber nicht deine beste Freundin. Und wenn, dann weißt du, dass sie nicht deine beste Freundin ist!«

Noch im Mantel betritt Verena das Zimmer und geht vor mir in die Hocke. »Sorry, Süße, ich wollte nicht lauschen, aber diese Ansage war auch im Flur leider unüberhörbar! Im ersten Augenblick dachte ich, dass du bereits Besuch hast. Und dass mir diese Stimme sogar bekannt vorkommt! Bis ich aber gemerkt habe, dass es eine Sprachnachricht an dich ist.«

Niedergeschlagen schaue ich ihr in die Augen.

»Vielleicht war das alles doch mein Fehler. Am Samstag habe ich schon von Eva meine Abfuhr kassiert und jetzt schließt sich gleich die nächste an«, jammere ich verzweifelt los.

»Nun lass dich mal nicht allzu schnell ins Bockshorn jagen«, hält Verena trocken dagegen. »Dass Eva sauer ist, kann ich verstehen. Das ist«, sie lacht kurz auf, »einfach nur ihre Eifersucht. Ihr zwei habt euch gefunden, und auch wenn sie ihren Paul hat, ist sie schon, ein wenig mehr als sie zugeben will, in dich verliebt. Genau wie du, schließlich ist sie ja die erste Frau in deinem Leben! So hast du es mir doch im Hotel gestanden!«

Sie nimmt mein Gesicht in ihre Hände und küsst mich auf die Nasenspitze. »Wo halt die Liebe hinfällt, Sweetie, was willst du denn dagegen machen? Und warum dagegen ankämpfen? Wie es weitergeht? Hmm, ich prophezeie mal ein offenes Ende. Aber der aktuelle Status ist: zwei Mädels, die sich heftig ineinander verknallt haben. Oder wie die Amis so schön dazu sagen: Crush! Jetzt haben wir hier halt einen kleinen Crash. Da kann die eine noch so alt und die andere noch so vernünftig sein.« Ich muss schlucken, denn jetzt erst wird mir bewusst, dass ich mir diese Tatsache seit meiner ersten Begegnung mit Eva, damals noch in Natalias Schneiderei, nicht eingestehen wollte.

Natürlich auch, weil ich mich vor allen Konsequenzen gefürchtet habe, die jetzt tatsächlich eingetreten sind.

Doch Verenas Zusammenfassung bringt alles auf den Punkt, dem ich mich jetzt wirklich stellen muss. Mit zusammengebissenen Zähnen schaue ich sie an.

Verena lächelt aufmunternd zurück.

»Und deshalb lässt du diese Nachricht von deiner Freundin einfach mal abprallen. Lass sie reden, lass sie sich aufregen. Sie wird sich schon wieder beruhigen. Du stellst dein Leben auf den Kopf, das stellt auch so manch anderes Leben auf den Kopf. Die eine kommt schnell damit klar, die andere vielleicht ein Leben lang nicht. Das ist dann halt so.«

Sie steht auf und zieht mich in ihre Arme. »Jetzt lass dich einfach nur mal feste drücken. Und wehe, du weigerst dich! Und dann gönnst du dir ein langes Schaumbad mit viel Blubber, während ich uns was Leckeres in der Küche zaubere. Ich bin gerade noch über den Markt, das Gemüse sah da leckerschmecker aus und meine Ratatouille wird dir guttun. Du bist nämlich immer noch vollkommen durch den Wind, das spüre ich ganz genau. Ist das ein Deal?«

Ich spüre, wie sich ihre Arme ganz eng um meinen Körper schlingen, und lehne meinen Kopf dankbar an ihre Schulter.

Wieder habe ich ihren herrlichen Verena-Duft mit ein wenig »Nummer Fünf« in der Nase, was mich auch schon während der gemeinsamen Nacht in ihrem Hotelzimmer gehörig aus der Fassung gebracht hat.

Schnuppernd taste ich mich mit geschlossenen Augen an ihrem Hals und über ihre Wange langsam voran, bis meine Zunge nach vorn zuckt und begehrlich über ihre Lippen streicht, die allerdings eisern zusammengepresst bleiben. Bittend hebe ich meinen Kopf.

Verena löst sich aus der Umarmung, schiebt ihren Kopf leicht zurück und taxiert mich mit zusammengekniffenen Augen.

»Ohlala, wie ausgehungert bist du denn? Ich rede von einer Ratatouille und du willst gleich mit dem Dessert anfangen. Bist du dir wirklich sicher, dass du das schon willst?«

»Ganz, ganz sicher«, nicke ich ihr langsam zu und strecke meine Arme sehnsüchtig bettelnd nach ihr aus.

Ihr Blick bleibt eine ganze Weile mit undurchdringbarem Ausdruck auf mir ruhen, bevor sie ihren Mantel bedächtig abstreift und diesen ordentlich zusammengefaltet auf den Schreibtisch legt. Dann kramt sie sich durch ihre Handtasche, aus der sie schließlich ein kleines, unscheinbares Fläschchen zu Tage fördert.

Ich rieche scharfen Alkoholdunst, als sie ein paar Spritzer in ihren Händen verreibt und auch mir ein wenig von dem kühlen Gel in die Handflächen drückt.

»Okay! Aber nur so ist sicher auch sicher!«, unterbricht sie schließlich die Stille der letzten Minute. »Du kennst ja mein Geschäftsmodell! Kein Risiko, das mich und auch dich gesundheitlich umhauen könnte.«

Gehorsam verreibe ich das kühle Gel in meinen Handflächen und schaue sie genauso gebannt wie erwartungsvoll an. Ich muss nicht lange warten.

Schon hat Verena mir mit einem Ruck das Strickkleid über den Kopf gezogen und es im großen Schwung auf mein noch nicht gemachtes Bett geworfen.

»Nackt wie Gott sie schuf. Dachte ich es mir doch!«, grinst sie mich zufrieden an und fährt mit ihrem Fingernagel in mir unendlich erscheinender Langsamkeit über meine Brüste. Ich greife nach ihrer Bluse, um sie aufzuknöpfen, doch schon hält sie meine Hand und schüttelt wie in Zeitlupe den Kopf. »Nein, nein, meine Süße. Heute bist nur du an der Reihe!«

Sie legt ihre Hand auf meine Schulter und umrundet mich langsam, bis sie hinter mir zum Stehen kommt. Vollkommen ungeschützt vor fremden Blicken stehe ich nur wenige Schritte entfernt vor dem riesigen Panoramafenster und schaue auf die Stadt herunter. Verena drückt auf den Taster an der Wand. Mit leisem Surren fahren die quergestellten Lamellen der Jalousie nach oben.

»Keine Sorge, Sweetie, von da unten wird dich hier oben keiner erkennen können«, wispert sie so dicht hinter meinem Ohr, dass ihre mit herrlichem Glossy zurechtgemachten Lippen wie eine sanfte Luftbrise über meine Haut streichen.

Meine Nackenhaare stellen sich vor lauter Erregung auf, während sich tief in mir ein wahnsinniges Prickeln ausbreitet. Auch Verena scheint meine kaum noch zu zügelnde Lust genau zu spüren, lässt sich aber in keiner Weise aus der Ruhe bringen. Hartnäckig bugsiert sie mich mit kleinen Trippelschritten weiter durch das Zimmer. Ich spüre, wie sie mit ihren hochhackigen Stiefeln zwischen meine Beine drängt und sie immer weiter auseinanderschiebt. Schon umfasst sie meine Handgelenke und zieht meine Arme nach oben, bis ich schließlich, wie ein menschliches X, direkt vor dem Fenster stehe.

»Lehn dich nach vorn!«

Plötzlich liegt ein bestimmter, nein, eigentlich ein sehr bestimmender Klang in ihrer Stimme, der keinen Widerspruch zulässt.

Sofort gehorche ich.

Die leichte Kälte der dickwandigen Sicherheitsverglasung strömt durch meine Handflächen, so dass ich eine leichte Gänsehaut bekomme. Oder ist es wegen was anderem?

Zweiundzwanzig Stockwerke tiefer rechen kleine Männchen in grünen Overalls das erste Laub in der Grünanlage vor dem Hochhauskomplex zusammen.

»Vertraust du mir?«

Ich nicke stumm.

»Mach die Augen zu!«

Eine milchige Dunkelheit umgibt mich. Verenas perfekt manikürte Fingernägel gleiten von meinen Handgelenken an meinen Armen herab, bis sie mit leichtem Druck über meine durchgestreckten Achselhöhlen kratzen. Ihre Fingerkuppen zerreiben ein paar Schweißperlen, die sich in meiner Anspannung gebildet haben und bereits über meinen Bauch nach unten rinnen.

»Entspann dich«, raunt sie mir ins Ohr. Ich spüre, wie ihr ruhiger, beharrlicher Atem dazu über meine Schultern streicht. »Entspannst du dich?« Wieder nicke ich. Erneut ritzen ihre Fingernägel wie die stumpfe Seite eines Messers über meine Haut und beginnen, mit wachsendem Druck meine Brüste zu umkreisen.

Wohlig stöhne ich leise auf.

»Gut so«, lobt sie mich.

Wieder beginnt sie, von außen beginnend, in immer engeren Bahnen meinen Busen zu umrunden, bis sie schließlich mit Daumen und Zeigefingern nach meinen

Brustwarzen greift und sie beharrlich, erst sanft und dann immer kraftvoller durchzukneten beginnt. Mein Stöhnen wird lauter.

»Aua!« Erschrocken reiße ich die Augen auf. Auf den festen Kniff war ich nicht gefasst.

»Durchhalten«, flüstert sie, »du wirst es nicht bereuen! Augen zu?«

Zögernd nicke ich und folge erneut ihrer klaren Ansage, indem ich gehorsam meine Augen schließe. Sie lockert kurz den Druck, bis mich wieder ein kurzer Schmerz durchzuckt. Diesmal war ich aber vorbereitet und kann mir den auf der Zunge liegenden Schmerzausruf so verkneifen, dass mir nur ein leises Aufstöhnen über die Lippen kommt.

»Gut so«, raunt sie mir ins Ohr. Das Spiel beginnt von neuem, stoppt kurz und startet wieder ohne Unterlass. Ich spüre, wie mich bei jeder neuen Woge immer mehr Lust durchströmt. Meine Scheide fühlt sich klatschnass an. So nass, wie ich sie in meiner Erinnerung noch nie erlebt habe.

Auch Verena scheint die gewaltige Erregung in mir zu spüren. Ich schmecke meinen eigenen, salzigen Schweiß, als ihre Fingerkuppen über meinen Mund streichen. Der Alkoholdunst von vorhin hat sich inzwischen vollkommen verflüchtigt. Ein Zittern erfasst meinen Körper, während ihre Finger nun langsam über meinen Nacken hinabgleiten und jeden einzelnen Wirbel umkreisen, bis sie bis sie meine Pofalte erreicht haben. Sie verharren nur kurz, um sofort weiter auf Entdeckungsfahrt zu gehen.

Ein tiefes, kehliges Stöhnen drängt aus mir heraus, als ich spüre, wie sie nahezu gebieterisch in mich hineindrängen und sich dort sofort zu einem Haken krümmen, so als wolle Verena mir auch physisch signalisieren, wer mich gerade gefangen hat.

Und in wessen Hand ich mich befinde!

Doch die unbändige Lust auf noch viel mehr drängt dieses mir bislang fremde Gefühl von Macht und Unterwerfung in den Hintergrund. Selbst, als sich plötzlich ihr Oberschenkel zwischen meine Beine schiebt und mich mit nahezu unglaublicher Kraft so weit nach oben hebt, bis ich nur noch auf meinen Zehenspitzen stehen kann. Die körperliche Anspannung lässt mich immer stärker zittern und auch immer schneller keuchen.

Doch es ist noch lange nicht vorbei! Mit sanften, aber beharrlichen Stößen dringt Verenas Hand ohne Unterlass so tief in mich hinein, dass ich inzwischen förmlich um Gnade winseln muss. Und doch soll das alles nicht aufhören. Vielmehr bin ich erstaunt, was ich gerade in mich aufnehmen kann, nein, in mir aufnehmen möchte: an Gefühlen, an Lüsten, an Emotionen – und obendrein auch an körperlichen Herausforderungen! Und habe zugleich das Gefühl, dass es noch immer nicht genug ist.

Stöhnend reiben meine prallgefüllten Schamlippen über das inzwischen klatschnasse Gewebe ihres Rocks, den sie immer noch trägt. Inzwischen muss ein ganzer Ozean an Lustwogen durch meinen Unterleib rauschen. Ein nicht enden wollendes »Jaaaa…..!« drängt sich in auch für mich bislang unerhörter Lautstärke über meine

Lippen. Es schmatzt förmlich, als Verena, so als würde sie den Korken einer Champagnerflasche knallen lassen, schlagartig ihre Hand aus mir herauszieht und ein ganzer Kosmos an Glückshormonen in einer Intensität, wie ich sie noch nie zuvor gespürt habe, in mir zu explodieren scheint. Und nicht nur das: Ich habe das Gefühl, dass der ganze Ozean gleich hinterher schießt.

Was war denn das?

Erschöpft vor lauter Glück will ich zusammensacken, doch ihr angespannter Oberschenkel lässt mich in der Reiterposition verharren, so dass mein orgiastisches Zittern nur ganz langsam abebben kann. Erst nach einer kleinen Ewigkeit mag ich meine Augen endlich wieder aufschlagen.

Ich schaue durch die von meinem heißen Atem leicht beschlagene Scheibe wie durch einen Weichzeichner in den Abgrund. Unverdrossen rechen die kleinen grünen Männchen das Laub zusammen. Puuuh, was für ein unfassbares Erlebnis! Euphorisch ausatmend drehe ich meinen Kopf in ihre Richtung, während Verena mich mit einer hochgezogenen Augenbraue aber nur unverschämt angrinst. »Für den Anfang nicht schlecht, oder?«

Erst jetzt lässt sie ihr angezogenes Bein wieder nach unten sinken und tritt drei Schritte zurück. Ihre Stilettoabsätze klickern über das warme Parkett, auf dem ich jetzt wieder mit meinen nackten Füßen festen Halt finde.

Doch meine Knie sind immer noch butterweich. Langsam sinke ich, mit dem Rücken ans Fenster gelehnt, nach unten und starre sie in einer Mischung aus Erstaunen, aber auch Dankbarkeit und Glückseligkeit an. Auf ihrem enganliegenden, beigefarbenen Pencil-Rock hat sich in Höhe ihres Oberschenkels ein riesengroßer und sehr nasser Fleck ausgebreitet.

»War ich das?« Mein ungläubiger Blick wird mit einem kecken Schmunzeln beantwortet.

»Möglicherweise…« Schon löst sie, so als wäre nichts geschehen, den seitlich angebrachten Reißverschluss und steigt in ihren Stiefeln aus dem Beinkleid, das bereits mit einem Rutsch zu Boden geglitten ist.

»Jedenfalls ist der jetzt auch reif für die Wäsche! Genau wie du auch. Wärst du also so nett und nimmst ihn mit? Wirf ihn einfach im Bad in den Bastkorb, wenn du dir dein wohlverdientes Entspannungsbad einlässt!« Ein geblümter Spitzentanga blitzt unter der Bluse hervor, als sie fröhlich winkend und mit einem übertriebenen Hüftschwung aus dem Raum stolziert.

»Und ich habe heute Küchendienst. Nach diesem Dessert zur Vorspeise gibt als Hauptgericht Ratatouille a la Verena! Und wer weiß, was uns dann noch als kleine Nascherei zum Nachtisch einfällt. Keine Widerrede, mon Cherie!«

»Und, nun sag schon: Wie ist es so, mit einer Frau?« Heikes direkte Frage lässt mich glatt an meinem Orangensaft verschlucken. Prustend huste ich los, bis ich mich dank ihrer leichten Klopfer auf meinen Rücken wieder etwas beruhigen kann.

»Geht's?« Aufmunternd schaut sie mich an.

Ich tupfe mir mit der Serviette meine Augen trocken und winke der Kellnerin ab, die hinter der Theke fragend ein Glas mit Wasser in die Höhe hält. »Danke schön, ja, alles wieder gut!«

Jetzt rückt mir Heike an unserem noch reichlich gedeckten Frühstückstisch ein wenig dichter auf die Pelle.

»Also, raus mit der Sprache«, raunt sie mir in verschwörerischem Ton zu, »befriedige sie doch endlich meine Neugier!« Nun müssen wir beide ob ihres anzüglichen Wortspiels losprusten.

»Ich weiß nicht«, setze ich etwas stockend an, »natürlich ist es anders, aber dann auch wieder so normal, wie man es doch gewohnt ist! Also nicht man, sondern wir! Ich meine, wir Frauen…«

Heike runzelt fragend die Stirn. »Du willst mir jetzt nicht ernsthaft erzählen, dass es so langweilig ist, wie wir es inzwischen von unseren lieben Kerlen gewohnt sind.« Schnell lenke ich ein. »Nein, um Gottes Willen, kein

Vergleich. Ich wollte damit nur sagen, dass sich alles wieder vollkommen neu und unglaublich spannend angefühlt hat. So wie das erste Mal, wenn man sich frisch in jemanden verliebt hat. Dass mich jetzt eine Frau geküsst hat, und dass auch ich eine Frau geküsst habe, das habe ich doch erst sehr viel später realisiert. In dem Augenblick selbst war es einfach nur…«

Ich schweige und suche so lange nach dem passenden Wort, bis Heike schließlich fragend einsteigt. »Himmlisch? Wunderschön? Betörend? Geil?«

Langsam nicke ich jeden ihrer Vorschläge ab. »Ja, irgendwie trifft es alles zu. Es war jedenfalls so unfassbar herrlich, dass ich es jederzeit wieder machen würde.«

Heike schürzt anerkennend ihre Lippen. »Respekt, das ist jetzt aber mal eine Ansage von meiner liebsten und besten Freundin. Du willst mir jetzt aber nicht sagen…«

Sie zieht das letzte Wort so in die Länge, bis ich mich genötigt sehe, ihre Frage zu vollenden. »Dass ich über Nacht lesbisch geworden bin? Nein, garantiert nicht!« Ich lache kurz auf, wobei mir wieder klar wird, dass ich ihr bislang nur die Affäre mit Eva gebeichtet habe. Dass ich inzwischen auch schon mit Verena intim war, und sogar schon einmal mehr als mit Eva, muss ich ihr auch noch irgendwie schonend beibringen. Diese Tatsache könnte sie an meinem klar und deutlich vorgebrachten Nein allerdings ein wenig zweifeln lassen. Vielleicht also nicht gleich heute raus damit. »Sie ist aber auch wirkliche eine Hübsche!« Heike hat bereits den Insta-Kanal

@mit.eva.im.paradies auf ihrem Handy gefunden und fügt gerade mit zwei Tippern dem Doppel-Selfie, welches Eva nach unserem ersten und wirklich einzigen Mal hochgeladen hat, ein weiteres Herz hinzu.

Dann wischt sie sich durch die vielen weiteren Fotos, die auch mich in unterschiedlichsten Posen mal mehr oder weniger bekleidet zeigen. Aber immer in solchen Ausschnitten, so dass ich für den zufälligen Besucher auf ihrem Account nicht zu identifizieren bin. »Jetzt, wo ich es weiß, erkenne ich dich auch. Und klar, auf dem Selfie mit ihr sieht man dein ganzes Gesicht. Aber sonst«, sie schüttelt den Kopf, »hätte ich nie gedacht, dass du dich hier ganz schön nackig zeigst!«

Sie öffnet eine Aufnahme aus der Serie, die Eva an einem helllichten Herbsttag mitten in der Stadt fotografiert hat. Nur mit einem Netz-Catsuit bekleidet, lasse ich gerade das von Natalia himmlisch geschneiderte Cape sehr weit aufklaffen. »Und so haben dich 504.000 Menschen in aller Welt zu Gesicht bekommen. Also nicht zu Gesicht, aber auf jeden Fall zu sehen bekommen. Respekt!«

Sie zieht die Aufnahme mit zwei Fingern groß, um meinen eigentlich nur minimal bedeckten Körper genauer zu inspizieren. »Respekt! Also auch, wie gut du dich in Form gehalten hast. Bist ja auch nicht mehr die Jüngste.« Heike lacht wieder kurz auf.

Ich muss schlucken. »Technisch gesehen nicht nur Evas Follower, sondern eigentlich jeder, der auf Insta und TikTok unterwegs ist. Du kannst nachher kaum noch überschauen, wo überall diese Bilder geteilt und weiterverbreitet werden. Das kann eine echte Lawine werden, wer alles deine Bilder zu Gesicht bekommt. Vielleicht auch meine Kinder? Ich weiß es nicht. Jedenfalls, und das ist ja das eigentlich Schlimme, hat es Thomas auch irgendwie spitzgekriegt. Sonst hätte er mir doch nicht diese Szene bereitet!«

Heike streicht mir beruhigend über den Arm. »Immer schön langsam, meine Liebe. Dass du dich auf diese Fotoshootings eingelassen hast, das ist doch per se nichts Schlimmes. Und außerdem hast du stets penibel darauf geachtet, dass du nicht zu erkennen bist und folglich keinen, schon mal gar nicht deinen Göttergatten, bloßstellst. Punkt, basta! Dass er zu dem Zeitpunkt bereits mit seiner Büroperle rumgemacht hat, ist mehr als offensichtlich. Egal, ob sie damals schon in der Kiste rumgehoppelt sind oder erst noch in der Flirtphase waren. So oder so hat er dich einfach nur links liegen gelassen. Das höre ich von dir jetzt nicht zum ersten Mal.«

Sie nimmt einen großen Schluck ihres inzwischen sehr kalten Kaffees und winkt nach der Bedienung.

»Und dann hast du dich irgendwann, wenn ich es richtig zusammenzähle, erst sehr viel später mit dieser Eva getröstet. Da war doch das Kind schon lange in den Brunnen gefallen. Wollen wir jetzt weiter diskutieren, was zuerst war: die Henne oder das Ei? Nein, nein, einen Hauptschuldigen kann man in dieser Situation nicht ausmachen. Nochmal Punkt und Basta.« Heike wendet sich der Kellnerin zu, die mit einem zuvorkommenden Lächeln an unseren Tisch getreten ist und das leere

Geschirr abräumt. »Danke, meine Liebe. Zwei Cappuccini bitte – und dazu zwei Gläser Sekt, wir müssen jetzt auch mal anstoßen!«

Erstaunt schaue ich ihr in die Augen. »Worauf? Dass ich jetzt zuhause rausgeflogen bin? Und mein Mann vor aller Welt den gehörnten Ehemann spielen kann?«

Heike zuckt mit den Schultern. »So hat er es gelernt und das ist doch sein Daily Business. Du kennst sein Motto: Angriff ist die beste Verteidigung. Das zelebriert er seit Jahrzehnten erfolgreich im Job und jetzt bist du an der Reihe! Es ist schlimm, aber in vielen Beziehungen dann auch nichts neues. Auch wenn man gemeinsam schon zwanzig Jahre oder gar mehr auf dem Buckel hat.«

Noch immer spüre ich den Schlag in der Magengrube, als er mich vor noch nicht einmal einer Woche, ohne mit der Wimper zu zucken, eiskalt abserviert hat.

»Aber wie soll ich jetzt weiter vorgehen? Ewig möchte ich nicht bei Verena aus dem Koffer leben und dass ich dann als nächstes wie eine Herumtreiberin bei Ralf und dir auf der Matte stehe, ist auch keine Lösung!«

Dass ich am liebsten wieder bei Eva auf der Matte stehen würde, verkneife ich mir. Sonst nimmt mir Heike meine Antwort auf ihre Lesbenfrage definitiv nicht mehr ab. Und auf eine Dreiecksbeziehung mit Eva und ihrem Paul will ich es bestimmt auch nicht ankommen lassen. Polyamorie ist definitiv nicht meins. Sagt mir bislang jedenfalls mein Bauchgefühl. Und auch Eva hat mir ja gestanden: Offen für die ein oder andere Affäre, flirten ja, auch mit Frauen, aber ihr Paul ist dann doch ihr alleiniger Hafen.

»Meine liebe Laura, ich würde lügen, wenn ich dir jetzt sagen würde, dass es mich nicht getroffen hat. Natürlich hätte ich erwartet, dass du mit deinem Koffer bei mir vor der Tür aufgekreuzt wärst. Was denkst denn du! Und glaub nicht, dass Ralf auch nur einen Spruch gemacht hätte. So dicke sind er und Thomas doch auch nicht. Aber gut. Jetzt hat diese Verena den Zuschlag erhalten und kümmert sich darum, dass du mir nicht vom Fleisch fällst, ein Bettchen hast und etwas Abstand zu allem findest.«

Gott sei Dank kommt gerade die Kellnerin mit der Bestellung, so dass Heike nicht sieht, wie mein Gesicht gerade rot anläuft.

Nach Abstand hatte sich das nicht angefühlt, als mir Verena erst vor ein paar Tagen das Kleid über den Kopf gezogen und mich dann vollkommen nackt vor ihrem Fenster quasi zur Schau gestellt hat. Was mir aber, wie ich es dann sehr viel später beim Sinnieren in der Badewanne deutlich gespürt habe, nochmals einen zusätzlichen Lustkick beschert hat. Wenn ich Heike jetzt diesen irren Quickie gestehen würde, dann würde sie mich bestimmt an den Haaren zu sich nach Hause ziehen und so lange in ihrem Gästezimmer einschließen, bis sie mich wieder für »normal« befindet.

»Laura?«

Ich schrecke aus meiner Erinnerung hoch.

»Wo bist du denn gerade mit deinem Kopf?«

»Bei, ähm, ja, meinen Kindern. Für die brauchen wir auch noch eine Lösung«, versuche ich meine Gedanken schnell in eine andere Richtung zu lenken. »Moritz hat die Sache gut im Griff und macht mit dem FSJ ohnehin schon sein eigenes Ding. Wir sprechen doch täglich miteinander und schicken uns Nachrichten. Und er kümmert sich auch wunderbar um Mara, das weiß ich und das spüre ich auch. Aber sie nimmt diese Sache schon sehr mit. Und ich habe dir ja schon ein paar Mal erzählt, dass ich seit einiger Zeit keinen rechten Zugang mehr zu ihr finde. Ganz im Gegensatz zu ihrem Vater.«

Heike lacht. »Denk an uns in diesem Alter. Da wollten wir auch nichts mehr von unseren Müttern wissen und alles anders machen.«

Sie streicht mir über die Wange. »Ganz ehrlich. Da ist jetzt auch ein wenig der Vater gefordert. Nicht nur coole Reden schwingen und der good Cop sein. Wenn er dich schon so rabiat vor die Tür setzt, dann muss er jetzt auch die Ansagen im Haus machen, vor denen er sich sonst immer gut verdrücken konnte.«

Mit einem sinnierenden Blick greift sie nach den beiden Sektkelchen, um mir einen in die Hand zu drücken. »Vorschlag: Ich funke mal Moritz an und mache einen Abend aus, um ganz beiläufig mit einem Nudelauflauf vor eurer Tür zu stehen. Und dann sehe ich zu, dass ich nach dem Abendessen noch ein wenig Tacheles mit Thomas reden kann. Um ihn auch auf den Pott zu setzen. Und ihm klar zu verstehen gebe, dass er es sich gerade sehr, sehr einfach macht. Dabei aber sehr, sehr viel zwischen euch kaputtmacht. Ich weiß schon, wie ich ihn anpacken muss, da mach dir mal keine Sorge. Ist das eine Maßnahme?« Mit einem Blick, der keinen Widerspruch zulässt, lässt sie ihr Glas leise gegen meins klirren.

»Ach Heike, ich liebe dich für deinen Pragmatismus.« Dankbar schaue ich in ihre Augen.

Sie grinst mit dem mir so bekannten Schalk frech zurück und nimmt einen großen Schluck aus dem Sektkelch. »Ach Laura, hoffentlich nur für den. Nicht dass du jetzt auch noch mit mir in die Kiste steigen willst.«

N E U N

Er lässt sich mit ausgestreckten Armen an der Stange durchhängen und schaukelt langsam hin und her. So wie er es früher so gerne auf dem großen Kinderspielplatz im Waldpark gemacht hat. Sein Vater taucht im Türrahmen auf. »Los Junge, nun zieh dich doch einmal hoch!« Kopfschüttelnd dreht er sich zu seiner Mutter um, die ihm aufmunternd in die Augen schaut. »Er schafft es nicht. Nicht mal einen halben Klimmzug wird er schaffen.«

Langsam lässt er sich auspendeln, bis er wieder kerzengerade unter der Klimmstange hängt. Erst jetzt spannt er seine Muskeln an und zieht sich wie in Zeitlupe nach oben. Sein Kinn passiert den galvanisierten Edelstahl.

Einundsiebzig.

Mühelos und im Sekundentakt absolviert er vier weitere Klimmzüge.

Fünfundsiebzig. Er lässt die Reckstange los und landet mit einem federnden Ausfallschritt wieder elegant auf dem Boden. Dann schlägt er mit einem weit ausholenden rechten Haken seinem Vater voll in die Fresse.

Langsam schwingt der Boxsack zurück, als er aus seinen engen Trainingsshorts steigt, die er als einziges Kleidungsstück getragen hat, und in der vollverglasten, ebenerdig eingelassenen Dusche verschwindet. In einem weichen Strahl prasselt minutenlang warmes Wasser auf seinen durchtrainierten, athletischen Körper.

Er wartet, bis er durch die beschlagene Scheibe keines der vielen Sportgeräte in dem Raum mehr sehen kann, und dreht erst dann das Wasser ab. Sorgfältig rubbelt er sich mit einem großen Handtuch trocken, bevor er nackt aus dem Fitnessraum tritt und am Ende des langen Ganges mit seinem Daumen die Tür entriegelt.

Sofort flutet warmes Sonnenlicht durch das ganze Zimmer. Eine ganze Woche lang hat er hier unten alles mit liebevollem Blick arrangiert und nur für SIE allein fertig eingerichtet. Er wischt sich durch die App auf dem Display seines Smartphones.

Kurz darauf schmachtet aus den in der Decke eingelassenen Boxen die vertraute Stimme der Sängerin aus seinen Kindertagen los. Mit traumverlorenem Blick hört er zu, wie sie vom Kilimandscharo singt, auf dem im Sommer noch Schnee liegt. Und wie es in ihrem Herzen noch weh tut. Wie sie von der Sehnsucht erzählt, die in ihr die Bilder malt, von dem fremden Land und dennoch so vertrauten Gefühlen, die sie dort schließlich fand.

Er hat das melodische Summen seiner Mutter im Ohr, während er langsam den Raum umrundet und dabei die vielen Bilder betrachtet, die er, in schöne Rahmen gepackt, überall an den Wänden aufgehängt hat.

Als er am Fenster vorbeigeht, schaut er durch den fein bestickten Gardinenstoff auf den wunderschönen, wolkengetupften Sommerhimmel.

»Setz dich«, hört er plötzlich die sanfte Stimme seiner Mutter hinter sich erklingen und spürt, wie sie zärtlich über seinen Rücken streicht. »Ich habe dir doch deine Lieblingsnudeln gemacht. Makkaroni. Mit Tomatensauce. Wie war denn das Training? Nun ärgere dich nicht, dass du am Samstag auf der Ersatzbank sitzt. Der Trainer wird dich bestimmt später einwechseln!«

»Ja, Mutti«, hört er sich sagen und er weiß doch ganz genau, dass es wieder nicht passieren wird. Dass es wieder nur bei dieser für eine Mutter so typischen Zuversicht bleibt, die aber niemals Wirklichkeit werden wird. Gedankenverloren geht er durch die Tür in das nächste Zimmer, in das auch die Sonne warm hineinstrahlt.

Seine Hände ballen sich zu Fäusten.

Zufrieden betrachtet er auf den verspiegelten Türen des weißen, einst mal modernen Kleiderschranks die

Struktur seiner vielen Muskeln, die sich auf seinem athletischen und gepflegten Körper deutlich abheben. Heute würde er auf keiner Ersatzbank mehr Platz nehmen müssen. Dann wandern seine Augen weiter zu seinem Lieblingsbild, das er so groß wie nur möglich gegenüber von dem zum Schrank passenden Doppelbett aufgehängt hat.

Diese herrlich aufreizende Pose in diesem Wahnsinnskleid. Diese extremen Absätze, in denen sie gekonnt die Balance halten kann. Dazu diese Strümpfe mit den Nähten und Stickereien an der Ferse.

All das lässt ihn schlagartig das Blut in die Lenden schießen.

Im Spiegel verfolgt er, wie sein Glied immer mehr an Größe gewinnt. Es duftet wie in Kindertagen nach Lenor und Fenjala, als er eine Schublade des Kleiderschranks aufzieht und ein bunt gemischtes, hauchzartes Stoffbündel herausgreift. Mit geschlossenen Augen rollt er sich auf dem fein gemachten Bett zusammen, saugt diesen so vertrauten Geruch des an die Nase gepressten Wäscheknäuels tief in sich hinein und sieht sich wieder vor der angelehnten Tür des elterlichen Schlafzimmers stehen.

Und wie er durch den schmalen Spalt mit angehaltenem Atem ins Innere gafft!

Sein Bauch beginnt zu prickeln, und Gänsehaut überzieht seinen Nacken, als plötzlich seine Mutter erscheint und wieder summend durch das Zimmer tanzt. Wie sie sich, in diese durchsichtige, mit weißen Puscheln besetzte, hauchdünne Unterwäsche gehüllt, rückwärts auf das breite Bett fallen lässt. Wie ihre Hände bereits über ihren Körper gleiten. Wie sie die Schublade des Nachtschränkchens aufzieht und sehr spitze und sehr glänzende Stange herausnimmt, die plötzlich sonor zu brummen beginnt und zwischen ihren Beinen verschwindet.

Sein Kopf beginnt zu glühen und ist nun bestimmt genauso rot wie die Sauce auf den Makkaronis, während er ihr atemlos zuhört, wie sie immer stärker zu keuchen beginnt. Als sie schließlich ihre Arme laut stöhnend nach hinten wirft, spürt er, wie sich eine warme, zähe Flüssigkeit auf seinem Bauch ausbreitet. Und ein glückseliges Lächeln sein kleines Kindergesicht umspielt.

Bis ihn, wie aus dem Nichts kommend, sein Vater an den Haaren nach hinten reißt und ihm eine schallende Ohrfeige verpasst.

ZEHN

Ein sehr warmer, aber auch sehr feuchter Schmatzer landet auf meiner Nase.

»Aufstehen, Langschläferin! Du kannst doch nicht diesen herrlichen Tag nur im Bett verbringen.« Ich schlage meine Augen auf und schaue in Verenas fein geschminktes Gesicht, aus dem mich nur wenige Zentimeter entfernt ein blaues Augenpaar fröhlich anstrahlt. »Kaffee steht neben dir. Los jetzt, du hast heute doch auch noch einiges zu tun!« Sie erhebt sich aus der Hocke vor dem Bettsofa in ihrem Gästezimmer und streicht mir über meine noch vom Schlaf verwuschelten Haare.

Auch ich richte mich nun auf und stopfe mir ein paar Kissen in den Rücken, um dann nach der großen Tasse mit dem dampfenden Cafe-au-lait zu greifen. Während ich mit jedem Nippen immer wacher und klarer werde, kramt sich Verena bereits durch den großen Kleiderschrank, in dem auch ich endlich nach ihrer sehr energischen Ermahnung vier Tage zuvor meinen Kofferinhalt verstaut habe (»Das ewige Rumkramen hat jetzt ein Ende. Und wenn du es nicht machst, dann werde ich es machen!«).

Bis auf die Schuhe ist sie mit einem dunkelblauen Marlene-Hosenanzug bereits fix und fertig angezogen. Nun zieht sie eine kompakte Reisetasche aus dem untersten Fach des Schranks und stopft ein paar fein zusammengelegte, metallisch schimmernde Kleidungsstücke aus den darüberliegenden Fächern hinein. Sinnierend schaut sie etwas länger in eine der Schubladen.

»Brauche ich, brauche ich nicht, und das hier nur für den Fall«, murmelt sie abwesend vor sich hin, packt ein paar kleinere Gegenstände noch obenauf und lässt schließlich die Verschlüsse zuschnappen.

Erst jetzt wendet sie sich wieder mir zu und grinst mich mit der für sie typischen und leicht nach oben gezogenen Augenbraue an. »Ich habe heute Mittag einen

Kunden, der manchmal eine besondere Zuwendung braucht. Ist halt auch nicht mehr der Jüngste!« Ich muss kräftig schlucken, damit der letzte Rest Kaffee, der sich gerade in meinem Mund befindet, nicht geräuschvoll in die Tasse zurückfließt. »Heute Mittag? Mitten in der Woche? Es gibt Leute, die dann…«

Lachend werde ich von Verena unterbrochen. »Ja, mitten am helllichten Tag und mitten in der Woche. Es gibt tatsächlich so einige, die sich auch zu der Zeit bereits eine professionelle Sexarbeiterin einbestellen.« Sie zieht wieder ihre Augenbraue spöttisch nach oben. »Andere treiben es in der Mittagspause mit ihrer Assistentin. So hast du es mir doch von deinem Göttergatten erzählt! Ich weiß jetzt nicht, was mehr verwerflich ist.«

Schlagartig werde ich rot. Ich habe wieder das Bild aus der Hotellobby vor Augen, wo ich vor nicht allzu langer Zeit mit Eva auf einen Kaffee verabredet war, und Jana Hartwald plötzlich aus dem Lift gestöckelt kam – und mein dämlicher Mann tatsächlich eine zu diesem Hotel gehörige Zimmerkarte in seinem Anzug vergessen hatte, so dass ich irgendwann das Indiz in der Hand hielt.

»Ich glaube ja inzwischen, dass dein Mann das alles absichtlich gemacht hat. Dich damit provozieren und düpieren wollte. Überleg mal: erst die Zimmerkarte, dann das Kleid, das er angeblich für dich bei Natalia gekauft hat, wohl wissend, dass sie es dir stecken wird. Und welches du dann doch nicht von ihm überreicht bekommst. Sondern es, wie eine Trophäe ausgestellt, im Zimmer seiner Assistentin zu Gesicht bekommst!«

Ohne ihr zu antworten, wandert mein Blick von Verenas hoch gezogener Augenbraue durch das große Panoramafenster in die Ferne. Die dunklen Wolken sehen bedrohlich aus. Ich muss später einen Regenschirm mitnehmen, schießt mir pragmatisch durch den Kopf.

»Vielleicht«, sage ich leise, »aber vielleicht will ich auch nicht genauer darüber nachdenken, was er gemacht und wie er es gemeint hat!« Seit unserem Krach, als ich das Kleid in dem Hotelzimmer fand, in dem er sich mit seiner Assistentin eingenistet hatte, sind inzwischen über zehn Tage vergangen. Und seitdem herrscht auch Funkstille. Keine Nachricht von ihm, keine Nachfrage von mir. So, als hätte jemand den Stecker gezogen.

»Schon akzeptiert«, entgegnet Verena trocken, »aber interessant wäre ja trotzdem, wie er das mit dir und Eva spitzgekriegt hat. Aber vielleicht könnt ihr zwei das ja heute endlich mal unter euch klären! Wann wirst du bei Natalia erwartet?«

»Ich soll gegen Mittag bei ihr im Laden sein. Aber ob Eva kommt, kann ich dir noch gar nicht sagen. Natalia hat es zum Schluss nun auch sehr vage gelassen.« Beinahe täglich habe ich Nachrichten von Natalia erhalten – ganz im Gegensatz zu Eva, die all meine Kontaktversuche seit unserem Streit bei ihr im Studio bislang eisern ignoriert hat. Und anscheinend ist es auch Natalia inzwischen zu blöd geworden, so dass sie uns beide für heute in ihre Schneiderei zur Aussprache einbestellt hat.

»So oder so, du gehst auf jeden Fall«, wischt Verena meine Bedenken kategorisch zur Seite. »Und das nächste

Mal gehe ich auch mit, damit das klar ist! Deine Natalia ist ja ein echtes Wunderweib mit ihren Schneiderkünsten. Dieser Jumpsuit, den du an dem Abend im Hotel getragen hast, ist der Hammer gewesen. Den hat sie wirklich ganz alleine entworfen?«

»Nicht nur den«, erwidere ich stolz. »Ich habe es dir doch gesagt: Alles, was ich bei den Shootings mit Eva getragen habe, ist von ihr entworfen und auf ihrer Nähmaschine entstanden.«

Mit der Tasche in der einen Hand geht Verena nun auf meine Schlafgelegenheit zu und zieht mich mit der anderen aus dem Bett. »Anziehen ist das Stichwort. Jetzt raus mit dir aus den Federn. Ich bin noch mal schnell pieseln und muss dann aber los, bevor mein Kunde, ähmm, kommt.« Prustend über ihren eigenen Witz verschwindet sie aus dem Zimmer.

Als ich in meinem Schrankteil die Klamotten für den Tag zusammensuche, überkommt mich doch die Neugier und ich ziehe im Nachbarabteil die Schublade auf, vor welcher Verena gerade etwas länger gestanden hat.

Schlagartig werde ich rot, als ich ein buntes Sammelsurium an Sextoys erblicke, von denen die plüschüberzogenen Handschellen noch das Harmloseste sind. Manches davon so schrill, dass ich gar nicht wusste, dass es so etwas gibt. Fasziniert greife ich nach einem dünnen Stab mit tropfenförmigen Verdickungen an den Enden, der vom Umfang und von der Länge her einer Stricknadel ähnelt. Brummend vibriert er los, als ich den kleinen Ein-und-Ausschalter betätige. Klackernd nähern sich von hinten Schritte. Panisch drücke ich auf den Knopf, bis das Brummen verstummt.

»Das ist definitiv nichts für kleine Mädchen. Und auch nichts für große«, höre ich Verena mit süffisanter Stimme sagen. Sie hat ihren Marlene-Anzug inzwischen mit dezent gestylten, immerhin aber zwölf Zentimeter hohen Heels kombiniert.

»Was zum Teufel macht man damit?«

Ihre Antwort bleibt zunächst pantomimisch, indem sie auf ihren Schritt deutet und kugelrunde Augen macht. Ratlos starre ich sie an, bevor sie zur Erklärung ansetzt. »Ein Dilator. Für sein bestes Stück. Zum Einführen…«

Jetzt mache auch ich große Augen. »Nein!«

»Doch!« Sie nimmt mir das Sextoy aus der Hand und legt ihn zurück in die Schublade. »Für uns finde ich bestimmt noch was anderes in meiner Zauberkiste. Jetzt aber nicht!« Schmatzend landet wieder ein nassfeuchter Kuss auf meiner Nase. »Bis bald!«

Die Klingel gibt das vertraute Scheppern von sich, als ich zwei Stunden später Natalias Laden betrete. Sofort schießt sie aus ihrem kleinen Hinterzimmer nach vorn. »Laura! Endlich! Was habe ich dich vermisst!«

Sie drückt mich so fest und so lange, bis ich mich mühsam aus der Umarmung befreien kann. »Danke«, murmle ich ihr ins Ohr, »dass du so hartnäckig bist. Und mir auch nicht gram bist.« Natalia schüttelt ihren Kopf so vehement, dass ihr fast die Klammer aus der schwarzen Haarpracht fliegt, die sie bei den Arbeiten in ihrer

Schneiderei so gerne hochgesteckt trägt. »Warum sollte ich das denn sein? Du bist doch diejenige, die leiden muss. Und gerade kein richtiges Zuhause hat. Du weißt, dass du jederzeit auch bei mir…?«

Ich nicke und habe sofort wieder den unvergesslichen Geschmack ihrer Piroggen nach Omas Rezept im Mund, mit denen sie mich schon einmal nach meiner ersten Flucht aus meinem Zuhause getröstet hat.

»Ich weiß. Und ich schmecke es auch gerade wieder«, grinse ich sie gelöst an.

Dass sie mich in dieser Herzlichkeit begrüßt, hätte ich bei Evas bester Freundin nicht erwartet. Zumindest hatte ich auf dem Weg in ihr Atelier so einiges an Bauchschmerzen ob der Ungewissheit, was jetzt auf mich zukommt, wegzuatmen. Die aber schlagartig wieder da sind, als ich sie jetzt sagen höre: »Komm, Eva wartet schon hinten auf uns!«

Sie dreht das Schild in der Tür auf »Mittagspause« und auch den Schlüssel im Schloss um. Durch den Vorhang schiebt sie mich in ihre klitzekleine, gemütliche Wohnküche, aus der mir Evas so vertraute, kastanienrote Mähne vor dem Riesenposter von Natalias Heimatstadt Breslau entgegenleuchtet.

Immerhin Waffenstillstand denke ich erleichtert, als ich aus dem Laden nach draußen trete. Ich höre, wie hinter mir abgeschlossen wird und schaue noch einmal über die

Schulter zurück. Natalia wirft mir durch die Scheibe ihrer Eingangstür einen liebevollen Kussmund zu.

Die Straßenlaternen brennen bereits, als ich gedankenverloren zur nächsten Metrostation in der Stadtmitte schlendere. Inzwischen hat ein leichter Nieselregen eingesetzt und natürlich habe ich vergessen, den Schirm aus Verenas Apartment mitzunehmen. Schließlich hatte zu dem Zeitpunkt die Oktobersonne noch so herrlich warm geschienen.

Die dunklen Wolken, die ich nach dem Aufstehen über dem Horizont erblickt hatte, haben zunächst auch düster über dem runden Bistrotisch in Natalias Hinterzimmer gehangen.

So wie es mir Verena bereits zuvor prophezeit hatte: Eva fühlt sich verletzt und betrogen, und auch wenn jetzt schon einige Tage ins Land gezogen sind, die Wunden bei ihr sind immer noch frisch und brennen.

Und wenn nicht Natalia, obwohl sie ja mit ihren zweiunddreißig Jahren die jüngste in unserem Bunde ist, mit ihrer mütterlich pragmatischen Art einige Male dazwischengefahren wäre, hätte es zwischen Eva und mir schon die ein oder andere Gesprächseskalation gegeben. Ihre kritische, ja eigentlich schon misstrauische Haltung gegenüber Verena hat sie aber bis zum Schluss nicht aufgeben wollen.

»Sie ist käuflich! Für Geld wird sie alles machen. Und dann mag ich einfach nicht glauben, dass ihre Gefühle dir gegenüber auch ehrlich sind!« Immerhin haben wir uns zum Abschied wieder sehr lange drücken können und ich habe doch auch wieder viel Zuneigung in ihren, mir so vertraut blitzenden Augen gesehen.

»Damit das klar ist: Ich werde auf dich aufpassen. Und Verena genau im Auge behalten, da kannst du dir aber sicher sein!«, waren ihre letzten Worte, bevor sie am späten Nachmittag zu ihrem Termin mit einem neuen Model aufgebrochen ist.

Wirklich schön und entspannt wurde es dann aber doch noch, als Natalia mir ein Hochzeitskleid zeigte, welches eine Kundin bei ihr in Auftrag gegeben hatte.

»Willst du mal reinschlüpfen und ich mach wieder ein paar Fotos? Wie damals?« Natürlich habe ich mich nicht zweimal von ihr bitten lassen – nicht so wie bei unserem allerersten Mal, wo ich mich eigentlich permanent geziert hatte, bis dann endlich der Knoten geplatzt war und ich in Natalias Schuhen und dazu in diesem wunderbaren Kleid zum ersten Mal in meinem Leben posiert habe. Und so erst in Kontakt mit Eva gekommen bin, die eine bislang ungeahnte Lust in mir entfacht hatte.

Eine Lust, die aber nicht mehr zu zügeln war. Weil es mir (und auch ihr) schließlich gar nicht mehr um die Fotoshootings gegangen ist.

Was Monate später dazu geführt hat, dass mein bisheriges Leben implodiert ist. Und zwar so heftig, dass ich jetzt nicht in Richtung der jahrelang vertrauten Metrostation fahren kann, sondern überhaupt eine ganz andere Linie nehmen muss, die mich – nicht nur in Kilometern gemessen – verdammt weit weg von meinem bisherigen Zuhause und meinem gewohnten Leben führen wird.

Die neunhundert Meter in der nassfeuchten Kälte vom Bahnsteig bis zum Wohnblock haben gereicht, dass ich etwas verfroren die weißglänzende Wohnungstür aufschließe und das stille Apartment betrete. Ob Verena immer noch auf ihrem Termin ist?

Ich schlüpfe aus meinen Heels (sie waren eindeutig die falsche Wahl für heute und ich muss unbedingt noch meine Fellboots von zuhause holen!) und gehe ins Bad. Sofort strömt die angenehme Wärme des Fußbodens durch meine für die Jahreszeit viel zu dünnen Nylons.

An dem hohen Heizkörper, der gleichzeitig als Handtuchwärmer dient, hängt der Marlene-Anzug am Bügel. Dann ist sie ja doch schon da! Der Gedanke, nun doch nicht allein zu sein, lässt sofort ein wohliges Glücksgefühl durch meinen ausgekühlten Körper strömen.

Mit endlich wieder leerer Blase, aber auch leerem Magen komme ich in den Flur zurück.

Verena lehnt mit überschlagenem Bein am Türrahmen zu ihrem Schlafzimmer. Die Haare noch in ein Handtuch gewickelt, der Rest ihres Körpers glänzt frisch eingecremt, ihr dorniges Rosentattoo, das sich von ihrer Vulva wie ein Korsett unter ihren Brüsten verzweigt, scheint förmlich zu leuchten.

»Wie war dein Tag, Liebling?«, grinst sie mich schelmisch an.

»Hmm, ja, eigentlich, geht so«, antworte ich stockend. »Und deiner?«

Sie streckt die Hand in meine Richtung. »Hmm, ja, eigentlich genauso!«

Ich gehe langsam auf sie zu, bis sie mich auf dem letzten Meter mit ihrer Hand fast schon herrisch zu sich heranzieht.

»Ich habe einen Bärenhunger«, flüstert sie in mein Ohr.

»Ich auch«, flüstere ich zurück.

»Die Lasagne habe ich schon in den Ofen geschoben, aber die nimmersatte Verena hat jetzt schon einen Wahnsinnsappetit«, flüstert sie weiter und drückt mir wieder einen Kuss auf die Nasenspitze. Der Gedanke an meinen letzten Orgasmus in ihren Armen beginnt mich wieder in Aufruhr zu versetzen. Doch Pustekuchen!

»Heute bist du an der Reihe«, raunt sie mir zu, in einem Ton, der keinen Widerspruch zulässt. »Und keine Angst, an mich selbst lasse ich schon lange keinen mehr für Geld ran. Nur noch diejenigen, die es in meinen Augen verdient haben!«

Schon drückt sie mich sanft, aber unerbittlich an den Schultern nach unten, so dass ich, bis auf Mantel und Schuhe eigentlich immer noch komplett angezogen, vor ihr in die Knie sinke, und sie meine Nase sofort fest gegen ihre Klitoris drückt.

Während mein Mund, als wäre es eine lang vertraute Selbstverständlichkeit, bereits lustvoll über ihren Kitzler gleitet und sich meine Zunge immer weiter in sie hineintastet, kaue ich tatsächlich noch lange an ihrem Spruch herum und überlege, wie er zu verstehen ist: nur die, die es wert sind. Bis mich ein ganz, ganz tief aus ihrem Bauch herausgestoßenes, langanhaltendes und animalisches

Stöhnen vollkommen aus dem Konzept bringt, und sich meine Finger in das weiche Fleisch ihres Hinterns graben, um ihre spiegelglattrasierte Vulva, die so herrlich nach Verena selbst und ihrem Rosenblüten-Duschgel duftet, noch enger an mich heranzuziehen.

Und während ich immer mehr von Verena schmecken und in mir spüren kann, was nun auch mich in eine immer größere Ektase versetzt, schiebe ich Evas komische Bedenken, dass Verena für Geld doch alles machen würde, mit einem ebenso wohligen wie lustvollen Stöhnen endgültig zur Seite.

Für das, was mir gerade widerfährt, würde ich ihr glatt einen Blankoscheck ausstellen.

E L F

Das Handy trifft sie knapp über der linken Augenbraue und zerspringt in tausend Einzelteile. Scheppernd landet der Elektronikschrott auf dem dunkelbraun gemaserten Parkett. Über der Augenbraue hat sich eine klitzekleine, kaum sichtbare Vertiefung gebildet, aus der aber kein Blut austritt. Dafür hat sich ein feiner weißer Staub wie Puderzucker über die auf dem Fußboden verstreute Melange aus Plastik, Glas und Metall zerstäubt.

Stolz, ja eigentlich hochmütig grinst sie ihn unbeeindruckt an, was seine Wut nicht mindert. Nur das feine, zufriedene, eigentlich sehr glückliche und gelöste Lächeln auf dem zweiten Gesicht, das mit ihren goldglänzenden Haaren an ihrem roten Haarschopf lehnt, kann ihn etwas beruhigen.

Sanft lächelt er zurück, doch dann schaut er wieder auf die roten Haare und in das graugrün blitzende Augenpaar und seine Gesichtszüge verhärten sich augenblicklich.

Wo wird SIE von dieser Hexe nur vor ihm versteckt gehalten?

Alles hat er inzwischen abgesucht. Stundenlang hat er auf der Lauer gelegen. Überall! Aus ihrem Zuhause scheint sie verschwunden zu sein, und auch im Fotostudio ist sie nicht mehr aufgetaucht. Schon seit Wochen sind keine neuen Bilder von, beziehungsweise mit ihr mehr hochgeladen worden. Das letzte ist das, was er hier vor sich sieht.

Und welches er eigentlich nicht sehen will. Weil es ihm eins zeigt: Das es dieses durchtriebene rote Flittchen mit ihr getrieben hat! Sein Blick wandert zwischen den beiden Köpfen hin und her.

Wie konnte SIE sich damals so gehen lassen, mit dieser Schlampe in die Kiste zu steigen.

Mit dieser Hexe!

Ein Teufelsweib, die roten Haare sagen doch alles! Polyamorie, oder wie sie das nennt, wenn sie es mit allen anderen treibt und sogar ihrem Macker damit eine lange

Nase dreht. Und der lässt es einfach mit sich machen. Und dann hat sogar SIE SELBST sich dieser Hexe hingegeben.

Seine Angebetete! Seine Göttin! Seine Unnahbare!

Er schnauft wieder wie schmerzhaft getroffen auf und spürt doch zugleich, dass sein Schwanz immer dicker wird. Seine Hand fährt in die Hose. Er umpackt ihn an der Wurzel und presst ihn so stark zusammen, dass bereits die Vorhaut von der Eichel rutscht.

Leise stöhnend bäumt er sich im Sofa auf. Einmal, zweimal, dreimal.

Erst das laute Klicken von der Haustür lässt ihn innehalten. Sofort hallt eine schwer leiernde Melodie mit einem Singsang in nicht verständlicher Sprache scheppernd-verzerrt aus dem Lautsprecher eines Handys durch die Eingangshalle. Er hört, wie ein paar schwere Gegenstände in der Küche abgestellt werden, und steht eilig auf. Als er aus dem Wohnzimmer tritt, treffen sich ihre Blicke.

»Oh, ich wusste nicht, dass Sie zuhause sind. Ich kann auch später alles fertig machen!«

Er grinst sie schief an, und eigentlich weiß sie auch ganz genau, dass er nicht anwesend sein will, wenn sie putzend, mit der orientalisch klingenden Leier, die aus ihrem Riesen-Smartphone dröhnt, das sie um den Hals gehängt hat, durch sein Haus wirbelt.

Seine Mutter hätte das nicht gutgeheißen.

»Ach Junge, das kann man doch alles geschwind selbst machen!« Und dann hätte sie wieder losgesummt, von dem bisschen Haushalt, und dass das doch alles nicht so schlimm ist. Vehement schüttelt er den Blick in die Vergangenheit ab.

»Nein, nein, Dilara, das passt schon. Ich bin bereits unterwegs. Und werde Sie auf keinen Fall bei Ihrer Arbeit stören!« Er lacht sie kurz an, bevor er noch einmal ins Wohnzimmer zurückeilt, und die größeren Einzelteile des Handys zusammenklaubt. Ist die SIM-Karte dabei? Gut!

Im Flur greift er nach seinem Parka und schaut noch einmal in die Küche, wo seine Haushaltshilfe bereits die Spülmaschine ausräumt. »Mir ist, ähm, im Wohnzimmer mein Handy runtergefallen, es könnten noch einige Splitter rumliegen, würden Sie…?«

Wieder grinst er sie schief und unbeholfen an. Sie nickt nur eifrig zurück. »Muss ohnehin wischen! Wird nichts mehr zu sehen sein, glauben Sie mir!« Gleich mehrere Stufen nehmend springt er die Treppe ins Untergeschoss herab und öffnet die große Stahltür zur Garage.

Vorsichtig breitet er die Handyreste auf der Werkbank aus und operiert die SIM-Karte aus dem leicht verbogenen Schacht. Mit metallischem Klicken rollt sich das breite Garagentor auf, als er in den Transporter steigt. Nagelnd stottert der alte Diesel los.

Eine dunkelgraue Rußwolke hinter sich herziehend fährt er die breite Rampe hoch, wo sich bereits das stählerne Einfahrtstor zur Seite geschoben hat. Als er langsam an seinem von der Straße kaum einsehbaren Haus vorbeituckert, haben sich Garagentor und Einfahrt bereits wieder verschlossen. Erst mal das neue Handy, beschließt er, während er aus der Sackgasse auf die Ringstraße des alten Industriegebiets einbiegt, und dann ist SIE dran!

Er muss SIE wiederfinden und er wird SIE wiederfinden.

Und dann wird er dafür sorgen, dass SIE ihn nie wieder verlassen wird. Nein, dass SIE ihn nie wieder verlassen möchte! Dass nur noch er ihr Ein und Alles ist.

Dazu hat er doch alles bereits vorbereitet. Ja, es wird wieder schön werden. So wie früher.

Er schaut in den Rückspiegel, als er auf dem Beschleunigungsstreifen Gas gibt und sieht, wie ihm seine Mutter wohlwollend zunickt. Beruhigt atmet er wieder durch und fährt mit stolzem Blick der Stadt entgegen.

ZWÖLF

Ich höre im Flur, wie sie mit einem lauten und sehr genervt klingendem Seufzer ihr Telefonat beendet.

»Alles okay?« Fragend stecke ich meinen Kopf durch den Türspalt. Verena sitzt an ihrem Schreibtisch und schaut mich mit gequältem Lächeln an. »Ach, ich habe heute Abend den einen festen Termin. Alle zwei Monate haben wir den, das ist fix. Und jetzt ruft mich Charly aus der Agentur an und sagt, dass sie umbuchen muss und ich nun mit Silvana arbeiten soll. Weil sie Marion unbedingt für einen anderen Klienten braucht.«

Mein Blick wechselt von fragend zu verständnislos. »Du verstehst, dass ich nur Bahnhof verstehe?«

Sie lacht wieder auf, nun aber schon etwas weniger gequält. »Stimmt, das klang für deine Ohren wahrscheinlich schon sehr kryptisch. Also: Alle zwei Monate bin ich bei einem Ehepaar gebucht. Zu Hause. Du weißt, das mache ich sehr ungern, aber hier ist es was anderes. Stammkunden, das läuft schon lange so und ist safe. Und im Prinzip ist es ein reines Rollenspiel, bei dem es eigentlich nur um sie geht, also um die beiden. Ich bin dort die Hausdame und mache die Ansagen, habe aber auch stets eine Zofe dabei. Der die beiden auch immer wieder zu Diensten sein müssen. Aber nur auf meine Ansage hin. Ein bisschen Kinky- und Fetischkram halt. Das ist von denen so gewünscht. Bislang war das der Job von Marion und wir sind perfekt aufeinander eingespielt. Mit Silvana habe ich erst zweimal bei anderer Gelegenheit gearbeitet und jedes Mal ist sie mir zu aufdringlich vorgegangen. Sie hat da eine gewisse Art, das mag ich an ihr nicht. Und sie ist mir eigentlich auch noch ein wenig zu jung und zu wenig abgeklärt, will aber trotzdem schon alles können und beherrschen!«

Mein Kopf muss inzwischen wie ein Signallicht in einer nebeligen Hafeneinfahrt feuerrot blinken. So detailliert hat Verena noch nie von ihrer Arbeit, oder besser gesagt, von einem Job erzählt. »Kann ich dir vielleicht helfen?«

Der Satz ist einfach aus mir rausgerutscht. Schon beiße ich mir auf die Lippen. Verena blickt erstaunt auf.

»Ich meine ja nur, also mich würde schon…«

Mit gerunzelter Stirn taxiert sie mich, ohne noch immer ein Wort zu sagen. »Vielleicht kann ich endlich, ähm, also, immerhin machst du doch so viel für mich und ich kann mich…« Stotternd breche ich ab.

»Revanchieren?«, vervollständigt Verena meinen letzten Satz. »Laura, das ist niemals ein Teil unseres Deals und das würde ich niemals von dir verlangen wollen. Nein!« Sie macht eine kleine Pause, bevor sie es nochmals und noch energischer betont. »Nein und nochmals nein, das lassen wir mal schön bleiben. Basta!« Inzwischen steht sie direkt vor mir und schaut mir unnachgiebig in die Augen.

»Und wenn ich einfach nur Lust habe? Lust, bei dir zu sein? Auch bei so etwas?« Noch möchte ich mein spontanes Ansinnen nicht aufgeben. Ihr Blick bleibt unverändert und nahezu regungslos auf mir ruhen. »Du sagst doch: Es ist eigentlich nicht mehr als nur ein etwas anderes Rollenspiel!«

Erst jetzt wiegt sie bedächtig den Kopf. »Ganz so einfach ist es dann doch nicht. Und es macht schon was mit dir! Vor allem, wenn es – wie bei dir – auch noch absolutes Neuland ist, das du betrittst.«

Sie lehnt sich an ihren Schreibtisch und verschränkt die Arme. »Denk dran, ich mache das ganze jetzt schon eine kleine Ewigkeit als Professionelle. Und da gab es schon einige Scheißszenen, die ich wegstecken musste. Die mir trotz allem aber immer noch bewusst sind.«

Ich sehe, wie es ihr fröstelnd über den Rücken läuft, als sie sich bei dem Satz kurz schütteln muss. »Du hattest bis vor knapp vier Wochen ein geordnetes Leben! Und das ist doch immer noch irgendwie und irgendwo vorhanden. Du hast dich erst an dem letzten Wochenende mit deinen Kids ausgesprochen und ganz deutlich gemerkt: Sie lieben dich und sie respektieren dich. Du bist weiterhin ihre Mama!«

Warme Gefühle durchströmen mich.

Ja, das war ein toller Samstag gewesen. Mein abgeklärter Sohn hatte eingefädelt, dass Thomas an dem Wochenende das Haus verlässt und selbst Mara hatte nur einmal und ganz kurz die Kratzbürste gegenüber mir ausgepackt. Bis Sonntagmittag sind wir zusammengeblieben, bevor ich mit einigen frischen Klamotten im Koffer wieder zurück zu Verena in ihr Apartment bin.

»Ich weiß«, sage ich, »aber vielleicht will ich auch die andere Seite von der Verena kennenlernen und wissen, was sie dort erlebst?«

Verena betrachtet eine ganze Weile durch das Panoramafenster den trüben Novemberhimmel über der Skyline unserer Stadt, bevor sie sich mit einem Ruck von der Schreibtischplatte abstößt. »Okay. Aber nur, weil ich das Risiko kalkulieren kann. Es sind Stammkunden und ich weiß exakt, was passiert.« Dann schaut sie mir fest in die Augen. »Viel wichtiger: was nicht passiert!«

Mein Herz beginnt jetzt ob meiner wilden Entschlossenheit doch wie wild zu klopfen, als sie mich an den Händen in ihr Schlafzimmer zieht. »Komm, dann gucken wir mal, wie wir dich nun herrichten können. Dir passen ja Gott sei Dank auch all meine Sachen.«

Drei Stunden später sitzen wir in Verenas geräumigen Land Rover und steuern aus der Tiefgarage durch die parkähnlich angelegte Wohnanlage in Richtung Ausfallstraße. Nervös zupfe ich an den schwarzen, dennoch aber sehr transparenten Nylons herum. Trotz der gummierten Ränder hatte Verena sie an einem Strumpfhalter befestigt.

»Ist zwar vollkommen überflüssig, sieht aber immer besser aus und, ganz entscheidend, die Kunden macht das immer ein bisschen geiler, wenn du damit spielen kannst!«, hatte sie nur trocken kommentiert.

Meine Füße stecken noch in meinen Fellboots, die ich bei meiner letzten Visite in meinem alten Zuhause endlich eingesteckt hatte. In die eng geschnürten Plateau-Heels, die Verena an dem Abend im Hotel getragen hatte, sollte ich erst am Ziel schlüpfen. »Wichtig ist: sie passen dir, du kannst wie eine Göttin drin laufen und wir wollen doch einigermaßen casual zum Auto in der Tiefgarage kommen.«

Casual hieß in dem Fall, dass der sehr kurze und sehr ausgestellte Lackrock sowie das Korsett aus gleichem Material unter einem langen, schwarzen Wollmantel verborgen blieben, so dass bei mir lediglich die schwarzen

Strümpfe sowie die bereits ausgetretenen Fellboots zu sehen waren.

Auch Verena hatte einen Mantel übergeworfen, unter dem ihre wunderschön geformten Waden durch den schwarz glänzenden Latex-Catsuit allerdings schon etwas auffälliger in Erscheinung traten. Immerhin hatte auch sie die offenen Riemchenstilettos noch in der Tasche verstaut und war dafür barfuß in ihre weißen Sneaker geschlüpft. So oder so: Auf dem Weg aus ihrem Apartment zum Aufzug und von da weiter zu ihrem Auto begegneten wir aber keiner Menschenseele an diesem frühen Freitagabend.

Jetzt dreht sie die Musik etwas leiser. »Wir brauchen noch ein Codewort!«

Verständnislos schaue ich zu ihr rüber.

»Wenn dir was too much wird. Wenn du einen Exit brauchst. Der Notausgang sozusagen. So dass ich uns elegant aus der Situation bei denen vor Ort rauslotsen kann.« Ich spüre, wie meine Nervosität unvermittelt noch weiter zunimmt.

»Nudelauflauf fällt mir ganz spontan ein, aber das wird nicht richtig sein, oder?«, schlage ich etwas zögerlich vor. Warum fällt mir genau jetzt mein Treffen mit Heike ein?

Verena lacht laut los und kann sich fast nicht mehr einkriegen.

»Eigentlich ist es ein hervorragendes Stoppwort, weil es durch eine andere Begebenheit garantiert nicht zufällig fallen wird. Es sei denn, man steht auf Sex beim

Kochen. Aber hier wäre das schon sehr auffällig, wenn du unvermittelt Nudelauflauf in unserer Runde sagst. Außerdem bekomme ich jetzt Hunger. Na danke!«

»Und wie wäre es mit Taylor Swift? Das ist gerade in aller Munde, ich kann es unauffällig einbauen und es wird bestimmt nicht anderweitig zur Sprache kommen!«

Verena nickt mir anerkennend zu. »Du bist gut, Sweetie, oder soll ich sagen: Swiftie? Das passt perfekt! Langsam machst du mir Angst. Als hättest du das Business schon ganz schön drauf!«

Etwas entspannter studiere ich in der Mitte des Armaturenbretts das riesige Farbdisplay mit der Streckenanzeige. Ich hatte gar nicht darauf geachtet, als sie die Zieladresse eingegeben hatte. Noch dreiundzwanzig Minuten Fahrzeit.

Entspannt schaue ich in die dunkle Landschaft, während Verena die Musik wieder etwas lauter dreht und mir nun zur Beruhigung die rechte Hand auf mein linkes Knie legt. Doch als wir zehn Minuten später von der Schnellstraße abfahren, um auf eine kurvige Landstraße abzubiegen, ergreift mich erneut ein leichtes Unbehagen. Die Gegend kommt mir sehr bekannt und vertraut vor. Viel zu vertraut. Gebannt starre ich auf das Navi, auf dem schon im Kartenmodus die Zielflagge zu sehen ist. Verena verlangsamt die Fahrt, als wir in eine kleine, sehr ruhige und wenig bebaute Seitenstraße abbiegen. »Stopp, sofort!«, schießt es aus mir raus, ohne darüber nachzudenken, dass unser vereinbartes Codewort doch eigentlich ein ganz anderes ist.

DREIZEHN

Neugierig starrt die Wachtel mit dem Dackel wieder zur pechschwarz getönten Scheibe rüber. Er hat sich im Kastenaufbau seines Lieferwagens auf einem kleinen Klapphocker zusammengekauert und starrt genervt zurück. Wohl wissend, dass sie durch die Tönung nichts im Innern erblicken kann. Schon mal gar nicht ihn.

Solange er nicht das an der Decke montierte Innenlicht anmacht, das große Display seines flammneuen Handys aufleuchten lässt oder an einer Zigarette zieht. Letzteres würde er bei seinem strammen Body-Workout ohnehin niemals riskieren. Endlich: ihr Dackel hat auf dem Grünstreifen zwischen Bürgersteig und Straßenrand wohl endlich geschissen oder rummarkiert, so dass sie langsam ihren Weg fortsetzt.

Beschattungen in Wohngebieten sind einfach scheiße, das weiß er doch, und das scheint auch nur in Filmen zu funktionieren, aber wie will er SIE denn anders wiederfinden? Einmal hat er SIE doch schon perfekt ausgecheckt, ist ihr von der Haustür in die Metro gefolgt, sich dann in seiner Geilheit aber blöderweise hinreißen lassen, dieses Video von ihr zu drehen. Ob SIE es damals überhaupt bemerkt hat, dass er SIE im Zug gefilmt hatte?

Zig, nein hunderte Male hat er es seitdem wieder abgespielt. Und jedes Mal hat SIE ihm dann doch sehr herrliche Momente beschert, wenn SIE von der großen Wand in seinem Wohnzimmer ihre schönen Augen direkt auf ihn gerichtet hat. Seine Mundwinkel zucken bei der Erinnerung glücklich nach oben.

Die Wachtel ist mit ihrem Köter endlich wieder in ihrer Hauseinfahrt verschwunden. Gut, dass die Töle nicht seinen Transporter angekläfft hat, was sie bestimmt noch misstrauischer gemacht hätte. Erst jetzt greift er nach dem neuen Smartphone in seiner Parkatasche und schaltet es an.

Seine Daten hatte er schnell wieder aus der Cloud gezogen, jetzt noch ein neues Insta-Profil erstellen, damit er dem Account der Fotografin wieder folgen kann. Es grummelt in seinem Bauch, als er daran denkt, wie sie ihn heute Morgen einfach blockiert hat. Nachdem er sie in dieser Nachricht IN GROSSBUCHSTABEN regelrecht angeschrien hat!

Wo hast du SIE vor mir versteckt?

DU HEXE!

Warum zeigst du SIE mir nicht mehr?

Ich will SIE wiedersehen.

SOFORT!!!

Das wird dieses Miststück nicht noch einmal mit ihm machen. So viele Nachrichten hatte er ihr geschickt. Jedes Mal, wenn sie ein so herrliches Foto hochgeladen hatte, wo SIE, wenn auch nur im Anschnitt, zu sehen war.

Dann kam von ihm ein Kommentar, eine Nachricht: ein kleines Lob an die Fotografin, vor allem aber eine Verneigung vor ihrem Model. Bis dann irgendwann dieses

Selfie von ihnen beiden zusammen auf dem Account auftauchte.

Das war neu, das war anders, das gab es noch nie!

Mit dieser frivolen Anzüglichkeit: #dienacktewahrheit. Dazu ihre beiden Augenpaare, die ihn in dieser gelösten Stimmung anleuchteten. Ihm war klar, dass zwischen den beiden was gelaufen sein musste!

Dass sie miteinander gefickt haben!

Nein, dass diese rothaarige Hexe SIE gefickt hat.

Er klickt auf den altbekannten Account und dann auf »Folgen«. Jetzt ist er zur Nummer 504.854 degradiert. Als er sie und ihre Fotos das erste Mal entdeckt hatte, war sie noch ein ganz kleines Licht. Ein paar hundert Follower, mehr waren es damals nicht, die sie mit ihrem Account @mit.eva.im.paradies erreicht hatte. Aber er wusste, dass sie Potenzial hatte, das spürte er. Ihre Bilder von ganz normalen Frauen, die sie einfach irgendwo aufgabelt hatte. Und die sie perfekt zu inszenieren wusste!

Plötzlich waren es Zehntausende, die ihrem Account folgten, und rasant wuchs die Zahl, explodierte förmlich auf die ersten Hunderttausend zu. Ab da war es ein Selbstläufer. Fast schon hatte er das Interesse an ihr und ihren Motiven verloren.

Doch dann tauchte plötzlich SIE auf ihren Bilderserien auf.

SIE, die ihm die Erinnerung an eine unfassbar schöne Zeit zurückbrachte.

Die seine Sehnsucht wieder entfachte. Die Sehnsucht an die schönste Zeit in seinem Leben.

Diese Göttin! Nein, meine Göttin! Meine ganz allein! Nie hatte er sie gänzlich zu Gesicht bekommen, doch jedes Mal, selbst wenn es nur ein kleines Detail war, hatte er sofort gewusst, dass NUR SIE es sein kann! Nach den vielen Jahren der Lethargie, der Resignation, der Verzweiflung, der Trauer – und auch der halbherzigen Tröstereien, die aber niemals das ersetzen konnten, was er verloren hatte, – war urplötzlich sein Jagdtrieb erwacht.

Er musste SIE finden. Leibhaftig! Und nicht nur als schönes Motiv auf dem Display seines Handys.

Und er hatte SIE gefunden!

Was war das für ein Triumph, als er ihr das erste Mal so dicht begegnet ist, dass er sogar ihren herrlichen Duft inhalieren konnte. Wie aufregend das war! Und wie zuversichtlich er war, als er diese Szene immer und immer wieder abspulte, dass endlich dieser lähmende Grauschleier aus seinem Leben verschwinden wird, wenn SIE ALLEIN nur noch bei ihm ist! Leibhaftig!

Und jetzt soll SIE einfach wieder verschwunden sein?

Er wird SIE aufspüren, das weiß er ganz genau. Und dann nie mehr loslassen! Dazu hat er bereits alles vorbereitet.

Sein Plan ist perfekt. Er muss SIE nur noch einmal wiederfinden. Im Studio ist SIE seit langem nicht mehr aufgetaucht, das hat er nun schon mehrfach abgecheckt. Bleibt also ihr Zuhause, in dem es heute Abend seit langem mal wieder festlich hell erleuchtet ist. Die Köpfe der Kinder hat er bereits gesehen und auch ihr Mann huscht herum. Dieser Großkotz, der SIE doch niemals verdient hat! Es knackt im Gehäuse, als er mit grimmigem Druck sein neues Smartphone malträtiert. Genauso ein Arschloch-Typ wie sein Vater, das hat er gleich erkannt.

Ob SIE vielleicht heute Abend endlich wieder hier auftaucht?

SIE muss hier doch auftauchen! Wo sonst?

Endlich, es passiert was.

Seine Nackenhaare stellen sich auf, als von der Hauptstraße zwei Lichter einbiegen und sich in langsamer Fahrt dem Grundstück nähern. Schließlich rollt der große SUV in die Einfahrt seines Zielobjektes.

Als die Fahrertür aufgeht, erstrahlt es auch im und um den Wagen herum in Festbeleuchtung. Irritiert schaut er auf eine ihm unbekannte und sehr resolut wirkende Frau, die den Kofferraum öffnet und eine mit Alufolie abgedeckte Auflaufform herausnimmt.

»Hallo Heike«, ruft die jugendliche Stimme der Tochter, die er durch das spaltweit geöffnete Fenster auf der Beifahrerseite hören kann. Die junge Frau läuft ihr von der Haustür mit ausgebreiteten Armen entgehen und hakt sich bei ihr ein, um sie zum Haus zu begleiten.

Wer zum Teufel ist denn diese Heike? Und viel wichtiger: Wo bleibt jetzt SIE?

VIERZEHN

Wie das berühmte Kaninchen vor der Flinte schaue ich die leere Straße hinunter, in der meines Wissens noch nie eine Straßenlaterne gebrannt hat. Das gleißend weiße Licht des Land Rovers lässt sie fast schon taghell erscheinen, was die beginnende Nacht links und rechts des Weges noch dunkler wirken lässt.

Irgendwann unterbricht Verena die Stille im Wagen. »Klar, jetzt weiß ich, warum mir diese Stimme auf der Sprachnachricht an dich so bekannt vorkam. Das ist deine Freundin?«

Sie kichert los. »Und obendrein meine Kundin! Zusammen mit ihrem Mann. Ist ja irre! Nein, eigentlich schon filmreif.« Ich bin immer noch kalkweiß im Gesicht. »Also nicht meine Freundin, sondern eine Freundin. Markus war mal bei meinem Mann in der Firma und macht jetzt auf Consultant. Aber früher, als die Kinder noch klein waren, sind wir häufig hier raus aufs Land gefahren. Das Anwesen ist schon ein Paradies. Hat mal ihren Eltern gehört.«

Wieder lacht Verena belustigt auf. »Also nur noch mal fürs Protokoll: Diese Marie hat dir also diese Moralpredigt gehalten. Hat dir den Kopf gewaschen und dich auch runtergeputzt, nein eigentlich schon regelrecht niedergemetzelt. Was dich dann hat auch ein wenig an deinen Entscheidungen und vor allem auch an deinem Leben selbst hat zweifeln lassen. Ich habe die Bibel zwar nicht mehr ganz genau im Kopf, aber nennt man so etwas nicht Pharisäertum?«

Jetzt bin ich es, die gequält auflacht. »Du hast recht. Aber wie kommen wir, nein eigentlich, wie komme ich aus der Situation nun raus?«

Verena schürzt nachdenklich die Lippen. »Das wir trifft es schon richtig. Wenn es keine Stammkundschaft wäre, dann könnte man es kurzfristig noch skippen. Das wäre zu verschmerzen, auch finanziell. Aber das sollten wir in diesem Fall nicht machen. Da würde mir auch Charly die Hölle heiß machen.« Sie schaltet den Motor aus. Das ferne Säuseln des großen Achtzylinders verstummt.

Wieder herrscht Stille im Wagen. Und nach einer Weile auch absolute Dunkelheit, als sich die LED-Ringe am Frontgrill des Defenders mit einem leisen Klicken ausschalten. »Okay, es bleibt zwar ein kleines Risiko. Aber ich halte es für kalkulierbar. Zumal wir stets die Zügel in der Hand halten, das ist ja Gott sei Dank Teil des Spiels und der Abmachung. Die Frage ist jetzt nur, ob du wirklich dazu bereit bist. Denn danach wirst du deinen Freunden nicht mehr wie vorher begegnen können. Das garantiere ich dir schon jetzt. Und das sollte dir nun vollkommen bewusst sein!«

Ich kaue für eine ganze Weile mit den Zähnen auf meinen Lippen herum, bis sie an der Innenseite fast schon wund sind.

Meine Hände hören nicht auf, in nervöser Anspannung und ohne Unterlass über meine Beine zu streichen. Ich fühle das hauchzarte Gewebe auf meiner Haut, dabei aber auch, wie wieder die Erregung zurückkommt, als ich an die Anprobe in Verenas Schlafzimmer denke, genauso wie die kleine Übungssession als »ihre Zofe« später in der Küche. Huiih, war das verboten gut! Schließlich schlüpfe ich entschlossen aus den Fellboots und greife nach den Plateau-Heels hinter meinem Sitz.

»Ich mache es. Nein, wir machen es!« Meine Wangen müssen inzwischen einen sehr rosigen Touch bekommen haben.

»Das ist meine Laura«, grinst Verena und knufft mir aufmunternd in die Seite. Sie schaltet die Leseleuchten über unseren Sitzen an und greift nach der von ihr präparierten Reisetasche, die sie vor der Abfahrt auf den Rücksitz gestellt hat. »Wir haben noch fünfzehn Minuten bis zur verabredeten Zeit, das reicht locker!« Dann drückt sie mir ein schwarzes Haargummi in die Hand. »Mach dir schon mal einen Zopf, schön stramm gebunden und möglichst hoch. Und zieh dir schon mal die Schuhe an. Gleich wird es etwas umständlich sein!«

Etwas verwirrt ob ihres letzten Satzes sehe ich zu, wie sie erneut ihre Tasche durchsucht.

»Schade nur, dass meine ganze Schminkaktion jetzt für die Katz war!« Schließlich hält sie eine schwarze Latexmaske in der Hand.

»Schon mal so etwas getragen?«

Ich schüttele heftig mit dem Kopf.

»Wahrscheinlich wird dir etwas warm werden, aber du musst ja gleich keinen Hochleistungssport machen!« Kichernd öffnet Verena den Reißverschluss an der Rückseite und streift mir das elastische Material vom Kinn nach hinten über den Kopf.

Ich fühle, wie mich eine leicht knautschende, aber auch angenehme Enge umgibt, als sie meinen Zopf durch die kleine Öffnung fädelt und den Zipper schließt.

»Jetzt schau mich an! Ja, perfekt!« Sie korrigiert nochmals den Sitz der Ausschnitte um meine Augen. »Dein Lidschatten sieht perfekt aus, aber deinen Mund können wir noch etwas pushen. Das macht es etwas vulgärer – und wird sie niemals darauf kommen lassen, dass sie die Frau unter der Maske kennen könnten. Glaub mir, ich spreche da aus Erfahrung!«

Gebannt schaue ich ihr in die Augen, während sie konzentriert bei mir noch etwas mehr Lipgloss aufträgt, den sie aus ihrer Handtasche gezaubert hat. »Wir ändern am Ablauf nichts. Du bleibst an meiner Seite, so wie wir es zuhause geübt haben. Wenn du mir jetzt antwortest, dann lass deine Stimme etwas anders klingen. Mehr flüstern, fast schon wispern. Und immer schön demütig, wie wir es auch geübt haben. Dann werden sie dich auch so nicht erkennen. Probieren wir es gleich mal! Also, alles verstanden?«

Ich muss schlucken. »Ich glaube schon!« Ein Augenpaar schaut mich streng an. »Wie bitte?« Wieder muss ich schlucken. »Ja, Herrin!« Verena wiegt ein wenig den Kopf hin und her. »Noch mal! Und lass es noch devoter klingen, hauch es einfach noch schneller und etwas leiser aus!«

»Ja, Herrin!«, stoße ich jetzt wispernd aus.

»Gut so, das klingt perfekt!« Sie schiebt ihren Sitz zurück, um aus ihren Sneakern zu schlüpfen. Mit angezogenen Knien streift sie ihre offenen Stilettos über, was in Kombination mit ihren, in einem dunklen Velvetblau lackierten Fußnägeln verboten gut aussieht, und lässt dann den Sitz in die Fahrposition zurückfahren.

»Bereit für die Show?«

»Ja, Herrin!«

Zufrieden drückt sie mir einen Kuss auf meine, nun unter dem schwarzglänzenden Latex verborgene Nase und startet wieder den Motor.

Leise säuselnd rollt der Land Rover die immer noch leere Straße hinunter und biegt dann auf das mir so vertraute Grundstück von Marie und Markus ein. Das Haus liegt in vollkommener Dunkelheit, nur am Seiteneingang direkt neben der großen Doppelgarage brennt ein kleines Licht. Erst jetzt fällt mir auf, dass dieser Teil des Hauses durch den großen Buschbewuchs von der Straße aus nicht einsehbar ist. Ohnehin liegen die Häuser hier so weit auseinander, dass man schon einen Feldstecher bräuchte, um den Nachbarn auszukundschaften.

»Denk dran! Wir sind Madame Claudia, heute mit ihrer Zofe Helene – warum auch immer du auf diesen Namen gekommen bist! Zu Gast bei…« Streng schaut sie mich an. »Zu Gast bei Lady Mona und ihrem Diener William, meine Herrin«, vollende ich unterwürfig und schnell wispernd ihren Satz. Verena alias Madame Claudia nickt mir zufrieden zu. »Prima, dann lass uns mal die Peitsche schwingen!« Vielleicht doch gut, dass ich die Maske trage, denke ich und steige mit hochrotem Kopf aus dem Auto.

Leise klackern unsere hohen Absätze über die rot gebrannten Pflastersteine, bis wir vor dem ebenerdigen Eingang stehen. Verena klopft mit einer kleinen Unterbrechung an die Tür, erst dreimal, dann zweimal. Aus der Ferne hören wir eine Kirchturmglocke schlagen. Aufmunternd zwinkert Verena mir zu. Wir sind pünktlich, auf die Minute genau.

In nervöser Anspannung verfolge ich, wie uns meine Freundin Marie und ihr Mann Markus alias Mona und William die Tür öffnen.

FÜNFZEHN

Eigentlich kann er jetzt abbrechen. SIE wird mit Sicherheit nicht mehr auftauchen. Wie eine vertraute Familie sitzen die vier Personen am Tisch und beginnen ihr gemeinsames Mahl. Das kann er durch das große Fenster auch hier vom Straßenrand aus noch sehr gut sehen. Er notiert sich das Kennzeichen des großen SUVs in sein neues Smartphone. Es wird ein Leichtes sein, sich die dazugehörigen Daten zu beschaffen. Aber das kann er später klären. Vor allem wird er es doch niemals über ein viel zu offenes Netzwerk auf seinem Handy versuchen.

Eine Mischung aus Traurigkeit und Wut erfasst ihn. Und Angst!

Angst und Verzweiflung, dass er SIE nun doch nicht schnell wiederfinden wird. Seine Beklemmung wird größer und größer, presst seinen mächtigen Brustkorb zusammen und lässt wieder ihn wie einen kleinen Schulbuben auf seinem Beobachtungsposten zusammensinken.

Er schließt seine Augen und sieht, wie seine Mutter vor dem Haus in das Auto steigt, ihm am Fenster seines Kinderzimmers mit ihrem mitfühlenden Blick lange zuwinkt. Sein Vater hat sich nicht einmal umgedreht.

Alleingelassen in dem großen Haus schaut er aus dem elterlichen Schlafzimmer noch so lange nach draußen, bis ausgeschlossen ist, dass sie nicht doch wieder umkehrt, um ihn fest in ihre Arme zu nehmen. »Mein Baby, es ist doch nicht für lange!« Verzweifelt vergräbt er sich schließlich auf ihrer Seite des großes Doppelbetts und hält ihr Nichts von einem Nachthemd fest umklammert.

Stundenlang hat er sich so an ihrem vertrauten Duft getröstet und dabei doch angespannt und ohne Unterlass in die Stille der Nacht gehorcht.

In die Totenstille. Die sich wie ein zäher Schleim über sein kindliches Gemüt legt.

Kein vertraut klingender Motor ist durch die Nacht wieder eilig herangebraust und hat ihn aus der

Einsamkeit erlöst, die ganz langsam im Sekundentakt seine kleine Kinderseele zerfrisst.

Wieder und wieder schießt ihm ihr letzter Satz durch den Kopf: »Und bald sind wir doch wieder da!« Was für eine Lüge! Bestimmt wollte sie ja wirklich schnell zurück, um ihn wieder eng in ihre Arme zu schließen, ihn mit schmatzenden Küssen zu überhäufen, ihn zu streicheln und zu kitzeln, bis er erlöst auflachen kann. Aber bestimmt hat sein Vater das mal wieder verhindern wollen!

Hat er sie ihm etwa deshalb weggenommen? Dabei sollte er doch inzwischen gemerkt haben, dass er sie ihm nicht wegnehmen kann. Dass sie sich wieder zu ihm schleichen wird, wenn auch sie getröstet werden will. Und nur er es versteht, auch sie zu trösten!

Er wischt das immer noch beängstigende Wechselbad der Gefühle aus seinen alten Kindertagen zur Seite, als er, wieder im Hier und Jetzt angekommen, auf den Fahrersitz klettert und den Diesel startet.

Doch die kurzen, grauen Gedanken haben gereicht, um seinen Groll und Frust über die bislang verkorkste Suche anwachsen zu lassen. Wie lange wird es nur dauern, bis er SIE wieder zu Gesicht bekommen wird?

Er weiß ganz genau, dass er mehr denn je ein Ventil braucht, um zwar nicht glücklich, aber schon ein wenig befreiter durchatmen zu können.

Vor allem, dass er ein schnelles Ventil braucht!

Alles andere würde ihn doch immer weiter lähmen und Energie rauben, die er dringend für was anderes braucht: Die Suche nach IHR!

Für langes Suchen und Recherchieren, für ein frustrierendes Klicken und Wischen, bis er etwas einigermaßen Adäquates gefunden hat, will er keine Zeit verschwenden! Er braucht es schnell, er will es jetzt und sofort.

Entschlossen steuert er den Transporter zurück in die City. Golden glitzern ihm die Lichter der Großstadt entgegen. Auf der großen Ringstraße fliegen sie an ihm vorbei, herrlich strahlend ragen die markanten Zwillingstürme der großen Kathedrale in den dunklen Himmel. Doch als er schließlich von der Ringstraße abbiegt, ist er auch hier im grauen Teil der Stadt angekommen.

Mit quietschenden Federn rumpelt der Kastenwagen über die bereits sehr wellig ausgewaschene Straße, die sich parallel zu den schnurgeraden Eisenbahnschienen in der Ferne verliert. Genauso langsam wie trübe schwingt die an den Stromleitungen montierte Straßenbeleuchtung im Wind. Er biegt in die Seitenstraße ein, aus der ihm ein paar Autos entgegenkommen. Vor ihm schimmert ein ganzes Meer an Rücklichtern und flackert immer wieder vereinzelt ein Bremslicht auf.

Mein Gott, wie jung sie doch zum Teil sind. Grimmige Wut erfasst ihn, als er sie in den gleißenden Lichtkegeln der Scheinwerfer und dem fahlen Schein der wenigen Straßenlaternen im Sekundentakt auftauchen sieht.

Viel zu jung. Und dazu in dieser Aufmachung!

»Ach mein Junge, schau doch mal!« Er registriert, wie seine Mutter den Kopf liebevoll lächelnd wiegt, als er sie auf der gegenüberliegenden Seite für einen kurzen

Moment wahrnehmen kann. Seine Grimmigkeit bekommt einen kleinen Glücksimpuls. Endlich! Da ist doch genau das, was er braucht und was er sucht!

Entschlossen schert er aus und zieht an der langsamen Kolonne vorbei, bis er den Abzweiger erreicht hat, um in einen Seitenweg einzubiegen. Jetzt links, ein Stück zurück und nochmals links. Leise nagelnd schiebt sich der Transporter in die Parklücke, dann steigt er aus. Auf dem Weg begegnet ihm keine Menschenseele. Gut so!

Er schlägt die große Kapuze seines Parkas über den Kopf und kramt die riesige, gelbgetönte Brille aus der Tasche. Dann biegt er auf die bevölkerte und vielbefahrene Hauptstraße ein. Wachsam registriert er sein Umfeld.

Er wusste, dass sie da noch stehen würde. In dem Alter, da ist es halt schon etwas schwerer. Da steht man schon etwas länger. Natürlich ist sie Profi und hat sofort ihr charmantestes Lächeln aufgesetzt, als er schließlich direkt vor ihr stehen bleibt, doch er sieht auch in ein bereits sehr müdes und ausgelebtes Augenpaar. Er verliert keine großen Worte. Das braucht es nicht.

»Bei mir, in meinem Auto!« Er merkt sofort, wie sie kurz zurückzuckt, doch er weiß, dass sie ihm folgen wird, wenn er jetzt die vier Scheine aus der Tasche zieht. Das hat schon immer geklappt. Und siehe da! Brav trippelt sie auf ihren hochhakigen Schuhen neben ihm her in die kleine Gasse. Er weiß, dass es jetzt schnell gehen muss, als sie auf der Höhe seines Transporters sind.

Mit einer rasanten Drehung hat er sie von hinten umfasst und drückt ihr mit seinen behandschuhten Händen bereits das klatschnass durchtränkte Tuch, das er aus seinem Parka gezogen hat, auf das Gesicht. Er spürt, wie sie sich kurz aufbäumt, doch auch, wie im nächsten Moment ihre Muskeln erschlaffen. Schon hat er die Schiebetür geöffnet und rollt sie als leblos erscheinendes, unförmiges Bündel auf die alte Matratze, die dort bereitliegt.

Mit metallischen Klicken rasten die Handschellen ein, als er ihre Arme eng auf dem Rücken fixiert. Dann schiebt er ihr einen Knebel in den Mund, zurrt ihn mit einem dünnen Lederriemen fest und stülpt einen großen, schwarzen Stoffsack über den blond glitzernden Haarschopf. Aber das alles spürt sie schon gar nicht mehr.

Keine zwanzig Sekunden hat die Sache gedauert. Die Gasse ist weiterhin menschenleer, als er seinen Transporter aus der Parklücke manövriert und sich zehn Minuten später wieder in den dichten Verkehr auf der vielbefahrenen Ringperipherie einreiht.

SECHZEHN

Verena hatte die Musik laut aufgedreht, als wir von der schmalen Landstraße endlich wieder auf die mehrspurige Schnellstraße zurück in Richtung Stadt abgebogen sind. Wie blitzende Pfeile schießen jetzt die weißen

Mittelstreifen aus dem Nichts im Halbsekundentakt auf den schweren Land Rover zu und verschwinden hinter uns genauso schnell wieder in der Dunkelheit. Ich spüre ihre Wärme und genieße ihre Nähe, als sie die rechte Hand auf mein linkes Knie legt, das zusammen mit dem anderen so langsam wieder fester wird.

Meine Güte, sind mir die weich geworden, als uns Marie die Tür öffnete. Zusammen mit Markus.

Wobei zusammen es nicht wirklich trifft, wenn man bedenkt, dass sie ihn nahezu nackt mit einer an einem Lederhalsband befestigten Leine wie einen devoten Hund mit sich führte. Dazu hatte er eine Maske aufgezogen, die aber, anders als meine, ohne Augen- und Mundausschnitt seinen kompletten Kopf verhüllte.

Oder hatte er sie aufziehen müssen?

Dass es tatsächlich Markus war, ließ sich eigentlich nur ob der Umstände, wo wir gerade waren, für mich erschließen. Weder bekam ich den ganzen Abend lang sein Gesicht zu sehen noch durfte er ein einziges Wort sagen. Und bislang hatte ich ihn ja auch – Gott sei Dank – noch nie nackt zu Gesicht bekommen. Immer war er doch, meist in Zusammenspiel mit meinem feinen Göttergatten, in feine Anzüge gehüllt. Und nun das!

Zugegeben war auch Maries Anblick für mich im ersten Moment, gelinde gesagt, »shocking«.

Natürlich verstand sie es, genau wie ich doch auch, sich bei bestimmten Anlässen so aufzustylen, dass sich nicht wenige Männer nach uns umdrehten, selbst die ganz jungen Burschen. Nun aber stand sie in einem Dress in der Tür, den ich bei ihr niemals vermutet hätte. Die langen Stulpenstiefel aus rotlackiertem Leder reichten ihr bis zu den Oberschenkeln und ihre Augen waren von einer spitzenbesetzten, venezianischen Maske umgeben.

Viel krasser war aber der offene Lackbody, den sie unter ihrem schwarzen, sehr transparenten Nylonmantel trug. Mit kreisrunden Ausschnitten, aus denen ihre schon sehr üppige Brust förmlich herausquoll, und einem Schlitz im Schritt, der jedem Betrachter sofort einen freien Blick auf ihre komplett rasierte Scham bot. Sofort hatte ich wieder Verenas Satz im Kopf: »Sei gewiss, das alles wird was mit dir machen!«

Ja, es machte wirklich was mit mir. Jetzt umso mehr, weil es unsere alten Familienfreunde waren, die ich so zu Gesicht bekam. Ohne dass sie wiederum wussten, wen sie tatsächlich vor sich stehen hatten. Doch nun war es zu spät, nun war ich bereits Teil dieses Spiels. Und natürlich durfte und wollte ich doch Verena nicht enttäuschen, die mich bereits an der Hand haltend in den Flur zog und Marie ein Luftküsschen links und rechts auf die Wange hauchte. »Schön dich endlich wiederzusehen, meine verehrte Lady Mona!« Wieder bewunderte ich Verenas schauspielerische Professionalität, die sie auf Knopfdruck abrufen konnte. Nun spürte ich, wie mich Maries Augen ausgiebig und kritisch musterten.

»Ganz meinerseits, meine liebe Claudia. Und das ist sie also, deine Neue! Die Agentur hatte uns bereits informiert, dass die gute Maid Marion heute unpässlich ist, du uns aber mit deiner neuen bezaubernden Gespielin

beehren wirst. Die aber noch etwas unerfahren sein soll?«
Langsam umrundete sie mich, während Markus alias
William ihr wie ein unterwürfiger Hund auf den Knien
folgte. Schließlich stand sie wieder direkt vor mir und
drückte mit ihrem Finger meinen ergeben gesenkten
Kopf so weit nach oben, bis ich ihr in die Augen schauen
musste. Für einen Moment blieb es ganz still, bevor sie
mit ihrer Frage ansetzte.

»Du bist also Helene?«

»Ja, Mylady« stieß ich schnell wispernd und so devot
aus, dass Verena, die mich die ganze Zeit bereits mutma-
chend anlächelte, anerkennend mit den Augen zwin-
kerte.

»Sie mag unerfahren sein, aber sie ist doch auch schon
etwas älter, meine liebe Claudia!« Verena trat neben sie,
legte nun selbst ihre Hand unter mein Kinn, um meinen
Kopf zu sich zu drehen.

»Ja, meine liebe Mona, aber noch lange nicht zu alt, um
sich neuen Erfahrungen hinzugeben und uns, da sei dir
gewiss, heute Abend gute Dienste zu leisten. Habe ich
recht, Helene?«

Wieder blickte ich in ihr mutmachendes Augenpaar,
das mir unauffällig zuzwinkerte. »Ja meine Herrin«, flüsterte ich ihr hastig zu.

»Werde ich sie denn nur so zu Gesicht bekommen?
Vielleicht mag sie später doch diese Haube ablegen. Bestimmt hat sie ein hübsches Gesicht, das sie auch mir zeigen will!« Erneut schienen mich Maries Augen förmlich
durchdringen zu wollen.

»Wollen wir es heute noch so belassen, meine liebe Mona? Wie gesagt: Helene ist noch nicht lange im Business und wir werden sicherlich mehr Spaß mit ihr haben, wenn sie sich noch nicht voll und ganz öffnen muss!« Verena hatte sich hinter mir positioniert und legte ihre Hand auf meine Schulter, so als wollte sie auch meiner alten Freundin Marie nochmals klar signalisieren, wem ich in diesem Spiel gehörte.

Langsam hatte ich das Gefühl, etwas mehr Sicherheit zu tanken und mich auf das einlassen zu können, was noch folgen würde. Von dem ich aber noch nicht wirklich alles ahnen konnte – trotz der ausgiebigen »Generalprobe« in Verenas Apartment. »Es wird schon ein wenig Improvisation dabei sein«, hatte mich Verena vorab instruiert.

Die war nämlich gleich gefragt, als wir unsere Mäntel abgelegt hatten und ich an Verenas Hand Marie alias Mona in den Keller folgte. Denn so hatte ich permanent das blau geschliffene Edelsteinimitat im Blick, welches »William« wackelnd aus seinem Hintern ragte, als er auf allen vieren die Treppe hinunter hoppeln musste.

Oh mein Gott, hatte ich in diesem Augenblick gedacht, auf was hast du dich denn jetzt eingelassen?

Wenn mir Verena in diesem Augenblick, wahrscheinlich meinen Schock spürend, nicht so fest und in einem beruhigenden Rhythmus die Hand gedrückt hätte, wäre mir wahrscheinlich schon auf dem Kellerabgang das Codewort über die Lippen gekommen. Hätte dazu blitzgeschwind das Haus verlassen und mich im Land Rover wie in einer uneinnehmbaren Burg verriegelt! So aber kam es tatsächlich dazu, dass ich plötzlich in diesem bizarr eingerichteten Studio stand, das ich in meinen kühnsten Träumen niemals in der kleinen Villa von Marie und Markus vermutet hätte, dessen Innenleben im Erd- und Obergeschoss in jeder Landlust-Ausgabe abgebildet sein könnte. Niemals hingegen das, was ich dann an nicht vorstellbarem Mobiliar im Keller zu Gesicht bekam.

Während mich Verena an einer kleinen Theke, die tatsächlich noch den normalsten Part der Einrichtung darstellte, auf einem Barhocker platzierte und mit ein »Durchhalten, genießen, und denk dran, wie sie dich beschimpft hat!« ins Ohr raunte, musste ich zusehen, wie Maries hündisch ergebener Begleiter zum ersten Mal wieder aufstehen durfte, um aber sofort von ihr mit den Hand- und Fußgelenken an ein raumhohes Andreaskreuz gefesselt wurde.

Unweigerlich musste ich aber auch daran denken, dass mir Verena einen bis dahin für mich undenkbar intensiven Orgasmus verschafft hatte, als ich selbst in genau dieser Körperhaltung vor dem Fenster in ihrem Apartment stand.

Meine kleine heranrollende Lustwoge zerplatzte sofort wieder, als mir offenbar wurde, dass die Person in diesem Spiel allerdings gefesselt war. Und nun jemandem so ausgeliefert war, ohne dass sie sich aus freiem Willen und jederzeit selbst der Situation entziehen konnte.

Es schnürte mir zunächst schon ein wenig die Kehle zu, als ich daran dachte, wie beklemmend das sein müsste.

Würde ich mich jemals so fixieren lassen wollen?

Unwillkürlich musste ich mich ein klein wenig schütteln, und es lief mir kalt den Rücken hinunter. Gleich darauf nochmals, als ich sah, dass Markus noch ein weiteres Kleidungsstück trug. Wobei Kleidungsstück es nicht richtig traf: Fassungslos starrte ich auf einen eng verschlossenen Edelstahlkäfig, in dem sein bestes Stück verstaut war.

Verena hatte inzwischen in geschäftlicher Routine, ohne sich zunächst um das Geschehen bei unseren Gastgebern zu kümmern, ihre Reisetasche geöffnet und zog nun eine dünne Reitgerte heraus, deren Spitze ein kleines Lederquadrat zierte. Wieder nickte sie mir unmerklich zu. Entspann dich, signalisierten ihre Augen.

Und erneut hatte ich ihre Worte im Ohr, als der Land Rover langsam in die Einfahrt rollte: »Denk an das, wie und vor allem was sie dir vor den Kopf gestoßen hat! Hier und jetzt bestimmen aber wir! Lassen wir sie halt ein wenig leiden. Ohne dass sie es wirklich merken wird. Versprochen!«

Trotzdem aber hatte ich das Gefühl, dass inzwischen nicht nur das Codewort aus mir rauswollte. Auch in meiner Magengegend breitete sich ein wenig Übelkeit aus.

»Wollen wir uns von unterwegs noch eine Pizza mitnehmen?« Verenas Frage holt mich unvermittelt wieder zurück in die Gegenwart. Erst jetzt fällt mir bis auf den aus der Ferne rauschenden Fahrtwind die Stille im Wageninnern auf. Ohne dass ich es mitbekommen hatte, muss Verena wohl schon vor einiger Zeit die Musik stumm geschaltet haben.

Unvermindert schießen die Straßenmarkierungen auf den Land Rover zu, und am Horizont ist bereits die hell leuchtende Lichtglocke über unserer Stadt zu sehen. Ich schüttele mit dem Kopf.

»Ich weiß nicht. Appetit habe ich keinen. Ganz im Gegenteil. Aber vielleicht esse ich ein Stück bei dir mit!«

Verena lacht laut auf. »Das kenne ich. Ein Stück sagen und nachher ist es die halbe Pizza. Nix da, dann holen wir zwei. Und ich weiß auch schon, wo!« Sie drückt wieder auf den Knopf an ihrem Lenkrad. Sofort schallt ironischerweise Taylor Swifts »Gorgeous« mit laut wummerndem Bass aus den Boxen des Land Rovers. Ich starre erneut aus dem Seitenfenster über die vom Mondlicht beschienenen, schon lange abgeernteten Felder, bis ich meinen Kopf an das kühle Glas lehne und ein wenig nach Ruhe und Halt suchend meine Augen schließe.

Doch sofort sind auch Maries Augen wieder direkt vor mir, als Verena sie mit einem sanften Schlag ihrer Reitgerte so dirigierte, dass sie vor mir auf die Knie gehen musste. »Nun, meine liebe Mona, wie gefällt dir denn meine neue Zofe? Habe ich sie mir nicht gut ausgesucht, ist sie nicht prächtig ausgestattet?«

Zuvor hatte Verena bereits vollkommen die Regie über das Spiel von Marie und Markus übernommen.

Und schnell hatte ich begriffen, dass es so wohl schon immer abgelaufen, ja nahezu eingespielt war.

Verena als der Impulsgeber dafür, dass die beiden in ihrem Liebesspiel die Erfüllung fanden, die sie haben wollten. Und ich als »ihre Zofe« lediglich schmückendes Beiwerk war, das Verena nach Belieben einsetzen konnte – im Prinzip genauso wie eine weitere Zutat ihrer Sextoy-Auswahl, die sie in ihrer Reisetasche verstaut hatte, dieses hier aber »lebensecht« und in Menschengestalt.

Und mir dabei aufmunternd zublinzelte, so als wollte sie mir wieder sagen: »Genieß es! Lass es einfach geschehen!«

Und so ließ ich es geschehen, dass sie Marie in Gestalt von Mona nicht nur dazu aufforderte, mit der Zunge über meine Peeptoes zu fahren. Sondern sie unter weiteren, wenn auch sehr sanften Schlägen auf ihr bloßes Hinterteil, aber auch gegen ihre nackten Brüste obendrein dazu »zwang«, mir durch die Strumpfhose hindurch sogar meine Zehen abzulecken. Immer »ermuntert« von Verena, dass sie es noch eine ganze Spur intensiver und leidenschaftlicher sehen möchte. Und Marie gehorchte!

Möglich, dass genau da wieder das Codewort in mir brodelte, als ich stumm zusehen musste, aber auch leibhaftig fühlen konnte, wie Marie in provozierender Langsamkeit meine ganze Fußspitze in ihren Mund nahm und mich dabei dennoch mit einem solch überlegen wirkenden Blick musterte, der mir an diesem Abend nicht nur einmal das Gefühl gab, dass sie ganz genau zu wissen schien, welcher Kopf sich unter der Latexmaske verbarg.

Genau den Blick spürte ich nämlich auch, als Verena mich später an diesem Abend in der Rolle als ihre Zofe aufforderte, meiner Freundin die Brustklemmen anzulegen, so dass nun ich in der Lage war, Marie an der gespannten Kette, die mit Sicherheit einen schmerzvollen Druck auslösen musste, gemäß der Anweisungen »meiner Herrin Claudia« durch den Raum zu führen.

Markus selbst, wenn er es denn tatsächlich war (was ich bis heute nicht aufzulösen vermag), spielte an dem Abend nahezu keine Rolle.

Er war dazu verdammt, das im Studio stattfindende Spiel größtenteils an diesem Balkenkreuz fixiert in sozusagen vollkommener Blindheit nur mit den Ohren zu verfolgen. Dass es ihn dennoch erregte, war ihm, trotz des engen Käfigs um sein Gemächte, aber deutlich anzusehen.

Trotz der lauten Musik im Land Rover hallte weiterhin Maries ekstatisches Kreischen in meinen Ohren, das jeden Winkel des Studios in dem Keller erfüllte, als sie breitbeinig in der von der Decke hängenden Liebesschaukel vor mir hin- und herschwang, während Verena meine Hand, die einen riesigen Massagestab hielt, mit dem monströs brummenden Kugelkopf immer und immer wieder gegen Maries Vulva presste.

Als ich schließlich mit starrem Blick zusehen musste, wie Marie mit einem in einer Maske eingearbeiteten Dildo, die ich zuvor auf Geheiß von Verena um ihren Kopf geschnallt hatte, und sehr, sehr viel Gleitgel von hinten in ihren Partner eindrang, der inzwischen in Bauchlage auf einem weich gepolsterten Bock fixiert war, war es dann doch Verena, die mir das Exitwort ins Ohr flüsterte: »Ich glaube, es ist für dich an der Zeit, etwas Taylor Swift für mich aufzulegen. Findest du nicht auch, meine mir treu ergebene Helene?« Keine zehn Minuten später hatten sich endlich die schützenden Türen des großen Defenders hinter uns geschlossen.

Suchend streicht meine Hand im Dunkeln über die Seitenfläche meines Sitzes, bis ich den Schieber ertastet habe. Nahezu lautlos beginnt sich die Rückenlehne zu senken. Ich schließe meine Augen, um das Kopfkino der vergangenen Stunden immer mehr auszublenden. Das sonore Brummen des Motors und die inzwischen wieder leiser gestellte Musik lässt mich leicht wegdämmern.

Plötzlich taucht mein Mann vor mir auf, wie er sich in bester Feierlaune zusammen mit Markus im Arm, den Black-Tie-Dress inzwischen »casual« gelockert, eine fette Cohiba in den Mund rammt, während Marie und Jana Hartwald, beide in feine Abendgarderobe gehüllt, vor beiden auf die Knie gehen. »Komm her, Laura, du fehlst uns noch«, rufen sie mir in jovialem Ton zu. »Bist doch endlich auch eine von uns geworden!«

»Nein! Niemals! Ihr bekommt mich nie!«, schreie ich zurück und klopfe wie eine wildgewordene Furie an Evas Studiotür, die aber verschlossen bleibt. Ich schrecke aus meinem Sekundenschlaf hoch und sehe, wie Verena mir beruhigend über die Wange streicht. »Hey Süße, willst du mal kurz durchschnaufen? Soll ich mal rechts ranfahren?«

Mit der Hand vor dem Mund nicke ich ihr dankbar zu. »Ja, ein paar Schritte an der frischen Luft! Ich glaube, das brauche ich gerade.«

Ihre Hand reibt beruhigend über meine Oberschenkel, so dass ich meine, auch hören zu können, wie das feine Nylongewebe dabei leise knistert. Die Musik im Auto ist nur noch ein entferntes Rauschen. Der kalte Fahrtwind brandet gegen meine Stirn, als sie von ihrer Armauflage aus das Seitenfenster auf der Beifahrerseite einen Spalt öffnet. »Halt noch einen Moment durch, okay?«

Sie drückt nochmal das Gaspedal durch, als wir den Verzögerungsstreifen erreichen. Wummernd rast der schwere SUV über die Ausfahrt auf den Kreisverkehr zu. Verena tippt kurz auf die Bremse, um ihn genauso gekonnt wie elegant am ersten Abzweig des Kreisels gleich wieder herauszusteuern. »Kannst du noch? Hier ist etwas blöd…« Nickend presse ich die Zähne zusammen und drücke die Hand nun fester gegen meinen Mund. Inzwischen hat sie das Fenster zur Gänze geöffnet. Die kalte Luft kann meinen inzwischen heftig revoltierenden Magen etwas beruhigen!

»Da vorn, das sieht doch gut aus!« Der Land Rover kommt auf einer rumpeligen Seitenstraße zum Stehen. Jetzt kann ich mich wirklich nicht mehr zurückhalten. Im Bruchteil einer Sekunde habe ich die Beifahrertür aufgestoßen und stürze nach draußen. Nach fünf großen Schritten stehe ich im hohen Gras direkt vor einem alten Maschendrahtzaun und verschränke meine Hände in dem rostigen Geflecht. Dann kotze ich mir die Seele aus dem Leib.

SIEBZEHN

Mit konstantem Nageln biegt der alte Diesel von der Schnellstraße ab. Er blickt hinter sich in den Laderaum. Das Bündel beginnt sich leicht zu regen.

Er wusste, dass die Betäubung nicht ewig anhalten wird. Aber für den Rest der Strecke wird es schon noch reichen. Und gleich ist er ja bereits da, wo nichts mehr passieren kann.

Genauer gesagt, wo ihm nichts mehr passieren kann. Und alles Weitere wie immer bereits bestens präpariert ist. Da ist er doch inzwischen absoluter Profi geworden.

Was ist das? Zwei gleißend helle Rücklichter tauchen vor seiner Windschutzscheibe auf, die hoch oben montierte Bremsleuchte strahlt ihm wie ein Flutlicht entgegen und nimmt ihm fast die Sicht auf seiner mächtig verkratzten Frontscheibe. Er setzt den Blinker und tuckert mit aufmerksamem Blick an dem großen Geländewagen vorbei, der mit ihn gehörig blendender Festbeleuchtung halb auf dem Seitenstreifen steht.

Nervös registriert er die offene Beifahrertür. Aus den Augenwinkeln sieht er im Halbdunkel eine Person am Maschendrahtzaun lehnen. Und wie sie sich zu krümmen scheint.

Aufatmend schaltet er einen Gang hoch und tritt das Gaspedal bis zum Bodenblech durch. Nur röchelnd gewinnt der Transporter wieder an Drehzahl. Gott sei Dank. Nur ein Besoffener, der sich wohl auskotzen muss. Aber ausgerechnet an seinem Grundstück? So ein Schwein. Er spielt mit dem Gedanken, auf die Bremse zu treten. Doch dann hört er, wie das Bündel hinter ihm wieder strampelt.

Egal! Lass dich jetzt nicht aus dem Konzept bringen, bleib bei der Sache, bleib konzentriert. Die Kotze wird bestimmt irgendwann vom Regen weggewaschen werden.

Wie immer lässt er den Transporter mit ausgeschaltetem Motor die Rampe zur bereits per Fernsteuerung geöffneten Garage hinunterrollen. Im Rückspiegel beobachtet er, bis sich das Rolltor hinter ihm komplett geschlossen hat. Das Bündel ist wieder still geworden. Er steigt aus und überlegt noch einen Moment, bevor er die Sturmhaube mit den schmalen Augenschlitzen aus der Brusttasche des Parkas nestelt und sich über den Kopf zieht.

Erst jetzt öffnet er die Seitentür auf der Beifahrerseite und beugt sich über das regungslose Wesen, um es herauszuheben. Unvermittelt trifft ihn der Schlag.

Röchelnd klappt er für einen Moment zusammen und schnappt mühsam nach Luft. Dieses Miststück! Hat ihm direkt in die Eier getreten. Und mit was für einer Wucht! Und blöderweise auch noch mit ihren sehr spitzen und sehr hochhackigen Schuhen! Diese verdammte Hure! Das hätte wirklich schiefgehen können.

Mit weit nach oben gestreckten Armen lehnt er sich gegen seinen Transporter, bis er sich wieder gesammelt hat. Dann eben anders.

Das Bündel hat sich inzwischen aufgerichtet und sitzt auf der dreckigen Matratze. Der Kopf unter dem schwarzen Stoffsack schießt hin und her. Er hört sie durch den Knebel leise würgen. Wieder greift er in seine Brusttasche und zieht ein schmales Etui heraus, das er auf dem Beifahrersitz aufklappt.

Gekonnt zieht er aus einer kleinen Ampulle die Spritze auf und klopft die Luft heraus. Als er wieder zur Schiebetür tritt, ist er besser vorbereitet.

Mit einer schnellen Bewegung hat er sie nach unten gerungen und drückt sie mit seiner ganzen Kraft auf die Matratze. Polternd rutschen ihre Heels von ihren Füßen und landen auf dem gefliesten Garagenboden. Er hört, wie ihre Strumpfhose zerreißt, als sie die Beine zum Tritt anwinkelt und er mit der schieren Masse seines durchtrainierten Körpers dagegenhält.

Mit stählernem Griff kann seine Hand endlich ihren dünnen Oberarm umfassen und ihn unerbittlich zusammendrücken. Schon fährt die Nadel durch das hauchdünne Gewebe ihrer sehr transparenten Bluse, die sie trotz der herbstlichen Kälte auch draußen auf der Straße getragen hat. Wieder spürt er ihre Kraft, ihr Aufbäumen, ihren Widerstand. Und wie nun doch alles schlagartig nachlässt. Endlich ist sie wieder das hilflose Bündel, das er nun ohne große Anstrengung aus dem Transporter hebt und wie einen nassen Sack über die Schulter wirft. Mit seinem Daumen entriegelt er die Stahltür, um in den langen Kellergang zu treten. Sofort empfängt ihn strahlend helles Licht. Leise fauchend springt in einem der verschlossenen Räume der Brenner der Heizungsanlage an.

Mit der freien Schulter stößt er die auf der gegenüberliegenden Seite zum Heizungsraum nur angelehnte Tür auf und legt das Bündel auf das schmale Bett, das neben einem alten Ohrensessel in der hintersten Ecke das einzige Mobiliar in dem Zimmer ist. Er nestelt den winzigen Schlüssel aus der kleinen Tasche seiner Jeans und öffnet die Handschellen. Das Bündel bleibt regungslos.

Nun wird die Dosis perfekt sein, das weiß er.

Ziemlich rüde streift er ihr den Stoffsack vom Kopf und löst den Knebel, indem er so rabiat an der Schnalle reißt, dass sich die dünnen Lederriemen tief in ihre mit reichlich Rouge bepuderten Wangen eingraben.

Dann zieht er sie aus, bis sie vollkommen nackt vor ihm auf der fleckigen Matratze liegt. Behutsam richtet er sie aus, so dass er sie an den Hand- und Fußgelenken mit dünnen Ketten und Ringen an dem stählernen Bettgestell fixieren kann. Stolz betrachtet er schließlich sein Werk.

Der Schmerz ihres Schlags in seine Kronjuwelen wird inzwischen von einer immer stärkeren Erregung verdrängt. Jetzt heißt es nur noch abwarten. Er löscht das Licht und schließt die Tür. Erst jetzt im Gang streift er die Maske vom Kopf.

Durst hat er bekommen, seine Kehle fühlt sich vor Anspannung und Anstrengung wie ausgedörrt an. In großen Sätzen nimmt er die Treppe nach oben, lässt wie immer seinen Parka achtlos auf das Sofa in der Eingangshalle fallen. Gierig trinkt er das große Glas leer, das er am Wasserhahn in der Küche randvoll befüllt hat.

Seine Gedanken wandern zurück zur Beschattung, die er vor kaum zwei Stunden abgebrochen hatte. Sollte er jetzt schon das Kennzeichen von dem Auto in der Einfahrt checken?

Wer war die Frau, die sich da so mütterlich in ihrem alten Zuhause aufgedrängt hat? Könnte sie ihn etwa zurück zu ihr führen? Oder will ihr feiner Herr Gemahl SIE etwa durch so eine ersetzen? Unwahrscheinlich, aber…

Abwägend wandert sein Blick durch die dunkle Küche. Eigentlich bleibt ihm noch genügend Zeit! Bis die Wirkung der Injektion nachlässt, wird es noch dauern. Und eigentlich will er doch nur SIE finden! Und haben! Je schneller, desto besser! Das, was er da unten festgekettet hat, das ist doch nur eine Notlösung! Nicht mehr als ein Ventil, das sein Gemüt beruhigen soll! Was ihn etwas versöhnlicher stimmen soll! Die Zeit überbrücken soll, bis er endlich SIE wiedergefunden und in seinen Armen festhalten kann. Ja, so wird er es machen.

Genauso schnell wie die Kellertreppe nimmt er nun mit wenigen Schritten die breite Freitreppe hoch zur Galerie, die sich wie ein riesiges U um die Eingangshalle windet. Wie immer ist der Rechner in seiner bläulich illuminierten Kommandozentrale bereits im Betriebsmodus. Etwas irritiert nimmt er auf dem Monitor die Push-Nachricht wahr, die sein von ihm selbst ausgefeilt programmiertes Überwachungssystem auf die Benutzeroberfläche geschickt hat.

Natürlich, das muss der Besoffene an seinem Zaun gewesen sein, der die auch dort versteckten Kameras ausgelöst haben wird. Aber checken sollte er es trotzdem! Schon hat er eher mechanisch als wirklich interessiert auf den Link geklickt, um dann aber umso gebannter das Video zu betrachten, das in bestechend klarer Qualität gerade anläuft.

Trotz der eingebrochenen Nacht erscheinen nahezu taghelle Bilder auf seinem Bildschirm. Gut, dass er hier in absolute Hightech in Militärausführung investiert hat. Deshalb kann er nämlich fassungslos auf »den Besoffenen« starren, der sich in Wirklichkeit als eine Frau entpuppt, die kotzend an seinem Maschendrahtzaun hängt. Seine Kehle ist wie zugeschnürt.

Er starrt auf ihre herrlichen, goldglänzenden Haare, die SIE anders als sonst zum Zopf gebunden hat und die ihm doch so vertraut sind.

Er starrt auf diese feist aufgestylten Lippen, die SIE anders als auf ihren Fotos – nein, seinen Fotos! – wie eine billige Schlampe wirken lassen.

Vor allem aber starrt er auf das, was sich unter ihrem langen Wollmantel abzeichnet: das knallenge Korsett, aus dem ihr Dekolleté fast schon obszön nach draußen drängt. Der extrem kurze Lackrock. Ihre nuttigen Strümpfe und Strapse.

Wie ein getroffenes Tier jault er ein erstes Mal auf. Bis er plötzlich die Person zu Gesicht bekommt, die unvermittelt neben ihr auftaucht und SIE fürsorglich in den Arm nimmt. Unter ihrem Mantel blitzt ein glänzender Catsuit auf.

Er sieht in das zweite Gesicht und eine wahnsinnige Wut brandet in ihm auf.

Das ist doch sie! Diese Hure!

Ausgerechnet sie, die ihn vor einigen Wochen in der Tiefgarage des Hotels bloßgestellt hat. So viele Zufälle gibt es doch gar nicht.

Jetzt sieht er SIE endlich wieder, aber zugleich sieht er auch, dass bereits die Nächste bereitsteht, um SIE ihm wegnehmen! Erst diese Hexe von Fotografin und jetzt auch diese gottverdammte Nutte? Was, schreit er in sich hinein, was alles machen sie mit dir?

Er klickt auf das Stoppsymbol. Auf dem riesigen Monitor friert das Bild dieses sich nun vertraut zuwendenden Pärchens ein und treibt ein eiskaltes Frösteln über seinen Rücken. Wie ein Wolf bei Vollmond heult er los. Die Maus an seinem Rechner zerbröselt zu Plastikschrott und sprenkelt seine Handinnenfläche mit feinen, schwarzen Splittern. Wütend reißt er sie aus dem USB-Port und pfeffert sie in den Mülleimer.

Und DU lässt das einfach so mit dir machen? Was alles lässt DU mit dir machen? Gequält schnauft er ein letztes Mal laut auf und weiß nun ganz genau, dass er dem Ganzen endgültig ein Ende setzen muss. Dass er das alles nicht ungestraft akzeptieren wird.

Und auch, dass SIE nicht mehr ungestraft davonkommen wird. Dass er auch SIE leiden lassen muss, bevor er sich von ihr in die Arme nehmen lassen wird!

Vor allem weiß er, dass SIE ihm nur so wirklich ergeben sein wird. Bis SIE ihn anbetteln wird, um ihn dann ihre ganze Dankbarkeit spüren zu lassen. Wie es eine gute Mutter machen wird. Wie zur Bestätigung sieht er bereits ihr gütig lächelndes Gesicht im Spiegel des riesigen Bildschirms auftauchen und wie es ihm zustimmend zunickt. Er spürt, wie die ihn lähmende Wut langsam verraucht, und endlich lächelt er dankbar zurück.

Mechanisch zieht er die Schreibtischschublade auf, um aus dem Kabelknäuel eine neue Maus herauszukramen, die er mit einer geübten Handbewegung sofort am Rechner angeschlossen hat. Erst jetzt kann er Bild für Bild das Video weiterlaufen lassen. Deutlich gefasster als noch vor wenigen Augenblicken sieht er den beiden Frauen nun zu, wie sie in endlos erscheinender Langsamkeit in den großen Geländewagen einsteigen, betrachtet in Zeitlupe, wie das Fahrzeug wendet und aus dem Bild fährt. Wieder spult er bis zur Stelle zurück, wo der mächtige SUV quer auf der Straße steht und stoppt.

Mit der Maus zoomt er in den Bereich hinein, wo das Nummernschild strahlendweiß aufleuchtet, doch es bleibt trotz seiner Highend-Kameras aufgrund der Entfernung doch zu verschwommen. Eine Drei, eine Acht, vielleicht eine Fünf oder Vier? Gefolgt von einer Eins oder Sieben? Und dazwischen ein B oder R, ein V oder Y? Er notiert sich die vielen Kombinationsmöglichkeiten auf einem kleinen Zettel.

Bestimmt kann er es mit seinem gehackten Datenbank-Zugang ja doch weiter zuordnen. Vor allem in Verbindung mit dem schon sehr auffälligen Fahrzeug! Das wäre doch gelacht!

Der schmerzhafte Nebel in seinem Kopf hat sich endgültig verzogen. Er spürt, wie er jetzt extrem fokussiert ist! Genauso wie er schon immer am besten funktioniert hat! Wie er in genau dieser Verfassung in der Schule seine Mitschüler links liegen gelassen und seine Lehrer verblüfft hat. Und wie er seinen Vater zerstört hat.

Glasklar erscheint dazu bereits Plan B in seinem Kopf. Die Schneiderin! Wie konnte er sie vergessen. Die aufreizenden Klamotten auf dem Video haben ihm den richtigen Impuls geliefert. Schließlich waren es ihre aufreizenden Sachen, in denen SIE immer vor der Kamera der Hexe posiert hat. Die Schneiderin bleibt als letzte, aber vielleicht auch beste Option, um SIE zu finden.

Ab jetzt wird er chirurgisch exakt und taktisch klug wie ein Cyberkrieger vorgehen. Er lacht leise in sich hinein, als er beginnt, den passenden Plan dazu in seinem Kopf minutiös zu präparieren und staunt dabei einmal mehr über das Hochgefühl, das in ihm zu wachsen beginnt. Und nicht nur das! Vor allem aber weiß er nun ganz genau, dass SIE endlich zu ihm kommen wird. Er spürt es. In jeder Faser seines Körpers baut sich das herrliche Glücksgefühl aus. Endlich, endlich, endlich wird es auch wieder schön zuhause werden!

»Mein Junge, gut machst du das!«, hört er nun das Gesicht im Spiegel des Monitors sagen und er spürt zugleich, wie sie ihm liebevoll über die Haare streicht, ihn so eng an sich zieht, bis er in ihrem so schönen, so warmen und so weichen Busen versinkt und dabei ihr fruchtiges Eau d'Toilette tief in sich hinein inhaliert.

Immer glücklicher reibt er über die harte Beule, die sich in seiner Jeans gebildet hat. Hoffentlich kommt jetzt nicht der Vater rein! Er will sie doch ganz für sich allein haben. Wohlig schließt er die Augen und hält sie in Gedanken so lange und so fest, wie er nur kann.

Wie in Trance ist er bereits auf der Kellertreppe angekommen und geht, nein, tänzelt den langen Kellergang entlang, bis er vor der Tür angekommen ist, hinter der erst jetzt, als er die Klinke herunterdrückt und sie einen Spalt geöffnet hat, ein sehr leises und sehr dumpfes Schreien zu hören ist. Doch als er den Raum schließlich betritt, bemerkt er seinen riesengroßen Fehler. Das Schreien verstummt, denn auch sie weiß, dass er einen entscheidenden Fehler gemacht hat, als sie ihm im grellen Deckenlicht mitten ins Gesicht starren kann.

ACHTZEHN

Natalia hebt verzweifelt die Hände. »So ein gutes Stück, aber wie konnte das denn passieren!« Ihre Hände fahren noch einmal über den Stoff und mit den Fingern zupft sie ein paar Fäden aus dem langen Riss, der von der Achsel abwärts fast runter bis zur Taille reicht.

Er grinst sie mit schiefem Lächeln durch seine randlose Brille an. »Wie gesagt, ich habe es in Eile aus dem Schrank genommen, und dann muss ich wohl am Bügel, ich weiß aber auch nicht wie, und im nächsten Augenblick, ja, da hat es, hmm, da war es schon…« Mit einer kleinen theatralischen Geste seiner Hände versucht er nochmals sein Ungeschick zu untermalen.

Natalia kann es anscheinend immer noch nicht fassen. »Sie wissen schon, was Sie hier haben: das ist ein Einzelstück, das ist echte Haute Couture! So etwas bekommt man heute gar nicht mehr. Und jetzt, wo dieser großartige Modeschöpfer auch schon tot ist, wird es bestimmt noch wertvoller sein.« Wieder lächelt der Mann gequält zurück. »Ich weiß es doch, der Anzug ist ja ein Erbstück. Mein Vater hatte ihn damals aus Paris mitgebracht, war ganz stolz, dass er ihn dort hat anfertigen lassen können. Und deshalb: Bekommen Sie es denn hin?«

Natalia nickt ihm zu und presst dabei zuversichtlich ihre Lippen zusammen. »Es wird schwer, ich werde an der anderen Seite des Sakkos halt auch etwas abnähen müssen, damit es symmetrisch bleibt. Das verändert es natürlich ein wenig, aber es wird nicht anders möglich sein. Wir könnten es gleich auch noch einmal neu bei Ihnen abstecken, damit wir den Sitz gleich richtig anpassen und…«

Schnell unterbricht er sie. »Nein, nein, lassen Sie nur. Alles, was mein Vater jemals getragen hat, das passt auch mir hervorragend. Nein, fast schon besser.« Er stößt ein paar kleine Gickser aus, die dafür sorgen, dass Natalia ihm irritiert in die Augen blickt. Jetzt nur nicht zu auffällig werden!

»Wann würde es denn fertig sein?«, versucht er sie wieder abzulenken.

»Ich hole schnell mein Auftragsbuch, dann kann ich Ihnen gleich einen verbindlichen Termin nennen. Einen Moment!« Sie verschwindet durch den Vorhang nach hinten.

Er atmet auf. Perfekt! Genau darauf hatte er gewartet. Die Knetmasse in der Seitentasche seiner edlen Barbourjacke ist immer noch schön geschmeidig. Mit den Fingern formt er es zu einer Kugel, die er dann gegen den Boden ihrer altertümlichen Registrierkasse drückt. Schon folgt ein flaches, etwa daumennagelgroßes Gehäuse, das in der weichen Knetmasse versinkt. Kontrollierend fährt er noch einmal mit dem Finger darüber. Es hält und es ist perfekt positioniert!

Als Natalia mit ihrer Kladde zum Tresen zurückkommt, hat er bereits beide Hände wieder in den

Taschen seiner dunkelgrünen Wachscottonjacke versenkt. »Übernächste Woche, am Dienstag? Möglicherweise muss ich noch ein bestimmtes Garn für die Reparatur besorgen. Ich will es Ihnen doch wieder so original wie nur möglich herrichten.«

Er lacht sie charmant an. »Hauptsache, es ist irgendwann wieder fertig. Ich lasse Ihnen meine Karte hier, dann wissen Sie, wie Sie mich erreichen können. Brauchen Sie eine Anzahlung?«

Natalia schaut auf den Adelstitel sowie die imposante Adresse auf der fein geprägten Visitenkarte und hebt abwehrend die Hände. »Um Gotteswillen, Sie zahlen erst, wenn Sie zufrieden sind! Mannomann, ein echter Schlossherr? Den hatte ich noch nie als Kunden!«

Wieder grinst er sie charmant an und zwinkert ihr durch seine randlose Brille zu. »Ja, aber der muss jetzt wieder los. So ein altes Gemäuer, ich sage Ihnen, da ist immer was zu tun!«

Aufatmend lässt er die Tür mit der leise bimmelnden Ladenglocke hinter sich zufallen. Dann grinst er wieder. Diesmal aber alles andere als charmant. Das wäre geschafft. Jetzt heißt es Geduld haben und abwarten. Er biegt in die Seitenstraße gleich hinter dem Eingang zur Schneiderei ein und steigt nach wenigen Metern in seinen mit Rostpickeln überzogenen Transporter. Unauffällig scannt er die Umgebung ab, bevor er vom Fahrersitz rutscht und nach hinten im Dunkel des Kastenaufbaus verschwindet. Achtlos lässt er die teure Barbourjacke auf den verschrammten Boden fallen und greift nach seinem ausgebeulten und an einigen Stellen schon heftig abgewetzten Parka, den er an einem Haken an der Seitenwand aufgehängt hat.

Mit einem zufriedenen Grunzen sinkt er auf dem durchgesessenen Polster des alten Klappstuhls in der hintersten Ecke zusammen. Selbst wenn eine Parkhyäne sein ordentlich ausgestelltes Parkticket hinter der Windschutzscheibe kontrollieren sollte, wird sie ihn im Dunkel des Transporters nicht zu Gesicht bekommen. Erst jetzt zieht er die randlose Brille ab und verstaut sie in einem Etui, das er in eine kleine Reisetasche steckt.

Als er den sorgfältig verklebten Schnauzbart abzieht, muss er gehörig die Zähne zusammenbeißen. Dann fährt er sich wuschelnd durch die Haare, um diesen dämlichen Seitenscheitel, den er heute früh mit viel Haarspray fixiert hat, wieder loszuwerden. Den Rest der Tönung wird er erst heute Abend wieder auswaschen können. Er greift nach der großen Wasserflasche und trinkt sie in gierigen Schlucken fast halb leer.

Das letzte Wochenende war trotz aller Routine schon sehr anstrengend und zehrend. Und lang! Eigentlich, so überlegt er, hatte er Tag und Nacht schuften müssen. Doch nun war alles wieder clean. Und gerichtet. So als sei nichts geschehen!

Als letzte Maßnahme hatte er dann gestern noch die Matratze aus dem Transporter mit etwas übrig gebliebenem Sperrmüll aus der alten Fertigungshalle auf die Deponie gebracht. Und auf dem Weg dahin ihre wenigen Klamotten in kleine Säcke verpackt in unterschiedlichen

Altkleidercontainer verteilt. Klar ist durch die lange An- und Abfahrt wieder ein ganzer Tag drauf gegangen. Aber so ist es auf jeden Fall sicher.

Nur weit, weit weg mit dem ganzen Zeug!

Beim Wenden hatte er noch gesehen, wie der Radlader seine überschaubare Anlieferung in dem riesigen Abfallhaufen zusammengeschoben hat. Nicht mehr lange, und auch das wird sich durch den riesigen Schornstein auf der Deponie hindurch in Luft aufgelöst haben.

Befreit atmet er im Halbdunkel des Transporters auf und zieht ein kompaktes, Walkie-Talkie-ähnliches Gerät aus der Tasche, um sich den am Ende des Kabels befindlichen Knopf ins Ohr zu stecken.

Schnell hatte sich herausgestellt, dass die Kennzeichensuche ihn nicht weiterbringen wird. Die abendliche Besucherin in ihrem Haus mit dem Essen auf Rädern hatte er über seinen komplett verschlüsselten und mit zig Umleitungen versehenen Zugang in der Datenbank zwar sofort gefunden. Und natürlich hatte er alle Daten fein säuberlich notiert. Aber ob diese Heike Karthäuser ihn weiterbringen wird? Und ob SIE jemals bei ihr auftauchen würde? Es würde dazu wieder auf eine mühselige Beschattung in einem Wohngebiet hinauslaufen. Und je länger die dauern, desto auffälliger – und gefährlicher – würden die schließlich werden.

Dagegen hatte sich die Suche nach dem Geländewagen an seinem Grundstück als echte Sackgasse entpuppt. Die wenigen Anhaltspunkte des Kennzeichens, die das Überwachungsvideo hergegeben hat, hatten immer noch zu viele Kombinationsmöglichkeiten ergeben. Allein nur in diesem Zulassungsbezirk. Und dummerweise hat er beim Vorbeifahren nicht darauf geachtet, ob es wirklich ein hiesiges Kennzeichen ist. Er hätte sich ohrfeigen können für diese Nachlässigkeit.

Auch wenn er auf dem Film ganz exakt das Fahrzeugmodell zuordnen konnte: Selbst davon sind inzwischen zu viele auf den Straßen unterwegs.

Also läuft nun alles auf den finalen Plan B hinaus: die Schneiderin! Und sein Instinkt verrät ihm, dass diese Person, die damals überhaupt alles ins Rollen gebracht hat, ihn zu ihr führen wird. Endlich! Endgültig! Jetzt heißt es nur: Geduld haben! Viel Geduld!

Die ganze Zeit ist es still geblieben, bis es nun leise knackt und die Klingel der Ladentür in seinem Ohr bimmelt. So als würde er mitten im Raum stehen und alles hören können. Ein wölfisches Grinsen breitet sich auf seinem Gesicht aus.

NEUNZEHN

»Juhu, das war Natalia. Sie hat mich noch einmal an ihre Geburtstagsparty am nächsten Wochenende erinnert!« Gut gelaunt stecke ich meinen Kopf aus dem Flur in den breiten Durchgang zum Wohnbereich und sehe Verena, die sich in einem cremefarbenen Nichts von Morgenmantel mit ihren Armen auf der Mücheninsel abgestützt hat, um gelangweilt durch die Prospekte mit den Wochenangeboten zu blättern. Für einen Moment blickt sie in meine Richtung, bevor sie sich wieder dem Studium der Angebote widmet. »Bei Edeka gibt es diese Woche Gulasch. Ich hätte Lust, mal wieder ein richtig gutes Gulasch anzusetzen. Du weißt, für ein richtig gutes braucht man richtig viel Zeit!«

Ich schmiege mich von hinten eng an sie und lege nun auch noch meine Arme um sie. »Hast du mitgekriegt, was ich gesagt habe?«

Verena wackelt ein wenig mit ihrem Hintern, der von nicht viel mehr als dem transparenten Seidengewebe und einem knappsitzenden Stringtanga bedeckt ist, und reibt damit unbewusst (oder aber auch nicht) über meinen Unterleib.

Im Gegensatz zu ihr bin ich bereits komplett angezogen. Trotzdem löst ihr leichter Schubser sofort eine kleine Lustwoge in mir aus.

»Natalia, Geburtstag, Wochenende. Klar. Und du, nein, ihr wollt mich tatsächlich dabeihaben?« Sie hat Edeka durch und schnappt sich als nächstes die Baumarkt-Angebote. Während sie sich mit kichernden Kommentaren von der Innendeko (»Geben Sie Ihrem Leben einen bunten Anstrich. Alle Latexfarben zu unschlagbaren Preisen«) zu den Werkzeugen (»Der Multifunktionsstab mit vielen Aufsätzen für Arbeiten aller Art«)

vorblättert, kann sie nicht sehen, wie ich hinter ihr stehend kräftig nicke, weshalb ich es ihr noch einmal nachdrücklich direkt ins Ohr flüstere: »Ja! Wollen wir! Vor allem: Will ich!«

Grinsend dreht sie nun ihren Kopf in meine Richtung. »Habe ich jetzt auch verstanden. Sehr eindrücklich. Sag mal, warum bist du denn heute so schmusig? Habe ich was verpasst?«

Ich stoße mich leicht ab und stelle mich nun in gleicher Haltung neben sie. »Thomas hat sich gestern gemeldet. Er will sich mit mir treffen!« Abrupt unterbricht sie ihr Prospektstudium und schaut mich mit ihrer typisch hochgezogenen Augenbraue auffordernd an. »Du hast meine ungeteilte Aufmerksamkeit, Süße. Und warum erzählst du mir das erst jetzt?«

Ich grinse sie gequält an. »Du warst doch schon längst auf deinem Termin und ich habe auch gar nicht gehört, wann du zurückgekommen bist. Um vier bin ich wachgeworden und habe mir ein Glas Wasser geholt. Als ich da bei dir ins Schlafzimmer gespickelt habe, hast du so tief und fest geschlafen und warst so herrlich eingekuschelt, dass ich dich nicht wecken wollte. Weißt du eigentlich, dass du immer eingerollt wie ein Baby schläfst?«

»Lenk jetzt nicht ab, was wollte dein feiner Göttergatte? Nach immerhin, hmm, zähle ich richtig, acht Wochen?«

Abwägend lasse ich meinen Kopf langsam von links nach rechts und wieder zurück kippen. »Er klang sehr sachlich und geschäftlich. Klare Verhältnisse schaffen, einen Strich ziehen, Dinge geraderücken. Er hat den Freitag vorgeschlagen. Mara und Moritz sind von Freitag früh bis Sonntag unterwegs und er würde am Donnerstag von seiner Geschäftsreise zurückkehren und dann Freitag frei machen. So passt es ihm ganz gut rein.«

Verena lacht belustigt auf. »Ah, er kann die Trennung von seiner ihm seit zwanzig Jahren angetrauten Ehefrau also gut in seinen Terminkalender einbuchen. Was hat er denn noch vorgeschlagen? Einen kleinen Coffeebreak zwischen dem Tagesordnungspunkten Kontenklärung und Hausratverteilung? Raucherpause nach der Feilscherei um die Höhe möglicher Auszahlungsbeiträge? Der hat sie doch nicht alle!«

Mit gesenktem Kopf betrachte ich jetzt den auf der Kücheninsel verstreuten Prospekthaufen, in dem es schon mit LED-Lichterketten für 7,99 Euro und Dominosteinen in Großfamilienpackungen ganz schön weihnachtlich aussieht. Ich fühle Verenas Hände auf meinen Schultern, die mich in ihre Richtung drehen. »Du lässt dich mal nicht über den Tisch ziehen, damit das klar ist. Wenn es hart auf hart kommt, ziehen das alles irgendwelche Anwälte glatt. Und meine Regina wird da genau die richtige für dich sein. Punkt. Ich finde, er sollte erst mal mit dir über euer verkorkstes Eheleben reden. Was ist, was war und was nicht mehr war.«

Ich muss leise schmunzeln und spüre zugleich, wie das Grummeln in meinem Bauch eine Spur heftiger wird. Genau die Formulierung hatte auch Eva verwendet, als ich damals mit ihr tatsächlich auf dem Sofa in ihrem Studio gelandet bin und wir tatsächlich miteinander geschlafen haben.

Das erste und einzige Mal!

Nachdem ich spitzgekriegt hatte, dass mich Thomas mit seiner Assistentin zu betrügen scheint. Damals noch eine Indizienbeweiskette, inzwischen aber durfte ich es ja nicht nur an unserem Hochzeitstag hören, sondern am Tag danach sogar auch live zuschauen.

»Ich finde, dass du langsam auch mal deine Kids auf den Stand bringen solltest. Vor allem, wenn für deinen angeblich gehörnten Ehemann der Fisch schon geputzt ist, so macht es ja den Eindruck. Sie sind alt genug, machen einen toughen Eindruck, da kannst du jetzt auch ein bisschen mehr über dich, deine Gefühle, deine Verfassung, deine Pläne auspacken. Und wenn du nichts dagegen hast, bin ich da gerne zum Soufflieren an deiner, oder besser gesagt, an eurer Seite. Vorschlag: du lädst sie für die Woche darauf hierher ein. Ich zaubere ein Gulasch, dass euch der Hut wegfliegen wird und dann wird geredet. Heike hat vorgelegt, das war schon mal gut, aber du siehst ja, dein Mann macht gegenüber ihr einen auf verständig. Und gegenüber dir packt er wieder die Keule aus. Einverstanden?«

»Ja meine Herrin«, grinse ich sie an und versuche dabei, so aufreizend wie nur möglich mit meinen Augen zu rollen. »Im Gegenzug erwarte ich deine Begleitung am Samstagabend. Sie feiert in Eduardos Bar in ihren

Dreiunddreißigsten rein und ein Geschenk habe ich längst. Und wenn du dir jetzt nichts anziehst und mit mir zum Edeka gehst, kann ich für nichts mehr garantieren!«

Wieder blickt sie mich mit ihrer verzückend gezückten Augenbraue an und lässt den Morgenmantel einfach zu Boden gleiten.

»Wie du meinst, meine Zuckerzofe!«

Als wir damals, nach meinem »Einsatz« bei Marie und Markus, wieder in ihrem Apartment angekommen waren, hatte mich Verena einfach nur in ihr Bett gepackt, eine Wärmflasche geholt und mich dann festgehalten. »Ich befürchte, das ist und wird nicht deins, was du gerade gemacht hast«, war schließlich ihre nüchterne Zusammenfassung der Ereignisse mit »Lady Mona« und ihrem »William«.

»Tut mir leid, dass ich dich enttäuscht habe!«, waren daraufhin meine Worte. »Du Quatschkopf!«, war daraufhin ihre einzige Erwiderung, bevor sie mir einen langen Kuss auf die Nase gab und mir so lange über die Haare strich, bis ich schließlich in ihren Armen eingeschlafen war.

Auch wenn seitdem kaum zwei Wochen vergangen sind: Ich habe das Gefühl, dass dieser bizarre Abend inzwischen Lichtjahre zurückliegt, als nun ein feuchtschmatzender Kuss nicht wie sonst üblich auf meiner Nase, sondern bereits eine Etage tiefer landet und ihre Finger nicht aufhören wollen, an der Knopfleiste meiner Bluse herumzunesteln, bis sie hineingleiten können und mit sanftem und dann immer fester werdendem Druck meine steif gewordenen Brustnippel massieren.

ZWANZIG

Ein paar Kilometer entfernt zieht er sich mit einem zufriedenen Grinsen den kleinen Knopf aus dem Ohr. Eine knappe Woche hat es gedauert, in der er sich von morgens bis abends hier in der kleinen Seitenstraße auf die Lauer, oder besser gesagt, auf die Lauscher gelegt hat. Die Parkgebühren haben sich zu einer beträchtlichen Summe addiert, für die man auch ein erstklassiges Sterne-Menü bekommen hätte.

Stattdessen musste er sich mit triefendem Döner, trockenen Falafel-Bällchen und Bratnudeln aus der Asia-Box, die förmlich nach Glutamat gestunken haben, rumärgern. Doch schließlich hat sich seine Geduld ausgezahlt. Er wusste, dass sein Plan B aufgehen wird. Und genau das ist jetzt passiert.

Vielleicht heute doch zur Feier des Tages ins »Monsignore«? Vincenzo wird mit Sicherheit einen Tisch für ihn haben. Für einen Moment scannt er aus dem Dunkel des Laderaums noch die Umgebung ab, bevor er auf den Fahrersitz klettert und den klappernden Diesel des

Transporters anwirft. Langsam rollt er aus der Parklücke und biegt an der Einmündung nach rechts ab.

Wir sehen uns am Samstag bei Eduardo, wirft er in Gedanken der Schneidermeisterin zu, als er an ihrem kleinen Laden vorbeituckert, du feierst deinen Geburtstag, aber es wird auch mir ein wahres Fest sein!

Einen Schlossherrn, der das Sakko seines verstorbenen Vaters wieder abholt, wird sie so schnell nicht wiedersehen. Und selbst, wenn sie jemals diesen kleinen Kasten unter ihrer Kasse finden sollte, bei dem die Batterie ohnehin bald den Geist aufgeben müsste, wird sie damit nichts anfangen können und ihn wahrscheinlich ratlos in den Müll werfen.

EINUNDZWANZIG

»Zehn, neun, acht, sieben, sechs, füüünf, viiiiier, dreiiiii, zweiiiii, eiiiiiins!« Lautstark brandet ein »Happy Birthday« durch Eduardos Bar, in das auch die übrigen, zahlreich anwesenden Abendgäste schnell einstimmen. Dann dreht der DJ breit grinsend die Anlage wieder auf und lässt Anne Wilson das passende Ständchen bringen, in dem sie das glücklich feiernde Mädchen fragt, ob sie nicht weiß, wie schön, wunderbar und einzigartig sie eigentlich ist. Natalia hatte sich als ersten Song für ihr neues Lebensjahr ihr momentanes Lieblingslied gewünscht, welches sie nun inbrünstig mitsingt, während sie von allen Seiten geherzt wird. Endlich bin auch ich an der Reihe und falle der schönen Schneidermeisterin um den Hals.

»Dreiunddreißig, du junges Huhn! Alles Liebe von deiner alten Glucke!«

Natalia strahlt mich an und schmettert passend zum Refrain ihr »Hey Girl« raus, bevor sie mir aufgrund der lauten Musik und schnatternden Gesprächskulisse um uns herum fast schon ins Ohr zurückbrüllt. »Nix alt und schon gar nicht Glucke! Du bist und bleibst eine scharfe Braut. Und du glaubst gar nicht, wie froh ich bin, dass du gekommen bist. Und auch die Verena mitgebracht hast. Ich mag sie, das ist echt eine Nette! Es wird Zeit, dass Eva das auch mal begreift!«

Ich drücke ihr einen schmatzenden Kuss auf die Wange. »Das hast du schön gesagt. Und wirklich nochmals von ganzem Herzen Danke, dass du uns beide eingeladen hast! Das mit Eva…«

»Höre ich hier etwa den Namen meiner Perle?«

Lachend schiebt sich Paul zwischen uns. »Würde die liebe Laura mal die zuckersüße Natalia freigeben, damit sie auch von einem der wenigen, aber durchaus ansehnlichen Männer hier auf ihrer Party beglückwünscht werden darf?« Er zwinkert mir zu. »Eva steht hinten an der Bar, wenn du sie gerade suchen solltest! Nun zu uns, meine liebe Kunstschneiderin…«

Glücklich wende ich mich von dem Geburtstagskind ab und lasse meinen Blick suchend durch die proppenvolle Bar wandern. Natalias Gästeschar hat sich inzwischen an vielen Stellen verteilt. Ich kenne nur wenige Namen, erkenne aber viele Gesichter wieder.

Gesichter, die wie auch meins, in vielen Posen auf Evas Insta-Kanal zu sehen sind. Die bei ihr aus Spaß an der Freud' modeln und dabei auch immer häufiger in Natalias Klamotten zu sehen sind. Inzwischen sozusagen als Add-on zu dem, was Eva als erfolgreiche Influencerin von Mode- oder Beautymarken zugeschickt wird.

Eduardo steht hinter dem Tresen und schaut mich fragend an. Ich nicke ihm zu. »Klar nehme ich noch einen!« Er grinst und schon einen Augenblick darauf steht ein Wodka-Martini vor mir.

»Du bist doch bestimmt diese Laura?« Eine tiefe, sehr dunkle und etwas rauchige Stimme erklingt neben mir. Ich drehe meinen Kopf und schaue in ein aufwändig, aber wunderschön geschminktes Gesicht mit bernsteinfarbenen Augen, das von langen, hellbraun gewellten Haaren mit goldglänzenden Strähnen eingefasst wird. »Ich bin Adriana«, klimpert sie mir mit ihren sehr langen und sehr künstlichen Wimpern zu, »und hatte bereits mein zweites Shooting bei Eva! Aber schon beim ersten Mal sind mir deine vielen Aufnahmen aufgefallen. Dein Stil, deine Posen, überhaupt deine Art, wie du auf den Bildern rüberkommst, voll crazy! Das ist irgendwie auch meiner! Ich mag das! Und sie natürlich auch.« Sie schlürft die Reste ihres bunten Cocktails durch den langen

Strohhalm auf und nickt rüber in die ruhigere Ecke der Bar, wo sich Eva mit Verena niedergelassen hat.

Wie auf ein Kommando heben beide ihre Köpfe in unsere Richtung und prosten uns gleich darauf mit ihren Drinks zu.

»Noch einen? Meiner ist leer! Und deiner doch auch schon fast!« Die rauchige Stimme ist inzwischen sehr dicht an meinem Ohr angekommen.

Erstaunt schaue ich in mein Glas, in dem sich neben Eiswürfel und Zitronenscheibe kaum noch Flüssigkeit befindet. Tatsächlich! Das muss wohl daran liegen, dass es mir gerade so gut geht.

Das gestrige, nein, es ist doch schon nach Mitternacht, das vorgestrige Gespräch mit Thomas war intensiv, aber konstruktiv. Wir werden uns trennen und das ist gut so! Vor allem hat er von seinen Anschuldigungen losgelassen und ist von seinem hohen Ross heruntergestiegen. Vermutlich auch, weil ihm seine Affäre ziemlich klar die Richtung vorgegeben hat. Wenn sie ihm nicht schon längst den Laufpass gegeben hat.

Dass seine Assistentin keine Lust hat, sein Büroliebchen zu spielen, durfte ich ja bereits live mitschneiden. Wahrscheinlich hat sie es ihm jetzt auch selbst um die Ohren gehauen. Gesagt hat er mir gegenüber jedenfalls nichts.

Mit meinen zwei fantastischen Kindern bin ich am kommenden Mittwoch in Verenas Reich verabredet. Sie macht ihr Gulasch und ich werde reden. Endlich. Über alles, was seit Monaten mein Leben, und auch mein Liebesleben, durcheinandergewirbelt hat.

Wieder schaue ich glücklich zu den beiden Mädels rüber, die maßgeblich dazu beigetragen haben.

»Also?« Die zwei bernsteinfarbenen Augen blinzeln mir aufreizend zu. »Klar«, sage ich aufgedreht und rufe quer über den Tresen nach Eduardo. Schon stehen wieder zwei volle Gläser vor uns.

»Cheers, meine Süße! Und Danke für dein Lob. Normalerweise macht mich so was immer rot, aber dazu habe ich schon zwei Martinis zu viel«, proste ich meiner attraktiven Thekenbekanntschaft zu und merke, wie ich auch immer mehr in Flirtlaune gerate.

Ja, mir geht es richtig, richtig gut!

»Übrigens, ein wirklich schickes Halstuch, das steht dir«, höre ich mich selbst mit schon reichlich beschwipster Stimme sagen und fahre mit meinem Finger über den seitlich angebrachten Knoten.

»Findest du wirklich?«, antwortet die dunkle Stimme, um dann wieder sehr nah an meinem Ohr fortzusetzen: »Finde ich auch. Vor allem hätte es perfekt zu meinem Slip gepasst!«

»Hätte? Wieso hätte?«, frage ich konsterniert zurück, bis ich endlich ihren frivolen Blick verstehe, der über ihr knallenges und sehr kurzes Schlauchkleid in Richtung ihres Schritts wandert. »Ahhhh«, sage ich dann betont langsam und versuche wieder etwas nüchterner zu klingen, »verstehe!« Adriana rutscht vom Barhocker, auf dem sie mit überschlagenen Beinen gesessen hat, die sie trotz der Herbstkälte vor der Tür nackt zur Schau trägt. Was sie sich aber auch wirklich leisten kann!

»Ich müsste mal für kleine Königskätzchen. Kommst du mit?«

Betont langsam schüttele ich nun auch mit dem Kopf. Sie will mich jetzt nicht ernsthaft für einen Quickie in die Toilette von Eduardos Bar bitten. »Ne, Sweetie, ich halte unsere Plätze frei und sorge nochmals für Nachschub! Eduardo?«

Verenas Stimme erklingt hinter mir. »Langsam, langsam, liebe Laura, der Abend ist doch noch jung!« Glücklich schaue ich über die Schulter und sehe aber zunächst nur Eva, die mir einen Kuss auf die Wange drückt. »Mach's gut, Liebes. Und nicht mehr so gierig, da hat Verena Recht. Paul und ich bringen jetzt Natalia nach Hause. Guck mal rüber!«

Meine Augen folgen ihrer Hand. Tatsächlich: Dem Geburtstagskind sind auf der riesigen Couch, die neben der kleinen Tanzfläche steht, bereits die Augen zugefallen. »Hab dich lieb, Süße«, schmachte ich in Evas Richtung und versuche ihr, einen dicken Kuss auf den Mund zu drücken.

Flüchtig berühren sich unsere Lippen. Die Melange aus Martinis und Schmetterlingen ist fantastisch.

»Mach's gut und gut, dass wir geredet haben. Und jetzt pass gut auf sie auf«, höre ich Eva noch in Richtung Verena sagen, bevor ich ihr verliebt nachschaue, wie sie sanft Natalia wachrüttelt, um sie Arm in Arm aus der Bar zu führen, während Paul, uns noch zuwinkend, mit ihren Mänteln folgt.

»Aber wenigstens tanzen?« Adriana ist von der Toilette zurückgekommen und versucht mich vom Hocker zu ziehen.

Aus den Boxen schallt Katy Perrys »I kissed a Girl«. Mir fällt ein, dass ich mir bei dem Song vor Monaten noch heulend die Bettdecke über den Kopf gezogen hatte und dass ich jetzt vor guter Laune platzen könnte. Ich werfe Verena einen entschuldigenden Blick zu, den sie nur mit ihrer gelupften Augenbraue und einem Luftkuss quittiert, und hake mich bei Adriana ein, die mich in ihren Stilettos elegant zur Tanzfläche geleitet.

Während um mich herum die Lichter blitzen, sich die vielen Körper verrenken, und die bernsteinfarbenen Augen unter der wild schwingenden Mähne immer wieder meinen Blick suchen, frage ich mich tatsächlich den ganzen Song lang, was Frauen an Frauen so attraktiv finden. Warum ich auf den schrillen Sex mit Verena stehe und warum Eva mich nur durch ihren »Augenblick« glücklich macht?

Und ob ich deshalb seit Monaten keinen Mann, schon gar nicht meinen, und einen echten und vor allem prallgefüllten Penis vermisst habe? Obwohl doch eigentlich nur das seit Jahrzehnten meine Gefühlswelt und mein Liebesleben geprägt hat. Selbst zu meiner Barbie-Zeit…

Als Eduardos DJ aber zum Kuschelrock greift, winke ich Adriana, die sich gleich an mich anschmiegen will, entschuldigend ab und lasse mich erschöpft neben

Verena auf den Barhocker sinken. »Dir geht's richtig gut, oder!«, grinst sie und lässt dazu ihre Augenbraue nach oben wandern. »Ja, richtig gut!«, gebe ich befreit ausatmend zurück, »aber langsam spüre ich mein Alter!«

»Wohl eher die vielen Martinis, Süße!«, lacht sie mich an, während ihre Augenbraue weiterhin erhoben bleibt. Ein schwarzer Haarschopf schiebt sich ins Bild.

»Sorry, Mädels, ich will euch nicht stören, aber ist Natalia schon weg?« Mein Blick gleitet über das markante Gesicht eines Enddreißigers, maximal frühen Vierzigers. Ohhhlala, höre ich es durch meinen Kopf rauschen. Obwohl ich eigentlich überhaupt nicht auf Vollbärte stehe, steht dieser ihm richtig gut. Genau wie die coole Ray-Ban-Brille und sein muskulöser Körper, der sich unter dem tailliert geschnittenen Hemd abzeichnet.

Wenn der jetzt noch einen echten Arsch in der Hose hätte, denke ich lüstern, dann könnte ich in meiner Verfassung für nichts mehr garantieren und verwerfe augenblicklich meine noch auf der Tanzfläche angestellte Überlegung ob des Vermissens echter und fester männlicher Geschlechtsorgane.

»Bestimmt jetzt schon seit einer knappen Stunde!«, höre ich Verena antworten, »hast du das nicht mitgekriegt?«

»Ne, sorry«, sagt der Schwarzbart, »ich hatte mich da hinten mit so ein paar Leuten festgequatscht und merke erst jetzt, dass mein kleines Cousinchen weg ist!« Erstaunt schaue ich auf. »Ach, kommst du ursprünglich auch aus Polen?«, frage ich nun interessiert nach.

Er grinst mich schief an und zeigt mit den Händen, wie lange das her ist.

»So klein war ich damals und außer dzień dobry ist auch nichts mehr hängengeblieben. Ach, und natürlich Wodka. Das kann ich auch noch perfekt aussprechen. Bei der Gelegenheit: Darf ich eine Runde für die Damen ordern?«

Dann wird es schwarz.

Teil 2

»Und, was haben wir?« Hauptkommissarin Katja Kramer zertritt ihre Zigarette auf dem Radweg und fingert schon wieder die nächste aus der Packung.

Wenn sie was nach neununddreißig Dienstjahren verflucht, dann ist es diese elendige Sucht und auch den Humor ihrer Eltern, die vor einundsechzig Jahren auf den glorreichen Gedanken gekommen sind, sie so zu nennen, was ihr in Kombination mit dem einstigen Dienstrang als Kommissarin schon vor langem den Spitznamen K3 einbrachte.

Der blieb ihr selbst dann noch erhalten, als sie längst zur Ober- und schließlich Hauptkommissarin befördert wurde.

Auch wenn ihre legendäre Aufklärungsquote dafür sorgte, dass ihr Kürzel unter den Kolleginnen und Kollegen des Polizeipräsidiums in der Landeshauptstadt ausnehmend respektvoll getuschelt wird.

Ihr Assistent Jens Baranowski kommt etwas außer Atem auf dem hohen Deich an, der sich an das breite Kiesfeld anschließt, welches erst nach der Schneeschmelze im Frühjahr wieder unter Wasser stehen wird. Aufmunternd schaut ihm Katja in die Augen. »Mehr Sport? Oder gestern zu gut gegessen?« Indigniert schaut der gertenschlanke Kerl auf die Zigarette, die schon wieder in ihrer Hand glimmt. »Weder noch, Chefin, werde halt auch nicht jünger!«

Sie nickt zum Ufer, wo die Kriminaltechnik ein weißes Pavillonzelt aufgestellt hat und in ebenso weißen Overalls suchend herumwuselt. »Bis zu deiner Rente sind es noch zweiundzwanzig Jahre mehr als bei mir. Also, wer, wie, wo, was?«

Baranowski schaut nun auch auf die Stelle am Fluss. »Weibliche Leiche, blond, mindestens vierzig, eher mehr, und komplett nackt. Hat schon einige Tage hier am, aber nicht im Wasser gelegen. Die Kälte hat sie einigermaßen gut konserviert, sagt der Doc, das wird die Obduktion deutlich erleichtern, um trotz der langen Zeitspanne seit ihrem Tod noch vieles an möglichen Spuren zu finden, so seine Einschätzung. Das Strauchwerk ist geschickt aufgeschichtet gewesen, so dass man sie von hier oben nicht wirklich ausmachen konnte. Wenn da nicht der Hund der Joggerin Alarm geschlagen hätte…«

Der Oberkommissar blickt sinnierend nach unten, bevor er sein Referat fortsetzt. »Wie vermutet ist der Fundort nicht der Tatort. Äußerlich keine Wunden, die auf die Todesursache schließen lassen, alle Abplatzer und Abschürfungen sind posthum entstanden, so der Doc. Wer weiß, wie man sie hierhergebracht hat. Aber ein Gewaltverbrechen ist sehr wahrscheinlich. Darauf deuten auch diverse Abdrücke, die auf einen Kampf mit dem Täter schließen lassen. Die Identität, klar steht noch aus. Sie hatte ja auch nichts dabei. So als gänzlich Nackte…«

Katja legt kurz die Stirn in Falten. »Bitte mehr Respekt,

mein lieber Jens, so wollen wir alle nicht enden. Oder dann wiedergefunden werden!«

»Sorry, war auch nicht so gemeint, Sie wissen ja…«, stammelt Baranowski los und ärgert sich über die hektischen roten Flecken, die ihm bestimmt wieder zahlreich ins Gesicht geschossen sind.

Die Hauptkommissarin nickt ihrem seit langem bestens vertrauten Assistenten mütterlich zu. »Klar weiß ich, mein Guter. Ist manchmal einfach nur das Ventil, das ich doch auch brauche. Jedes Mal, wenn wir so eine arme Kreatur finden, die nicht natürlich aus dem Leben gehen durfte. Das wird sich, bis ich die Dienstmarke abgebe, nicht mehr ändern. Also ist für uns nichts mehr zu tun. Die KT ist beschäftigt und den Rest muss der Doc in den Katakomben seiner Rechtsmedizin klären. Er weiß…«

Seufzend fällt ihr Jens Baranowski ins Wort. »Wie immer presto, presto. Ja, hat er auf dem Schirm. Heute Nachmittag könnte es bereits mit einem Zwischenreport klappen. Und vielleicht haben wir ja ihre Abdrücke in der Datenbank. Dann wissen wir möglicherweise noch heute, wer die Schöne ist.«

Wieder mustert Katja ihren Kollegen mit einem kritischen Blick.

»Sorry, Chefin, aber dass sie mal ne richtig Hübsche war, kann man auch jetzt noch sehen. Trotz der langen Zeit hier draußen und direkt am Wasser!«

Katja stößt unwirsch ein paar Laute aus und nimmt einen letzten, tiefen Zug, bevor sie den Stummel in Richtung des Polizei-Absperrbands schnippt und sich in

Richtung des großen BMW wendet, der nur wenige Meter dahinter geparkt ist. »Na dann gehen wir auch einmal unsere Hausaufgaben machen! Und jetzt Abmarsch, mein Hübscher!«

D R E I U N D Z W A N Z I G

Die Türklingel läutet Sturm. Schlaftrunken dreht sich Verena vom Bauch auf die Seite und tastet mit halbgeschlossenen Augen sekundenlang nach ihrem Handy auf ihrem Nachttisch. Zwanzig vor elf!

Genervt zieht sie wieder die Decke über ihren nackten Körper und rollt sich darunter auf ihrem riesigen, kreisrunden Bett wie ein kleiner Embryo ein.

Doch es klingelt ununterbrochen weiter, dazu hämmern nun auch kräftige Faustschläge gegen die Eingangstür ihres Apartments. Wie ist diese Person überhaupt zu ihr hochgekommen? Man kommt doch nicht einfach so unten in die Lobby. Und auch der Fahrstuhl funktioniert nur mit dem persönlichen Code!

Wütend stemmt sich Verena hoch und bleibt für einen Moment mit baumelnden Beinen auf der hohen Bettkante sitzen. Dann fasst sie sich an die Stirn. Puh, der leichte Kopfschmerz ist immer noch da. War es doch der eine berühmte Schluck zu viel auf Natalias Party? Das Trommeln geht ohne Unterlass weiter, nun hört sie auch eine weibliche Stimme rufen: »Verena! Bist du da? Mach endlich auf!« Sie stutzt.

Die Stimme, das ist doch…

Mit einem kleinen Fluch auf den Lippen steht sie auf und greift im Vorbeigehen nach ihrem bodenlangen Morgenmantel aus cremefarbener Seide. Puh, der Kopfschmerz macht sie auch beim Gehen noch leicht benommen.

Sie streift den transparenten Überwurf, ohne ihn wirklich verschlossen zu haben, über ihre Schultern und dreht bereits den Schlüssel um. Dann reißt sie die Tür auf. »Eva, was zum Teufel…?« Weiter kommt sie nicht.

Schon hat sich Eva an ihr vorbei ins Apartment gewunden. Böse funkeln sie die Augen unter der kastanienroten Mähne an. »Wo ist sie? Wo ist Laura? Was hast du mit ihr gemacht?« Mit großen Augen starrt Verena, während sie mit dem Rücken langsam die Wohnungstür zudrückt, auf die wütende Fotografin, die sich, beide Hände in die Hüften gestemmt, nun im Flur vor ihr aufgebaut hat.

»Eva, ich…«, stammelt sie hilflos, bevor sie sich starr vor Schreck mit der Hand vor den offenen Mund schlägt. Dann flitzt sie los.

Tatsächlich: das Bettsofa im Gästezimmer ist fein gemacht und unbenutzt. Mist! Sie rennt in den Wohnbereich. Vielleicht ist sie noch vollkommen neben der Spur auf dem Sofa eingeschlafen? Nichts! Die Decken liegen fein zusammengefaltet auf der riesigen Couch, die Kissen sind adrett drapiert. Verena sinkt auf einem Hocker zusammen, der Kopfschmerz pocht nun bis hoch in jede einzelne Haarspitze.

»Das verstehe ich nicht. Sie wollte doch…« murmelt sie leise vor sich hin.

»Nichts, sie wollte doch. Du solltest doch auf sie aufpassen! Darauf haben wir uns jedenfalls geeinigt, als ich los bin!« Eva ist ihr in den großen Raum gefolgt und hinter der Couchlandschaft stehen geblieben. »Sie hatte schon einiges intus, und ich habe das nicht ohne Grund gesagt!«

Verena hebt den Kopf und schaut sie verzweifelt an. »Ich weiß es doch auch. Mir ist auf einem Schlag so übel geworden, als wir da mit diesem Janos und auch Adriana gesessen und getrunken haben. Aber Laura war noch so in Feierlaune, dass ich ihr den Abend nicht verderben wollte. Sie hatte mich noch zum Taxi bringen wollen, aber ich habe gesagt, lass mal, das passt schon, ich schaffe das! Aber du nimmst dir auch ein Taxi, dass das klar ist, habe ich noch gesagt. Aber jetzt sag mir erst mal, was dich so aufgebracht hat? Kann doch sein, dass sie mal woanders, na du weißt schon… Sie ist immerhin eine erwachsene Frau!«

Jetzt nimmt Eva ihr gegenüber Platz und vergräbt zunächst den Kopf in den Händen. Minutenlang herrscht Schweigen in dem großen Apartment.

»Wenn das so einfach wäre! Hier, das habe ich vorhin bekommen. Und du kannst dir denken, dass ich seitdem in Dauerschleife versucht habe, sie auf dem Handy zu erreichen. Nix, das ist ausgeschaltet. Und deshalb bin ich sofort los zu dir. Unten ist gerade jemand raus und so konnte ich rein. Und da euer blöder Lift nur mit einem Code funktioniert, musste ich halt die Treppen nehmen. Ich bin immer noch außer Atem, zweiundzwanzig Stockwerke, meine Güte! Aber das ist alles irrelevant. Jetzt schau!«

Sie hält Verena ihr Handy unter die Nase. Der Chatverlauf auf ihrem Insta-Account @mit.eva.im.paradies ist geöffnet. Sie klickt auf das Video, das ihr von einem privaten Account ohne Profilbild und mit einer wirren Ansammlung von Buchstaben, Ziffern und Sonderzeichen als Nutzernamen geschickt wurde.

Auf dem Display läuft ein wackeliges Handyfilmchen an, welches Eva in der Metro zeigt. Langer Cardigan, kurzer Rock, viel Bein, schrille Strumpfhose. Der Filmer muss schnell auf sie zugegangen sein, doch das Handy-Video wird in Slowmotion abgespielt. Mit drohendem, ja fast schon wütendem Blick schaut Laura zum Schluss direkt in die Kamera, bevor der Cut kommt und plötzlich nur ein einziger Satz aufflackert: »Du Hexe! Jetzt ist sie endlich in meinem Paradies!« Dann wird das Bild schwarz.

Konsterniert richtet Verena ihren Blick auf die Fotografin. »Was ist das für ein Video? Woher kommt das?«

Eva knirscht mit den Zähnen, als sie zur Erklärung ansetzt. »Das ist schon ein paar Monate her. Laura war auf dem Weg zu mir ins Studio, wir waren für ein Shooting verabredet und da ist ihr dieser Typ in der Metro, aber auch schon vorher in der Station aufgefallen. Ihr war sofort klar, dass das ein Stalker war und der sie wohl fotografiert oder gefilmt haben muss. Aber ich habe das etwas leichtfertig abgetan. Der war auch schnell wieder verschwunden. Und danach gab es auch keinen weiteren Vorfall mehr. Jedenfalls sind keine Fotos oder Filme irgendwo aufgetaucht. Aber trotzdem, ich könnte mich genau jetzt ohrfeigen dafür, dass ich damals nicht...«

Sie stockt einen Moment und schaut durch das große Panoramafenster sinnierend in die Ferne.

Es ist ein Sonntag wie aus dem Bilderbuch und eigentlich viel zu schön für einen trüben Monat wie den November.

»Klar, da war noch dieser einsame Wolf, der immer dann Nachrichten geschickt hat, wenn ich was von Laura gepostet habe. Und zwar nur dann. Aber auch immer schöne, eigentlich schon richtig süße Komplimente! Die auch Laura selbst gefallen haben. Nur als ich jetzt zum Schluss nichts mehr mit ihr hochgeladen habe, du weißt ja warum, ist der mir durch sein penetrantes Nachfragen, die eigentlich schon unverschämt waren, so dermaßen auf die Nüsse gegangen, dass ich ihn blockiert habe. Das ist noch nicht lange her. So ein Arschloch!«

Sie scrollt durch ihren Chatverlauf. »Hmm, das ist aber merkwürdig, jetzt finde ich den ja gar nicht mehr...« Wieder verstummt Eva und schaut grübelnd auf ihr Handy. Nachdenklich taxiert Verena sie eine Weile, bis sie spürt, dass sie trotz der weiterhin pochenden

Kopfschmerzen ihren souveränen Pragmatismus wiederfindet. »Okay, das hilft uns an dieser Stelle alles nicht weiter! Gehen wir logisch vor. Du rufst deine Adriana an und Natalia soll ihren Cousin anfunken, der uns gestern auf der Party noch angebaggert hat!«

Irritiert hebt nun Eva den Kopf und schaut sie fragend an. »Was für einen Cousin? Natalia hat keinen Cousin. Jedenfalls keinen, den sie auf ihre Party eingeladen hat. Das wüsste ich aber!«

Verena schwant Übles, vor allem jetzt in Verbindung mit ihrem tranig pochenden Kopf. »Der Janos hat sich an uns rangeschmissen, als ihr eine gute Stunde weg wart. Und war ganz traurig darüber, dass er sich nicht von seinem Cousinchen verabschieden konnte. Und ich glaube jetzt auch zu wissen, warum mein Kopf so übel rattert!« Abrupt steht sie auf.

Erst jetzt wird ihr wieder bewusst, dass sie die ganze Zeit mehr oder minder nackt vor Eva gesessen hat. Was ihr aufgrund der Umstände inzwischen aber auch vollkommen egal ist. »Ich werfe mir eine Tablette ein und bin in fünf Minuten fix und fertig gewaschen und angezogen. Du machst uns zwei Coffee-to-go, für mich die doppelte Koffeinladung, bitte! Dann mit Tatütata zur Polizei. Aus dem Auto können wir noch mal Adriana anfunken und auch Eduardo. Der muss doch was gesehen haben!«

VIERUNDZWANZIG

Tausend kleine Männchen hämmern sich durch meinen Kopf. Ich schlucke und merke, wie trocken, nein, ausgedörrt meine Kehle ist. Ein muffiger Geruch steigt in meine Nase.

Benommen schlage ich die Augen auf. Nur mühsam gewinnt das Bild an Schärfe.

Die vollkommende, alles schluckende Dunkelheit hat sich aufgelöst. Ein schwaches Licht hoch oben an der Decke lässt mich meine Umgebung wahrnehmen. Nun kann ich tatsächlich zum ersten Mal sehen, was ich zuvor nur gespürt und erahnt habe.

Wie ich es beim ersten Wachwerden bereits gefühlt hatte: Ich liege wirklich gänzlich unbekleidet auf einer ekelhaft fleckigen Matratze, von der auch dieser üble und sehr muffige Geruch ausgeht. Ein Würgereiz steigt in mir hoch. Langsam kommt immer mehr an Erinnerung in Fetzen zurück. War ich nicht…?

Meine Arme zucken panisch um meinen Körper. Gott sei Dank, nicht mehr angekettet! Eine kleine Welle der Erleichterung flutet durch meinen Körper.

Dann setze ich mich auf. Rasselnd schlägt etwas Metallisches auf dem kalten Betonboden auf. Verwirrt schaue ich auf meine Beine. Ein stählerner Ring umfasst mein linkes Fußgelenk. Daran befestigt eine feingliedrige, aber äußerst robust wirkende Edelstahl-kette, die an dem schmucklosen Bettgestell aus rundem Eisenrohr verschraubt ist. Das wiederum auf dem Beton-boden festgedübelt ist. Also doch noch angekettet!

Wie eine räudige Hündin. Aber Gott sei Dank nicht mehr an allen vieren fixiert!

Wie viele Stunden mögen seit meinem ersten und sehr schmerzhaften Aufwachen in diesem Bett vergangen sein? Ich habe tatsächlich sämtliches Zeitgefühl verloren. In der einen Ecke des fensterlosen Raumes mit grau ver-putzten Wänden steht ein altmodischer Ohrensessel, in der anderen ein Plastikeimer mit Deckel, daneben ein Stapel Papierhandtücher.

Wieder muss ich würgen.

Mein Blick fällt auf die schwarzlackierte Tür. Ob sie? Mit schmerzenden Muskeln stehe ich auf und taste mich langsam vor, das leise Rasseln der Kette begleitet jeden meiner Schritte. Und lässt mich zwei Meter davor zum Stehen kommen. Ich strecke meine Arme aus.

Keine Chance, selbst wenn ich meine Fessel mit durch-gestrecktem Bein so lang wie nur möglich machen würde: Der Türknauf, der anstelle einer Klinke montiert ist, bleibt unerreichbar.

Angewidert setze ich mich wieder auf die Bettkante und beginne im Dämmerlicht, meinen Körper zu unter-suchen. Puh, keine Wunden zu sehen, trotzdem aber schmerzen mein ganzer Körper in einer Heftigkeit, als wäre ich durch einen Wolf gedreht worden. Plötzlich ist wieder die Erinnerung da.

Die Schläge! Zuerst meine Wange, dann gegen meine Vulva. Mit dieser unfassbaren Wucht, die nur von einer unfassbaren Wut ausgelöst sein kann! Vorsichtig taste ich mich ab. Alles fühlt sich geschwollen an, doch Schlimmeres, vor allem um meine Scheide herum, ist nicht auszumachen.

Das erste Mal durchströmt mich etwas wie Erleichterung, die aber nur kurz anhält.

Schnell fühle ich mich wieder wie ein wildes Tier in einem engen Käfig gefangen. Nicht wissend, nicht ahnend, was in den nächsten Minuten passieren wird. Oder Stunden! Oder gar Tagen?

Eine leichte Panik steigt in mir auf und nimmt zunehmend Besitz von mir. Fröstelnd schlage ich die Arme vor meiner Brust über Kreuz und reibe mit meinen Händen über meine Oberarme, um die Angstattacke nicht zu sehr anschwellen zu lassen. Dann spüre ich sie wieder.

Die Einstichstelle.

Jetzt ist auch die Erinnerung daran wieder da! Wie dieses Ungeheuer mich überwältigt, mich niedergerungen und mich schließlich betäubt hat.

Verzweiflung und Wut lassen mich aufspringen und zur Tür rennen. Schlagartig werde ich von der Kette an meinem Fuß gestoppt und komme zu Fall. Ich fühle, wie mein Knie aufplatzt und sehe ein feines, rotes Rinnsal über mein Schienbein fließen.

Mit einem Klicken geht das Licht aus und wieder umgibt mich absolute Dunkelheit. Dann schreie ich los und höre nicht mehr auf.

FÜNFUNDZWANZIG

»Ich kann Sie beide ja verstehen, dass Sie in Panik um Ihre Freundin sind, aber so einfach können wir kein Suchkommando losschicken. Zumal wir bislang eigentlich auch sehr wenige Anhaltspunkte haben, wohin sich Ihre Freundin überhaupt gewandt hat!« Oberkommissar Jens Baranowski hebt hilflos die Schultern und blickt das, wie er findet, sehr hübsche Duo aus Blond- und Rotschopf, wie er nun hofft, möglichst mitfühlend an.

»Sehen Sie, wenn ich Sie beide richtig verstehe, hat sie vor gut zwei Monaten ihren Mann verlassen und ist jetzt bei Ihnen, Frau, hmm, …«

»Wertheimer, Verena Wertheimer, VW als Eselsbrücke«, hilft ihm der Blondschopf auf die Sprünge.

»Genau, Danke, also ist dann bei Ihnen, Frau Wertheimer, untergekommen. Mit diesem Video, das ja nach Ihren eigenen Angaben schon etwas älter ist, auf eine Entführung zu schließen, das ist schon sehr spekulativ. Jetzt haben Sie in Erfahrung bringen können, dass sich Ihre Freundin gestern, oder eher gesagt, bis heute früh in der Bar, ich formuliere es mal vorsichtig, sehr intensiv mit einem männlichen Gast beschäftigt hat. Und so wie Ihnen der Barbesitzer mitgeteilt hat, anscheinend einvernehmlich verschwunden ist. Ich würde mal sagen…« Jens Baranowski verstummt und lässt seine Blicke zwischen den beiden Frauen hin und her wandern. »Komm, Eva«, hört er den Blondschopf energisch sagen, während sie ihre Freundin aus dem Stuhl im Vernehmungsraum hochzieht, »die wollen anscheinend keine Gefahr im Verzug sehen!«

Auch Baranowski steht auf. »Jetzt hängen Sie das Ganze bitte nicht zu hoch auf. Wissen Sie, in den meisten Fällen, haben sich die Sachen schnell wieder geklärt. Die vermisste Person ist irgendwo versackt und zufällig war dann noch der Akku vom Handy leer. Vielleicht wartet sie schon vor Ihrer Haustür auf Sie. Fahren Sie doch am besten auch mal bei ihr zu Hause vorbei. Den Ehemann haben Sie, wenn ich es recht verstehe, bislang noch gar nicht kontaktiert. Und rechtlich gesehen wäre er auch derjenige, der ihr Verschwinden melden müsste.«

Er ist mit dem Duo inzwischen in den Gang getreten und geleitet sie langsam in Richtung Empfangspforte. Eigentlich wäre er ja gar nicht zuständig und an diesem Sonntag schon gar nicht im Dienst gewesen, wenn da nicht der Leichenfund von heute früh gewesen wäre.

Als ihn dann aber vorhin beim Warten auf seine Vorgesetzte die diensthabende Polizeihauptmeisterin Anna-Lena vom Empfang angefunkt und um Hilfe bei zwei resolut auftretenden Frauen, die einen Vermisstenfall melden wollten, gebeten hatte, war er gerne zur Stelle. Bei Anna-Lena würde er doch niemals nein sagen. Und aus den Augenwinkeln sieht er jetzt, als er die beiden Frauen wieder nach draußen eskortiert, wie sie ihm dankbar zulächelt. Hatte er sich mal wieder als wahrer Ritter, als echter Retter in der Not erwiesen. Vielleicht sollte er das nächste Mal in der Kantine, so rein zufällig…?

Er reißt sich von dem angenehmen Gedankenspiel los, räuspert sich vernehmlich und klopft mit seinem abge- kauten Bleistift auf seinen Notizblock. »Schauen Sie, ich habe Ihre Namen und Kontaktdaten, habe mir die Anga- ben zu Ihrer Freundin notiert und ich habe Ihnen meine Karte gegeben. Wenn sich also in den nächsten Tagen et- was ergeben sollte, das Ihnen weiteren Anlass zur Sorge geben sollte, dann können Sie mich auch gerne wieder kontaktieren. Einen schönen Sonntag noch, aber ich müsste dann mal wieder!«

Grußlos wenden sich der Rot- und Blondschopf ab und stöckeln durch die Sperre in den Vorraum, als plötz- lich K3 neben ihm auftaucht.

»Was wollten denn die zwei hübschen Perlen in unse- rer trostlosen Umgebung?«, hört er sie mit ihrer rauchig kratzigen Stimme fragen.

»Wo kommen Sie denn jetzt so plötzlich her?«, fragt Jens Baranowski konsterniert zurück. Katja hebt den dünnen Plastikbecher mit der irgendwie braunen Flüs- sigkeit.

»Den schlechten Geruch in der Rechtsmedizin mit noch schlechterem Kaffee runterspülen. Also, was woll- ten Blondie und Rotschopf?«

Baranowski schaut nachdenklich durch die gläserne Front des Polizeipräsidiums auf das Duo, das sich gerade auf dem Vorplatz eng in den Arm nimmt. Die Rothaarige scheint das richtig mitzunehmen, so wie die sich vor Weinkrämpfen schütteln muss! »Äh, ja, eigentlich nichts. Die suchen ihre beste Freundin, die gestern von einer gemeinsamen Party in einem Club in der City nicht nach Hause gekommen ist. Pikanterweise ist sie aber schon vor Wochen von ihrem Ehemann nach einer heftigen Ehekrise abgehauen. Also eigentlich nichts Großes! Die wird ziemlich bald wieder auftauchen. So wie die meisten.« Er blickt auf seine ältere Kollegin, die ebenfalls die Szene auf dem Vorplatz betrachtet und dabei auch sehr nachdenklich wirkt.

»Hmm, verschwundene Frauen, das mag ich eigentlich gar nicht hören. Schon gar nicht, wenn wir eine gerade tot aus dem Kiesbett am Wehr geborgen haben. Hast du die Daten notiert?«

»Klar, Chefin«, grinst er und klopft erneut auf seinen Notizblock, »habe ich doch von Ihnen gelernt. Es ist das kleinste Puzzlestück, das irgendwann die Lösung bringt! Aber jetzt zum großen Puzzle: Was wusste Doktor Schiwago beizutragen?«

Katja muss bei der Nennung des Spitznamens für Rechtsmediziner Doktor Gernot C. Wagner, der auf seiner Vorliebe für russische Klaviersonaten während seiner Obduktionen fußt, unwillkürlich grinsen. Während sie mit ihm langsam den Gang in Richtung ihres gemeinsamen Büros schlendert, auf dem man an den Sonntagen so herrlich ungestört palavern kann, fängt sie bereits an, ihren Partner über die Erkenntnisse aus dem Sezierraum zu informieren.

»Er hat, dem Himmel sei es gedankt, dieses Mal seine schwermütigen Rachmaninow-Sonaten in der CD-Hülle gelassen. Da will man sich am liebsten ebenfalls entleiben und gleich selbst auf einen Obduktionstisch legen. Und es ging ja eigentlich dieses Mal auch schnell! Den genauen Befund wird er bis Mittwoch schicken. Den Todeszeitpunkt datiert er auf ziemlich genau zehn Tage zurück. Dummerweise ist keine Fremd-DNA mehr zu finden. Sie muss nach ihrem Tod sehr gründlich und lange gewaschen worden sein, möglicherweise in einer Dusche oder Badewanne, vielleicht auch am Fluss selbst? Am besten schaut sich die KT noch einmal gezielt vor Ort um. Ansonsten gab es wenig zu finden. Kein Sex unmittelbar vorm Tod, keine Vergewaltigungsspuren, aber ein paar auffällige Hämatome, die auf einen heftigen Kampf schließen lassen. Wie gesagt, mit der Täter-DNA ist dank Wasserbad Essig!«

Sie haben inzwischen ihr Büro erreicht und stehen vor der großen Pinnwand, wo sie bereits die ersten Ermittlungsergebnisse angeheftet haben.

Die Identität war tatsächlich, kaum waren sie von der Fundstelle ins Präsidium zurückgekehrt, schnell geklärt. Wanda Jablonek, ursprünglich in einem kleinen Kaff nahe Minsk in Weißrussland geboren, und um die Jahrtausendwende wohl mit einer Schlepperbande in Deutschland gelandet, war wegen kleinerer Drogendelikte erkennungsdienstlich erfasst. Und auch der Sitte leider bestens bekannt. Erst jetzt aber lässt Katja die kleine Bombe platzen.

»Nun mal die Lauscherchen aufgestellt, mein lieber Jensenmann. Wir haben trotz des posthum sehr geschundenen Körpers sehr markante Spuren, die von eng anliegenden Metallringen zu stammen scheinen, jeweils an den Hand- und Fußgelenken feststellen können. Dazu noch sehr auffällige Druckspuren am Oberarm, wo, da muss man Doktor Schiwago loben, zudem klitzekleine Einstichstellen auszumachen sind. In diesem Fall sind es zwei. Er vermutet, dass hier die Substanz injiziert wurde, die zum Tod geführt hat. Aber die Substanz selbst konnte er bislang nicht finden und nachweisen! Peng, oder?«

Baranowski hat mit jedem Satz einen hektischen roten Flecken mehr in seinem Gesicht bekommen und schlägt sich nun mit der Hand vor die Stirn.

»Ich Trottel, da hätte ich gestern schon wacher sein können. Die Tote aus dem Bramwald vor drei und die aus dem Sedelstedter Moos vor acht Jahren. Und jetzt unsere Wanda am Wehr. Alle drei Prostituierte, alle deutlich über 40, alle blond, alle nackt und alle mit diesen markanten Fesselspuren. Keine Vergewaltigungen und alle mit einer Giftspritze ermordet. Substanz unbekannt. Unser Cold Case, Frau Kramer, ist wieder sehr heiß geworden!«

K3 blickt ihn grimmig an. »Verdammt heiß, mein Lieber! Holst du mal die Akten aus dem Archiv?«

SECHSUNDZWANZIG

Eva kauert wie ein Häufchen Elend im Sitz von Verenas Land Rover, als sie vom Parkplatz des Polizeipräsidiums aus in Richtung Ostviertel fahren.

Verena mustert sie besorgt. »Hör mal, es war klar, dass die jetzt nicht gleich eine Hundertschaft mit Spürhunden losschicken. Wohin überhaupt? Und auch der Hinweis mit dem Ehemann. Wir sollten wirklich mal bei Thomas vorbeifahren. Auch wenn es dir gegen den Strich geht.« Eva zieht ein Taschentuch aus ihrer Handtasche und schnäuzt einmal kräftig durch, so dass es wie ein Trompetenstoß durch den geräumigen Innenraum des Geländewagens schallt. Dann schaut sie eine Weile schweigend aus dem Fenster, bevor sie zu einer Antwort ansetzt.

»Ich habe keine Lust, Lauras Kinder mit reinzuziehen. Die wissen irgendwie noch gar nichts so recht, was in den letzten Monaten ihrer Mutter alles passiert ist. Und dann kommen ausgerechnet wir wie aus dem Nichts mit einer möglichen Horrorstory reingeplatzt. Du kannst dir doch jetzt schon ausmalen, wie uns ihr Göttergatte von seinem hohen Ross herunter abkanzeln wird. Erst spannen wir ihm die Frau aus, und jetzt ist sie spurlos verschwunden. Nein! Der hat sich die letzten Monate einen Dreck um Laura gekümmert, gesorgt oder auch nur interessiert. Vergiss es. Da brauchen wir nicht hinfahren.«

Verena schaut skeptisch zu ihr rüber. »Was schlägst du dann vor? Selbst Detektivin spielen? Was haben wir denn?«

Eva beugt sich in ihrem Sitz weit nach vorn und starrt konzentriert auf die breite Ringstraße, die sonntags immer so schön leer ist und die Großstadt wie ausgestorben wirken lässt. »Fahr an der Ecke rechts ab. Und dann zu Eduardo. Der ist bestimmt schon in seiner Bar, um alles für den Abend vorzubereiten. Und dann soll er uns noch mal alles haarklein erzählen. Jedes Detail. Wenn die Bullen das nicht machen, dann eben wir! Und Adriana rufen wir auch noch mal an. Vielleicht gibt es doch einen winzigen Hinweis auf diesen Typen. Der auch dich irgendwie schachmatt gesetzt hat.«

Verena nimmt kurz die Hände vom Lenkrad, um ihr zu applaudieren. »Bravo, Detective Beckett, da bin ich doch liebend gerne dabei!«

Grimmig schaut ihr Eva in die Augen. »Kleines Funfact? Genau das habe ich auch gesagt, als Laura und ich über diesen verdammten Stalker gehirnt haben. Jetzt weiß ich, dass wir dieses Arschloch finden werden!«

Verena nickt ihr sinnierend zu. »Das werden wir. Dann lass uns jetzt und sofort bei Adriana anrufen. Können wir auch gerne über die Freisprechanlage machen. Willst du dich schnell mit deinem Handy bei mir einloggen?«

Schon klickt sie auf dem Touchscreen das Symbol zum Koppeln an. Kaum eine Minute später füllt eine tiefe, dunkle Stimme den ganzen Innenraum des großen

Geländewagens aus. »Eva, Süße, habt ihr sie endlich gefunden, ist sie wieder wohlbehalten aufgetaucht?«

Verena merkt, dass Eva gerade wieder mit ihren Tränen kämpfen muss. »Adriana, ich bin's, Verena. Wir rufen dich gerade aus meinem Auto an. Eva kann gerade nicht sprechen, hört aber mit!« Sie schaut kurz rüber zur Fotografin, die mit ihrem Kopf nickt, während sie, das Gesicht von ihr abgewandt, aus dem Seitenfenster starrt.

»Sorry, aber wir haben noch keine News und können leider keine Entwarnung geben. Die Polizei will noch nichts unternehmen und jetzt sind wir beide noch mal auf dem Weg zu Eduardo. Vielleicht finden wir doch noch ein paar Anhaltspunkte, damit wir den Bullen etwas Feuer machen können. Überleg doch bitte nochmal, was dir an diesem Janos aufgefallen ist!«

»Dass er keine schwarzen Haare hat!« Ihre Antwort kommt wie aus der Pistole geschossen.

Verena und Eva starren beide auf den Bildschirm im Armaturenbrett, als könnten sie Adriana dort leibhaftig sehen. »Wie bitte?« Eva findet als erste ihre Sprache wieder.

»Na klar waren die Haare so was von gefärbt. Glaub mir, Sweetie, das erkenne ich auf einen Blick. Aber den Beweis habe ich doch schließlich auch gesehen.«

»Das erzähle uns jetzt mal genauer!«, schaltet sich Verena wieder dazwischen. »Hört mal, Mädels«, tönt die dunkle Stimme leicht angeheitert durch das Auto, »uns gucken die Kerle doch gerne in den Ausschnitt und ich gucke denen im Gegenzug gerne mal unters Hemd. Nun war es so, dass der Janos mit seinen breiten Schultern eines getragen hat, bei dem man ihm immer wieder unter die Achseln gucken konnte. Nicht, dass mich das jetzt besonders scharf macht, wenn die Kerle da nicht rasiert sind, aber«, sie kichert wieder, »in dem Fall war das schon eine attraktive Kombination in Verbindung mit seinem Muskelpaket!«

Verena hat inzwischen direkt vor der Bar von Eduardo gestoppt und lässt den Geländewagen rückwärts in die Parklücke rollen.

»Jetzt spann uns nicht auf die Folter mit deinem Beweis«, schießt es ungeduldig aus Eva heraus.

»Na ja, die Achselhaare waren alles andere als schwarz. Ich würde sagen, dass der Janos in Wirklichkeit ein Straßenköterblond trägt. Und glaubt mir, ich habe da etliches an Erfahrung sammeln können, das meine Vermutung glaubhaft belegen kann!«

»Vertiefen wir gerne andermal, meine Liebe«, wimmelt Eva sie nun ganz aufgewühlt ab, »aber nicht jetzt und nicht heute. Und wenn dir noch was einfällt, dann…«

»Klingel ich dich aber sofort aus dem Bett, mein Herzblatt, da kannst du so was von sicher sein. Viel Erfolg, ihr Lieben!« Wieder erklingt ihr tiefes, dunkles Lachen, bevor es in den Lautsprechern klickt und die Verbindung beendet ist.

Eine Weile ist es still im Auto, bevor Verena als erste ihre Sprache wiederfindet. »Nicht schlecht beobachtet. Hätte auch mir auffallen können!« Ihr Ton wird eine

Spur grimmiger: »Wenn ich Trottel mich nicht so schnell hätte schachmatt setzen lassen.«

Eva blickt sie nachdenklich an. »Du bist wirklich sicher, dass du…?«

Nochmals stößt Verena grimmig auf. »Aber so was von sicher. Wir sind mit Adriana von der Tanzfläche zurückgekommen, als dieser Janos uns einen Drink in die Hand gedrückt hat. Und zwar jeder persönlich! Bei mir muss wirklich was reingemixt gewesen sein, was mir eine halbe Stunde später den Magen umgedreht hat. Das war so was von abgekartet! Hinterher wird's dir klar! Genau wie ich jetzt behaupten würde, dass nicht nur die Haarfarbe, sondern auch der Bart falsch war. Da muss sich jemand perfekt getarnt haben!«

Eva wiegt langsam ihren Kopf hin und her. »Ja, hinterher wird einem so vieles klar! Komm, Eduardo poliert schon seine Gläser. Vielleicht erinnert er sich auch an ein weiteres Detail.«

SIEBENUNDZWANZIG

Als ich die Augen aufschlage, spüre ich sofort, dass ich nicht allein bin. Seine Atemzüge sind nicht zu hören, und doch erfüllt seine Anwesenheit die stickige Luft in dem immer noch stockdunklen Raum. In der Ferne springt das vertraute Geräusch eines fauchenden Brenners einer Heizungsanlage an.

Wohnhaus, schießt mir instinktiv durch den Kopf, mein Verlies befindet sich auf jeden Fall in der Zivilisation. Ein kleines Glücksgefühl breitet sich aus, welches aber bereits im nächsten Augenblick wieder in der Stille und Dunkelheit verpufft. Gab es bislang nicht genügend Geschichten von Monstern, die oben ihr kleines Rasenstück gemäht und dabei mit dem Nachbarn über den Zaun geplauscht haben, während unten im Keller ein Mensch weggeschlossen war, den sie in Besitz nehmen wollten? Nein, in Besitz genommen haben!

Nicht nur tage- oder wochen-, manche sogar ihr ganzes restliches Leben lang?

Das Ungeheuer im gutbürgerlichen Wohnviertel. Jetzt hat eines davon mich erwischt! Ich spüre, wie mir der Schweiß aus allen Poren ausbricht.

Angst und Resignation wechseln im Minutentakt, aber auch Widerstand regt sich. Mein Überlebenswille, du Arsch, der ist noch lange nicht gebrochen. Nein, den wirst du nie brechen! Auch wenn du mich wieder mit allen vieren ans Bett gefesselt hast. In Zeitlupe bewege ich meine Arme, dann ziehe ich auch meine Beine an, bis ich auf Widerstand stoße.

Keine Chance, diese Ketten zu sprengen!

Ich muss sie anders lösen können.

Aber wie? Plötzlich fühle ich seine Anwesenheit direkt neben mir. Mach jetzt keinen Fehler, spreche ich mir Mut zu. Vielleicht kann ich ihn irgendwie doch für mich gewinnen. Und dann werde ich gewinnen! Ist das schon das berühmte Stockholm-Syndrom, von dem man immer wieder liest? Dass die Geisel ihrem Peiniger gefallen will, glücklich über jede noch so kleine Zuwendung ist?

Er muss gespürt haben, dass ich wach geworden bin. Aber wie?

Wahrscheinlich genauso, wie ich in der absoluten Dunkelheit gespürt habe, dass er da ist. Wie lange bin ich eigentlich schon in diesem Raum? Sind es mehr als vierundzwanzig Stunden? Achtundvierzig? Ich habe absolut kein Zeitgefühl mehr. Aber egal, die werden mich doch bereits suchen.

Verena!

Eva!

Natalia!

Die haben doch bestimmt schon die Polizei mobilisiert und durchkämmen inzwischen die ganze Stadt! Wieder breitet sich ein kleines Glücksgefühl aus! Und sie werden mich finden! Und dich killen! Das weiß ich.

Eine Hand fasst hinter meinen Kopf und hebt ihn leicht an. Nur keinen Widerstand leisten! Nicht ärgern! Nicht wieder beißen! Nicht wieder geschlagen werden! Bitte, mach doch die Fesseln los. Oder nimm nur eine! Ich laufe dir doch nicht weg. Die Öffnung einer Plastikflasche berührt meine Lippen. Langsam läuft kaltes Wasser in meinen Mund.

Erst jetzt merke ich, wie ausgedörrt ich bin. Wie spröde meine Lippen geworden sind. Dankbar lasse ich

die nach nichts schmeckende Flüssigkeit in mich hinein-
laufen. Langsam lässt die Hand meinen Kopf wieder auf
die Matratze zurücksinken.

Soll ich nun Danke sagen?

Nein!

Wieder regt sich Widerstand. So einfach kriegst du
mich nicht!

Das Wasser hat meine Lebensgeister erweckt, meine
Gedanken beginnen zu rasen. Wer bist du? Wie hast du
mich in deine Gewalt gebracht? Was willst du von mir?
Plötzlich habe ich wieder Adrianas Augen vor mir!
Komm, sagt sie, lass uns noch einmal tanzen gehen! Da
muss Verena schon seit Stunden verschwunden gewesen
sein.

Ich fühle, wie ihre Hand nach meiner greift und mich
vom Barhocker ziehen will. Nein, sage ich, keinen Kuschelrock! Heute nicht!

Heute will ich was ganz anderes haben und schaue tief
in die Augen von Janos. Ich sehe, wie er sich mit den Fingern durch seine schwarze Mähne fährt und mich durch
seinen top frisierten Vollbart verdammt anzüglich angrinst: Kannst du haben, Baby! Gehen wir vorher eine
rauchen?

Ich schiebe Adriana zur Tanzfläche ab und drehe mich
mit schelmischem Blick zu Janos um, der unsere beiden
Drinks schon in der Hand hält.

Abmarsch, Süßer, dann lass die Laura mal an deiner
Lunte ziehen. Und wer weiß, woran dann noch! Ich sehe
mich schwankend auf die Tür von Eduardos Bar

zusteuern und spüre, wie das Schwanken immer heftiger wird. Schwankt gerade auch das Bett, in dem ich liege? Mühsam versuche ich meinen Kopf zu heben, doch meine Muskeln wollen mir nicht mehr gehorchen.

Ich will rufen, doch ich spüre, wie mir auch die Stimme versagt.

Kurz blitzt ein fahles Licht auf, als sich für einen Moment die Tür öffnet und wieder schließt. In Zeitlupe verfolge ich, wie sich eine schlanke, komplett schwarz verhüllte Figur durch den schmalen Spalt windet.

Scheiße, denke ich mit einem letzten Aufbäumen, du blöde, blöde Idiotin, da war schon wieder was in deinen Drink gemixt.

Und wieder wird alles schwarz.

ACHTUNDZWANZIG

»Charly/Agentur – Annehmen?« leuchtet auf dem großen Touchscreen in Verenas Wagen auf. Sie blickt kurz zu Eva rüber, die resigniert durch die Frontscheibe auf die Gischt der sie umgebenden Autokolonne schaut, die auf der Peripherie gerade stadtauswärts rollt.

Den ganzen Montag und halben Dienstag haben sie inzwischen damit verbracht, die Taxizentralen und größeren Uber-Anbieter abzuklappern, in der Hoffnung, dass einer oder einem der vielen tausend Fahrerinnen und Fahrer am frühen Sonntagmorgen ein Pärchen aufgefallen ist: Blonde Frau, fast fünfzig, attraktiv, schick angezogen und mächtig angetrunken, ein kräftiger Kerl um die vierzig, mit schwarzen Haaren und Vollbart, sehr muskulös.

Überall haben sie ein schönes Bild von Laura, das Eva aus ihrem Fundus gekramt und zigmal ausgedruckt hat, an die Wand gepinnt und überall die Zusage bekommen, dass ihr Foto auch in den WhatsApp-Gruppen der Fahrerinnen und Fahrer kursieren wird. Drei Adressen stehen noch auf ihrer Liste. Sie drückt auf den grünen Hörer an ihrem Multifunktionslenkrad.

»Hallo Charly! Bitte gerade keine Aufträge! Auch nicht morgen und übermorgen. Eigentlich die ganze Woche nicht!«

Charlys auch mit fünfundfünfzig Jahren immer noch jugendlich-fröhliche Stimme lacht belustigt auf. »Hi Sweetie, woher weißt du denn schon wieder, was ich von dir will. Oder besser gesagt: Was ich nicht von dir will!«

Jetzt ist es Verena, die perplex guckt. »Momentchen, entweder kann ich dir nicht folgen, oder aber wir reden aneinander vorbei. Erzähle!«

Wieder lacht Charly auf. »Wenn du mich halt gleich mal von Anfang an zu Wort kommen lässt, wäre es einfacher. Aber das wird sich bei einer Verena Wertheimer nicht mehr ändern. Also, höre einfach zu. Der Senkhausen hat mich angefunkt.«

»Konrad Senkhausen? Was will denn die Sitte von uns? Wir sind clean, das wissen die doch ganz genau. Vor allem Cognac-Konny!« Schnell beißt sich Verena wieder auf die Lippen.

»Verena, jetzt, bitte! Einfach mal zuhören! Du hast das von Wanda aus der Alt-Budapester gehört.« Verena krallt ihre Hände förmlich ins Lenkrad und nickt grimmig, ohne dass Charly das sehen kann.

Die Nachricht der ermordeten Kollegin hatte sich natürlich wie ein Lauffeuer in der Szene verbreitet. Vor allem, weil sie von einer Minute auf die nächste so geräuschlos und unbemerkt verschwunden war.

»Konny hat mir die Info gesteckt, dass die Mordkommission auch ein paar alte Fälle wieder rausgezogen hat. Die bislang noch ungelöst im Archiv verstauben. In allen Fällen handelt es sich um ermordete Huren. Alle blond, alle Ü-Vierzig!«

»Ja, dramatisch, und eine echte Scheiße, aber was bitte habe ich damit zu tun?«

Charlys Seufzer ist bis in den letzten Winkel des Land Rovers zu hören. »Schätzchen, du bist über vierzig und du bist sowas von blond. Ich habe keine Lust, dass sie mir irgendwann dein Bild mit gebrochenen Augen zeigen. Weil irgendwann so ein Psychopath sein verkorkstes Menschenbild an dir auslässt. Wenn ich was an Aufträgen annehmen werde, dann nur bei deinen Stammkunden. Die festen Termine sind auch okay. Alles, wo ich hundert Prozent sicher bin. Alles, was neu reinkommt, geht nicht an dich. Ende der Durchsage!«

Verena sieht, wie Eva aufgeregt in ihrem Sitz hin- und herrutscht. »Verstanden, Boss. Du bist mein Engel, auf den ich doch schon immer gehört habe!« Wieder lacht Charly belustigt auf. »Dein Engel hat da manches Mal eine andere Wahrnehmung gehabt. Aber das hier ist gerade nicht lustig. Pass auf dich auf. Und ich erwarte spätestens alle vierundzwanzig Stunden ein Lebenszeichen. Küsschen, mein Herzblatt!« Es klickt in der Leitung.

Sofort ist Eva am Zug. »Sag mal, sind die bei der Bullerei blöd? Wir wollen eine vermisste Person melden, die auf das Profil einer Ermordeten passt und werden abgecancelt? Kehrtwendung, sofort. Die können mich mal. Nein, die werden mich jetzt erleben!«

Verena schüttelt abwägend den Kopf. »Hmmm, ganz ehrlich: Ich befürchte, die werden uns jetzt auch wieder abcanceln. Vor allem werden sie fragen, ob wir es schon bei ihrem Ehemann probiert haben.«

Eva lässt sich nicht beruhigen. »Wir haben Adriana gehört. Die gefärbten Haare, der falsche Bart…«

»Langsam, Süße, das mit dem Bart war meine Vermutung und dass sich jemand die Haare schön gemacht hat, um Frauen abzuschleppen, wird den Herrn Oberkommissar nicht wirklich überzeugen, glaubst du nicht auch? Bleibt die Aussage von Eduardo, dass er Laura und diesen Janos vor der Tür hat eine Zeitlang rauchen sehen. Und dass der Typ nochmals zwei Cocktails geholt hat, bevor sie dann irgendwann nicht mehr vorm Fenster gestanden haben. Es bleibt weiterhin etwas dürftig, um sie in Alarmbereitschaft zu versetzen.«

Wieder starrt Eva sinnierend auf den stockenden Verkehr und die glitzernden Rücklichter in der Regenwolke. »Bleiben noch deine Kopfschmerzen, die du auf K.o.-Tropfen zurückführst. Und die falsche Identität von diesem Janos. Dass der definitiv kein Cousin unserer guten Natalia ist, das wissen wir zu hundert Prozent.«

Verena nickt unmerklich. »Genau das werden wir in unsere Argumentationskette einbauen. Und ich weiß, wo wir noch ein Puzzlestück finden. Die Bullen werden es mit Sicherheit schon probiert haben, aber ich weiß, dass viele Mädels, die dort stehen, illegal hier sind und deshalb eine Wahnsinnsangst haben. Nicht nur vor diesen verfickten Schleppern und Schlägern, sondern auch vor der Polizei. Die reden nicht. Aber wenn wir nur eine finden, die uns was zu Wanda erzählen kann, dann werden sie uns die Füße küssen.«

Sie setzt den Blinker, um aus der zähfließenden Masse auszuscheren und rast die Ausfahrt von der Schnellstraße runter. »Ab nach Alt-Budapest! Und lass mich auf dem Weg dahin noch mal schnell mit Charly telefonieren. Wenn es jemanden gibt, dann wird sie über ihr Netzwerk fündig werden. Das garantiere ich dir!«

NEUNUNDZWANZIG

Als er in seinem Fitnessraum die schwarze Maske vom Kopf zieht, gleitet ein triumphales Lächeln über sein Gesicht. Er hat es geschafft. Endlich ist sie bei ihm! Und er spürt, wie sie sich bereits nach seiner Nähe und Zuwendung sehnt. Wie sie sofort, vom ersten Augenblick an, als sie erwacht ist, wusste, dass er bei ihr war.

Und dass er sich um sie kümmern wird.

Tag und Nacht.

Ab sofort ihr Leben lang.

Wie gierig sie getrunken hat. Wie dankbar ihre Augen ihn angelächelt haben, als er ihren Kopf mit diesen seidigen, goldglänzenden Haaren wieder weich gebettet hat. Natürlich tut es ihm in der Seele weh, dass er sie und ihren wunderbaren Körper noch ein wenig schinden muss, bis sie sich ihm treu ergeben wird.

Und dass er ihr noch ein wenig von der Panik nehmen muss, die sie glauben lässt, er würde ihr jemals ein Leid zufügen! Wie er das machen wird, das hat er schon längst zurechtgerührt. Und er weiß doch ganz genau, wie sehr der Schlaf trösten kann. Und die Angst nimmt.

So wird es auch bei ihr sein. Ja, der Schlaf, den er ihr schenkt, der wird sie glücklich machen. Ihr Leben lang. Zufrieden schaut er auf den Rest in der Wasserflasche. Ja, seine Dosierungen sind inzwischen perfekt austariert.

Dafür hatten sie ihn doch auch damals schon in den Seminaren und Übungen bewundert. Willst du schlafen oder willst du schweben, willst du vor Glück schreien oder willst du mit einem glücklichen Lächeln sterben.

Schnell hatte er den Kniff raus, auch wenn es bei so manchen Experimenten noch immer eine Gratwanderung war. Aber hatte sich das alles nicht gelohnt? Jetzt, wo sie endlich und endgültig, ja für alle Ewigkeit bei ihm bleiben wird!

»Ach mein Junge! Wie gut du heute ausschaust. Und endlich wieder zufrieden bist!« Glücklich schaut er seiner Mutter in die Augen, während er sich aus dem schwarzen Ganzkörperanzug aus elastischem Lycra schält. Schon steht er gänzlich nackt vor ihr.

Mit einem kleinen Sprung hängt er an der Reckstange und zieht sich mühelos nach oben.

»Und wie stark du geworden bist. Meine Güte!«

Er spürt, wie ihre Hände über seine Oberschenkel immer weiter nach oben streichen. Ein wahnsinnig prickelndes Glücksgefühl durchströmt ihn und lässt ihn leicht erzittern. »Aber jetzt geh dich abbrausen, mein Junge. Mach dich hübsch für sie.« Heiß prasselt das Wasser auf seinen muskulösen Körper.

»Und wasch dir noch einmal besonders gründlich die Haare! Das Schwarz, mein Junge, das hat dir einfach nicht gestanden!«

Gurgelnd verschwinden die letzten, nur noch ein wenig grau verfärbten Schaumreste in der Abflussrinne. Schnell rubbelt er sich trocken und schlägt sich ein sauberes Handtuch um die Hüften, bevor er die Treppen nach oben in seine Kommandozentrale eilt. Vor dem Fenster hat sich ein dunstiger Regenschleier in der beginnenden Nacht ausgebreitet. Er klickt auf das Kamerasymbol und sieht sie trotz der Nacht in ihrem Raum klar und deutlich vor sich liegen!

Wie ihr Kopf wieder zur Seite gesunken ist. Wie die goldglitzernden Haare ihr Gesicht umrahmen. Wie sich ihr herrlicher Busen bei jedem Atemzug in stetem Rhythmus hebt und senkt. Wie friedlich er sie schlafen lassen kann.

Und wie sie sich dabei nur ihm allein in ihrer ganzen Pracht zeigt. Endlich!

Er spürt, wie er plötzlich eine Wahnsinnserektion bekommt. Und wieder liegt ein triumphales Lächeln in seinem Gesicht.

DREISSIG

»Ich fasse es nicht! Und wieder eine. Die ist doch auch noch keine sechzehn gewesen!« Entsetzt schaut Eva in den Rückspiegel des Land Rovers. Verena zuckt mit den Schultern. »Möglich. Hier draußen stehen wirklich die ärmsten aller Seelen!«

»Und keiner macht was? Was ist denn mit der Sitte? Deine Charly hat doch vorhin mit einem von denen gesprochen. Die müssten doch hier mal einschreiten! Du kannst mir nicht erzählen, dass die das nicht wissen.«

»Klar wissen die das«, murmelt Verena mit rauer Stimme, »aber es ist ein Kampf gegen Windmühlen. Du glaubst nicht, wie schnell die Schleuser und Menschenhändler hier wieder Nachschub herangekarrt haben. Das mag jetzt abfällig klingen. Aber es ist so fies, wie sich das anhört. Die verschieben die Frauen wie andere Obst und Gemüse importieren.«

Eva schlägt die Hände vors Gesicht. »Ehrlich, das macht mich wütend. Wenn wir jetzt nicht Laura suchen würden, dann…«

Verena lacht bitter auf, während sie das Auto in eine Parkbucht manövriert. »Ja, dann? Was würdest du machen wollen? Schau, wirklich fies sind eigentlich die Autos, die du hier siehst. Guck einfach mal, was das für Karren sind, die hier die Straße auf und ab fahren! Neuer und teurer geht's doch eigentlich gar nicht! Und die Kennzeichen! Achte mal auf den, der da gegenüber stoppt. Ja, genau der! Das ist eine Werkszulassung. Ich tippe mal auf Bereichsleiter, oberes Management, Dipl. Ing. mit Doktortitel. Und der schnappt sich hier eine, die seine Tochter sein kann. Für die schnelle Nummer und dann wieder zack, raus mit dir, zurück auf die Straße. Für die Flasche Wein, die er dann abends mit seiner Holden zuhause im gutbürgerlichen Wohnzimmer vor der Glotze entkorkt, hat er garantiert mehr bezahlt. Und hier sucht er sich für ein Nasenwasser eine, die ihm den Arsch hinhalten muss. Das ist doch die üble Nummer!«

Sie schaut eine Weile dem Scheibenwischer zu, wie er in regelmäßigen Intervallen den feinen Regenschleier zur Seite schiebt, bevor sie leise fortfährt: »Klar nimmt mich das hier auch immer wieder mit, vor allem, wenn ich überlege, was mir passiert wäre, wenn nicht…« Abrupt verstummt sie. »Da vorn ist es. Komm jetzt!« Schon ist sie aus dem Wagen.

Eva ist sofort an ihrer Seite. »Wenn nicht was?«

Verena schüttelt vehement mit dem Kopf. »Jetzt nicht. Und auch nicht später. Wir müssen Laura finden. Das ist, wenn nicht. Wenn nicht, haben wir nämlich ein Riesenproblem.«

Sie nickt einem schwarzen Mädchen freundlich zu, das in einem viel zu dünnen Jäckchen aus weißem Plüsch und weißen Hot Pants an einem Hauseingang lehnt, und zieht Eva an der Hand weiter um die nächste Ecke. Am Ende der kleinen Straße leuchtet ein weißes Reklameschild mit zersprungenem Glas in die feuchtnasse Dunkelheit: »Chez Irma«.

Vergilbte Gardinen hängen vor den großen Schaufensterscheiben zur Straße. In dem kleinen Schaukasten neben dem Eingang klebt eine Getränkeliste, die irgendwann mal mit der Schreibmaschine getippt wurde. Nicht nur bei der »Flasche Sekt« hängt das »e« etwas durch. Mit Preisen wahrscheinlich noch in D-Mark. Doch als sie durch die Tür gehen, empfängt sie sofort Wärme, und Geborgenheit breitet sich aus. Leise dudelt ein

Schlagersender im Hintergrund eine der üblichen Schnulzen von Liebe und Sehnsucht. An einem Tisch in dem kleinen Gastraum dampfen die Teetassen vor drei sehr jungen Frauen, die alles andere als passend für das Schmuddelwetter da draußen gekleidet sind.

Direkt neben dem Eingang ist ein graubärtiger Alter vor seiner Bierflasche und einigen bereits leeren Flachmännern im Halbschlaf oder Halbsuff versunken. Erstaunt schaut sie die wasserstoffblonde Matrone hinter der Theke an. »Verena! Du hier?« Sie ascht ihre an einer langen Spitze aufgesteckte Zigarette ab und kommt um den Tresen gestöckelt. »Gute Güte, mein kleines Mädchen, haben wir uns lange nicht mehr gesehen! Aber schön, dass du mal wieder gekommen bist. Lass dich ansehen: hübscher denn je. Und du willst auch nicht älter werden.« Zwei Luftküsschen landen auf ihrer Wange.

»Irma, mein Schatz. Du flunkerst immer noch wie damals. Darf ich dir vorstellen: Das ist meine Freundin Eva.«

Sofort landen auch bei Eva zwei gehauchte Schmatzer links und rechts neben ihren Wangen.

»Wir warten hier auf Amira, sie müsste in jedem Augenblick kommen. Könnten wir?« Verena nickt mit ihrem Kopf in Richtung Vorhang.

»Klar, Liebchen! Geht schon mal vor, ich schicke sie zu euch. Und ich bringe euch auch gleich was Heißes hinterher!« Kaum haben Verena und Eva gegenüber einer kleinen Küchenzeile auf der gemütlich gepolsterten Eckbank an einem blankgescheuerten Küchentisch Platz genommen, hören sie, wie die Kneipentür geöffnet wird und High Heels mit schnellen Trippelschritten durch den Raum klackern.

Verblüfft schaut Eva auf die junge Frau, die sich nun durch den Vorhang schiebt. Es ist die Schwarze mit dem weißen Plüschjäckchen.

»Kindchen, das ist eindeutig zu kalt.« Irma ist ihr mit drei Teetassen gefolgt, die sie nun auf den Tisch stellt. Sie drückt Amira auf den Stuhl und greift nach der Decke, die neben Eva auf der Bank liegt, um sie dem Mädchen über die vor Kälte hochgezogenen Schultern zu legen. Dann ist sie wieder nach vorn verschwunden.

Verena streicht ihr über den Arm. »Hi Süße, du weißt, wer wir sind?«

Die junge Frau nickt ihnen zu. »Ja, Valerija hat mir geschrieben. Dass ich kann sprecken mit euch. No problem, she wrote!«

Aufmunternd lächelt ihr Verena zu. »Genau, no problem! Und du musst keine Angst haben. Niemand wird von dir erfahren. Auch keine Polizei! So wie meine Freundin Charly es mit Valerija besprochen hat. Also, Wanda und du, ihr habt euch im Blick gehabt.«

Amira nickt und schlagartig wird ihr Blick traurig und leer. »Ja, wir haben immer gestanden zusammen, crossover the street. Wanda hat sich gekummert, yes? Immer aufgepasst, took care of me. Noticed, when I went inside a car. She never! Immer in Wohnung. No car, she said, too much danger, she said! But I have to, otherwise… «

Sie bricht ab und starrt schweigend auf die Tischplatte.

Wieder streicht Verena mitfühlend über ihren Arm. »Trink was. Das Heiße tut dir gut! Ich weiß, dass sie wollen, dass du das machst. Um Wanda haben sie sich nicht mehr gekümmert. War denen schon zu alt.« Draußen geht die Ladentür.

Amira schaut erschrocken auf. Verena schüttelt den Kopf und lächelt sie an. »Don't worry, inside here at Irma's, it's safe. Always safe! You know it!«

Nun nickt Amira und zieht ihr Handy aus dem kleinen Handtäschchen. »Ich bin gerade gekommen aus Auto. Wanda ist mit Mann mit. Big man! Tall, very strong! He was wearing military jacket and he was covering his head. But I saw some blonde hair when he was looking around. And he was wearing glasses. Big yellow glasses. Then they went around the corner. Here, take a look!« Amira entsperrt ihr Smartphone und hält Verena eine unscharfe Aufnahme entgegen. »But I saw no car coming back with her. So I took some pictures more!«

Verena schaut kurz über den Tisch zu Eva, die bei Amiras Beschreibung erschrocken zusammengezuckt ist und nun auch gebannt auf das Handy blickt. Dann nickt sie dem Mädchen aufmunternd zu.

»That's great, Darling. Don't worry, you did it right. May I, please?« Sie nimmt Amira das Handy aus der Hand, markiert die Fotos, klickt auf »Send« und tippt ihre Nummer ein. Ein leises Pling ertönt aus ihrer Handtasche.

»Now listen. You have to leave. Maybe it's getting more and more dangerous, if somebody's checking that you may recognize this guy!« Verena zieht einen kleinen Zettel aus ihrer Handtasche. »You have to leave to this city. Call this person when you arrive. It's a nice girl, she'll take care of you. You can trust her, I promise. And she'll arrange everything necessary. Go to your flat immidiately. Just take your personal stuff, your secret savings and go! They'll not find you. I promise!«

Wieder greift Verena in ihre Tasche und nimmt ein kleines Bündel mit gerollten Geldscheinen heraus. »It's sevenhundred Euros. To buy a ticket and to be safe for some weeks. Take next train and leave. And my friend Theresa will take care when you arrive there!«

Sie steht auf und umarmt Amira, die sich ebenfalls erhoben hat. »Now go!«

Dann blickt sie auf Eva, der ihr Erschrecken immer noch anzusehen ist, bislang aber kein Wort gesagt hat. »Schon scheiße, wenn man eine Illegale ist und andere das ganz perfide ausnutzen! Nein, eigentlich ausweiden! Ich könnte kotzen. Aber wenn sie sich geschickt anstellt, kann sie verschwinden. Und weiterleben! Vor allem besser weiterleben. Was machen wir? Direkt zur Polizei? Du schaust so, als ob…«

Eva ist neben Verena getreten und nimmt sie in den Arm. »Ich glaube, ich muss mich mal entschuldigen. Was ich vor einigen Wochen zu Laura über dich gesagt habe, das…«, sie stockt und ringt mit den Worten, »das war alles andere als fair. Oh Mann, das tut mir wirklich leid!«

Verena streichelt ihr über die Wange. »Ich habe es ja nicht mitgekriegt und Laura hat es nicht gepetzt, von daher, hmm, Schwamm drüber. Also, Polizei! Jetzt oder gleich?«

Eva nickt ihr entschlossen zu. »Ich würde sagen jetzt gleich. Wir haben das Foto von Wandas Killer, das zwar nicht viel hergibt. Was aber viel schlimmer ist: Amiras Beschreibung hat verdammt viel gemeinsam mit der, die Laura damals von ihrem Stalker gemacht hat. Parka, Kapuze, getönte Sonnenbrille!«

»Fuck«, schießt es aus Verena raus. »Komm, Abmarsch! Und wir sollten von unterwegs gleich den lieben Herrn Oberkommissar anrufen. Jetzt ist aber wirklich Gefahr im Verzug!« In Windeseile verabschieden sie sich von Irma (»Der Tee geht natürlich aufs Haus, Schätzelchen! Und komm mich mal wieder besuchen!«) und hasten im Laufschritt zum Auto zurück.

»Sie heißt nicht wirklich Irma?«, keucht Eva, als sie wieder um die Ecke biegen.

Verena lacht erneut bitter auf. »Nein, sie heißt eigentlich Irena, aber als sie vor Jahrzehnten ausgestiegen ist und die alte Kaschemme übernommen hat, war sie für die hoffnungslosen Romantiker in dieser Szene dann schnell die Irma la Douce des Viertels. Obwohl sie kein reicher Millionär rausgeheiratet hat. Und auch kein liebreizender Jack Lemmon vorher ihr Kunde war. Aber eigentlich ist das auch gut so. Damit die Mädels hier noch so eine wie sie haben.« Sie sehen bereits den Land Rover, vor dem inzwischen sehr aufdringlich und dicht ein tiefergelegter AMG-Mercedes in mattem Grau halb auf dem Bordstein eingeparkt hat.

»Ach ne, die Vickerena ist auch mal zurück im Revier. Doch wieder Sehnsucht bekommen?«

Ein schwammiger Typ hat sich vom Fahrersitz nach draußen geschält und geht mit feistem Grinsen langsam auf Verena zu. Von der Beifahrerseite aus nähert sich ein Riesenmuskelpaket Eva.

»Steig einfach ein!«, zischt Verena und öffnet bereits die Fahrertür.

»Nicht so schnell, meine Perle. Was haben wir denn da für einen schicken Fuchs! Willst ausgerechnet du uns etwa was Frisches bringen?« Die Qualle hat sich inzwischen Eva in den Weg gestellt und mustert sie abschätzig. »So ne ganz junge Fotze biste aber auch nicht mehr. Aber glaub einem Profi. Auch für so was wie dich haben wir unsere Abnehmer.« Er lässt ein dreckiges Lachen erklingen und leckt sich anzüglich über die Lippen, während er sie langsam umrundet.

Verena nimmt die stocksteif erstarrte Eva am Arm und verfrachtet sie rigoros ins Auto.

»Oder will uns die liebe Vickerena ins Geschäft pfuschen?« Jetzt stiert die Qualle ihr unverhohlen ins Gesicht. »Pass bloß auf, du blöde, kleine Scheißnutte, wenn du es wagen solltest…«

Ohne ein Wort zu sagen, aber auch ohne mit der Wimper zu zucken, hält Verena seinem Blick stand. Eine Minute lang passiert nichts, bis die Qualle nervös zu kichern beginnt und den Kopf zur Seite dreht. »Leo, ich glaube, die Vickerena will sich plötzlich nichts mehr von uns sagen lassen. Was machen wir denn da?«

Eva beobachtet aus dem Auto in atemloser Spannung, wie Verena nicht aufhört, ihm inzwischen sehr höhnisch in die Augen zu starren, bevor er zum zweiten Mal den Blick abwenden muss. Erst dann dreht sie sich wortlos auf dem Absatz um und steigt auf der Fahrerseite ein. Durch die verregnete Windschutzscheibe sehen sie, wie sich die feiste Qualle mit ihrem tumben Bodyguard links und rechts vor der Motorhaube des Geländewagens postiert haben.

Unaufgeregt startet Verena nun den Motor, setzt ein Stück zurück und lässt den Wagen langsam an den beiden Kerlen vorbeirollen, nicht ohne der Qualle noch einen letzten und wieder sehr höhnischen Blick zuzuwerfen. Erst dann gibt sie Gas. Vollgas. Es gibt einen kleinen Ruck, als die Automatik den großen V-Acht auf der Alt-Budapester-Straße kraftvoll nach vorn schießen lässt.

Eva beobachtet im Rückspiegel, wie die beiden Typen wieder ins Auto steigen.

»Weißt du«, hört sie Verena sagen, »für mich ist Sex immer noch die schönste Sache der Welt. Trotz allem! Aber wenn Geld ins Spiel kommt, dann wird es das dreckigste Geschäft des Universums. Weil der Mensch die Ware ist!«

Eva blickt sie lange an. »Und du bist auch ein Teil davon!«

Ein letztes Mal lacht Verena bitte auf. »Leider!« Für einen Moment ist nur das in der Ferne säuselnde Triebwerk des schweren Geländewagens zu hören, bevor sie leise nachsetzt: »Noch!«

Der AMG ist in den Rückspiegeln verschwunden, als der Land Rover kurz darauf wieder auf die Schnellstraße einbiegt.

»Und was meinst du mit trotz allem?«

Verena wendet ihren Kopf nur kurz in Evas Richtung. »Vergiss es. Nicht jetzt. Vielleicht auch nie. Hast du die Nummer unseres Kommissars griffbereit?«

EINUNDDREISSIG

Ich schlage die Augen auf. Ein sanftes Licht erhellt den Raum. Mein Blick fällt auf den Ohrensessel in der Ecke. Leer! Ich bin wieder allein.

Aber es ist hell!

Und so schön hell!

Das Licht ist wie ein kleiner Glückspiks in meinem Herzen. Langsam lasse ich meine Augen durch den Raum wandern und bleibe mit ihnen an dem Eimer in der anderen Ecke hängen. Und sofort spüre ich den Druck in meiner Blase. Habe ich eigentlich einmal gepinkelt, seitdem ich hier bin? Nein! Ich versuche zu rechnen. Wie lange hält es ein Mensch aus, ohne zu pinkeln?

Bestimmt nicht lange! Also bin ich doch noch gar nicht lange gefangen. Aber gut, es hilft alles nichts. Denn jetzt muss ich mal. Und zwar ganz schön dringend! Widerstrebend starre ich zum Eimer und zu dem Stapel mit den Papierhandtüchern.

Vielleicht kann ich doch noch aufhalten!

Und außerdem, wie soll ich denn mit meinen Fesseln? Instinktiv greifen meine Hände ineinander. Was ist denn das? Erst jetzt merke ich, dass die Fesseln ja gar nicht mehr da sind. Ich bin frei! Er hat mich befreit. Selbst die Fußkette, die mich ans Bett gefesselt hat, ist weg. Und wieder sticht mir ein Glückspiks mitten ins Herz. Wenn da nicht…

Langsam setze ich mich auf.

Uhhh, wie kalt sich der Betonboden unter meinen nackten Füßen anfühlt. Ich richte mich auf, um ein paar Schritte zu gehen.

Doch nun ist es zu spät. Ich kann wirklich nicht mehr aufhalten!

Mit schnellen Schritten tripple ich zum Eimer und nehme den Deckel ab. Gott sei Dank! Er ist neu, ist sauber und leer. Trotzdem widerstrebt es mir. Auch wenn ich ja allein bin!

Aber bin ich auch wirklich allein?

Wieder wandert mein Blick durch den Raum. Los jetzt, Laura, stell dich nicht so an. Erst als ich mich in der Hocke erleichtert gehen lasse, sehe ich die große runde Linse in der Mitte der Decke.

Mist, ich bin ja doch nicht allein!

Aber ich musste doch so dringend. Verzweifelt starre ich der Linse ins Auge, bevor ich mich beschämt trockentupfe und den Deckel schließe. Wie schmutzig ich mich jetzt fühle! Und wie gerne ich mich jetzt waschen würde, ein wenig frisch machen, wieder gut duften. Als ich zum Bett zurückgehe, spüre ich den Luftzug hinter mir und drehe mich um, schlage dabei instinktiv meine Hände vor meine Brust und meine Scheide.

Da steht er ja! Zum ersten Mal sehe ich ihn. Wenn auch nicht wirklich! Von Kopf bis Fuß in Schwarz gehüllt. Selbst die Hände! So dass ich gar nichts von ihm erkennen kann. Aber ist das nicht gut so? Dass ich ihn nicht erkennen kann?

Dann wird er mich doch bestimmt wieder freilassen wollen! Warum sonst sollte er sich so vor mir verstecken?

Seine schwarz verhüllte Hand hält mir eine Flasche Wasser entgegen. Ich weiß ganz genau, ich sollte es nicht trinken. Weil es mich bestimmt wieder müde machen wird. Aber ich habe doch so einen Durst! Meine Kehle fühlt sich richtig ausgedörrt an. Begehrlich leckt meine Zunge über meine spröden Lippen. Ja, das wird mir guttun!

Dankbar nehme ich ihm die Flasche aus der Hand und trinke sie in gierigen Schlucken fast ganz leer. Das tat gut! Mit einem kleinen Lächeln drücke ich ihm das Behältnis wieder in die Hand. Schweigend bedeutet er mir, auf dem Sessel Platz zu nehmen.

Laura, sei bloß brav!

Vorsichtig setze ich mich ganz vorn auf die gepolsterte Kante, halte den Rücken aufrecht und die Schultern durchgedrückt. Gespannt schaue ich zu, wie er einen

stabilen Servierwagen in den Raum fährt. Wie im Krankenhaus, schießt es mir schlagartig in den Kopf.

Ob er wohl ein Arzt ist?

Eine große Schüssel, etwas Seife, ein Waschlappen und
sogar ein Fläschchen Eau d'Toilette sind auf der blitzenden Edelstahlfläche bereitgestellt. Für mich? Ich darf
mich wirklich wieder frischmachen? Mich waschen? Ja
sogar etwas Parfüm auflegen? Ich sehe, wie sein Kopf in
Richtung des Wagens deutet. Wie schön! Ob er mich
wohl allein lassen wird? Leise klappt die Tür zu, und ich
sehe, dass er in der Ecke stehenbleibt.

Nein, wohl doch nicht!

Zögernd stehe ich vor der Schüssel und falte den trockenen Waschlappen unschlüssig in meinen Händen.
Auch wenn ich seine Augen nicht sehe, spüre ich, wie
mich sein Blick durchdringt. Trotz meiner Nacktheit, so
als will er nun auch mein Innerstes erobern. Und wie er
mir förmlich befiehlt, was zu tun ist.

Was ich zu tun habe.

Wie er mich weiter erniedrigen will, obwohl er mich
doch schon komplett entkleidet hat!

Es ist das alte Machtspiel, das sich in diesem kleinen
Raum gerade stumm vollzieht.

Aber will ich das wirklich?

Will ich ihn gewinnen lassen?

Will ich mich einfach so seinem Willen fügen?

Ich tauche die Seife ins wunderbar warme Wasser und
beginne mich zu waschen. Erst im Gesicht, doch dann
lasse ich sie über meinen ganzen Körper fahren. Unter

meinen Achseln, über meine Brüste. Und auch meine Scheide lasse ich nicht aus. Provokant schaue ich ihm dabei in die Augen, die ich nicht sehen kann und spüre zugleich, wie der Trotz die Tränen in meine treibt.

Unter seiner hautengen Trikotage zeichnet sich immer deutlicher sein anschwellendes Gemächte ab. So einer bist du also! Ein kleiner Spanner, ein Wichser, einer, der es nur so kann! Du willst leiden? Ich lasse dich leiden! Schau jetzt nur gut zu, du kleiner Wurm, du Nichts! Breitbeinig habe ich inzwischen vor dem Waschtisch Position bezogen und wringe mit betonter Langsamkeit den nassen Lappen aus. Wieder und wieder lasse ich ihn über meinen Körper fahren. Und noch einmal werfe ich meinen Kopf nach hinten und gleite mit dem klatschnassen Frottéetuch über mein Gesicht, dann den Hals herunter, bis ich meinen Busen erreicht habe.

Kraftvoll presse ich die restliche Flüssigkeit wieder aus. Das schaumige Wasser rinnt zwischen meinen Brüsten hindurch und über meinen Bauch weiter nach unten, bis es von meiner Vulva im freien Fall mit leisem Plätschern auf dem Boden aufschlägt. Direkt unter mir hat sich inzwischen eine große Pfütze gebildet.

Jede meiner Bewegung lässt ihn zucken. Und zucken heißt leiden. Höhnisch betrachte ich die Beule unter seinem Ganzkörperbody aus dem dünnen Lycra.

Ist das schon alles?

Mehr hast du nicht zu bieten, du Wurm?

Ich merke ganz genau, wie ihn das wütend macht, seine Aggression schürt, ihn wie einen Stier zum Rasen

211

bringt. Und dass er gleich wie ein räudiger Wolf zu heulen beginnt. Mit überlegenem Grinsen strecke ich meine Arme weit nach oben durch, um dieses schrecklich fruchtige Eau d'Toilette aufzulegen.

Wieder und wieder drücke ich auf den Zerstäuber, bis der ganze Raum im ekelhaften Veilchenduft versinkt. Mich, sage ich in Gedanken, mich wirst du niemals kriegen. Du weißt jetzt schon, dass es so ist. Dass du verloren hast. Bis sich erneut mein Kopf zu drehen beginnt, und mein Blick wieder verschwimmt.

Scheiße, denke ich im letzten Moment, bevor ich nun doch kraftlos zusammensacke: Hätte ich doch vorhin nur nicht so einen Durst gehabt.

ZWEIUNDDREISSIG

Sie spürt den Luftzug am offenen Fenster, als er zurück ins Büro kommt. »Der Rauch zieht hier rein«, brummt er indigniert von seinem Schreibtisch aus. »Mein lieber Jensenmann, der Qualm ist doch nichts gegen das, was gerade lichterloh zu brennen beginnt!« Ohne sich ihrem Kollegen zuzuwenden, verfolgt Hauptkommissarin Katja Kramer aus dem dritten Stock, wie die zwei Frauen über den hell ausgeleuchteten Besucherparkplatz des

Polizeipräsidiums gerade auf den schwarzen Land Rover zugehen. Als dieser schließlich mit einem auch von hier oben deutlich vernehmbaren Aufheulen des großen Motors auf die Eichendorff-Allee einbiegt, schnippt sie ihre fast bis zum Filter heruntergebrannte Kippe aus dem Fenster. Wohl wissend, dass das den guten Geist des Reviers, Hausmeister Ludwig Gehrcke, bei seinem morgendlichen Kontrollgang wieder auf die Palme bringen wird.

»Gehrcke«, pflegt sie dann immer zu sagen, »in drei Jahren gehen erst Sie, dann ich. So lange müssen wir es noch miteinander aushalten. Ich schnippe weiter, Sie fluchen weiter. Danach ist hier eh alles anders!« Mit einem vernehmlichen Klappen schließt sie das Fenster.

Baranowski schaut sie über den Rand seines Monitors an. »Dass Sie nicht noch einmal darauf gedrängt haben, die Daten der Zeugin… Immerhin wird sie als vermutlich einzige Person den Mörder gesehen haben!«

Katja bleibt vor der großen Pinnwand stehen und betrachtet die Sammlung an Bildern und Notizen, die innerhalb kürzester Zeit tatsächlich sehr umfangreich geworden ist. Auf einer separaten Stellwand hatte Baranowski nochmals die wesentlichen Unterlagen aus dem Archivmaterial der zwei alten, bislang ungelösten Prostituiertenmorde angepinnt und zudem noch die Querverweise zum aktuellen Fall auf die andere Schautafel übertragen.

»Geschenkt. Wenn wir sie brauchen, werden wir sie auch ran bekommen. Aber solange stelle ich das zur

Seite. Sie ist eine Illegale und dass mir jetzt die grobmo-
torische Gurkentruppe der Ausländerbehörde rein-
pfuscht, darauf kann ich gut und gerne verzichten. Was
hilft es mir, wenn das Mädel irgendwann im Flieger sitzt
und unser schönes Land ein letztes Mal von oben sieht.
Nein, nein. Wir haben über die beiden Grazien eine
glaubhafte Aussage bekommen und dazu auch die Fotos.
Wie ist es denn um die Qualität bestellt?«

Mit einem gequälten Lächeln hebt Baranowski seinen
Blick wieder vom Monitor in Richtung seiner Chefin, die
ihm weiterhin den Rücken zuwendet. »Das ist es ja. Die
ist und bleibt mäßig. Das Smartphone der unbekannten
Zeugin hat nicht die allerbeste Kamera. Und dazu die
Entfernung: quer über die Straße, bei Dunkelheit.
Schwierig, da noch mehr rauszuholen. Immerhin war die
Wertheimer so pfiffig, dass sie sich die Aufnahmen von
Wandas Kollegin in voller Auflösung geschickt hat. Aber
weitere Details, die noch über die Personenbeschreibung
hinausgehen, kann man definitiv nicht rauslesen. Wenn
wir das jetzt nicht mündlich hätten: Puh, da können wir
wirklich froh sein! Auf dem Foto jedenfalls ist das alles
sehr, sehr verschwommen zu sehen.«

Erst jetzt dreht sich Katja wieder in Richtung des ihr
untergeordneten Kollegen. »Eben! Ich bin eigentlich gott-
froh, dass die beiden Ladies diese Zeugin, oder besser gesagt, ihre Aussage beschafft haben. Auch wenn sie jetzt
dafür gesorgt haben, dass sie untertauchen konnte. Aber
mit dem Milieu ist nicht zu spaßen, seitdem sich da diese
Mafiaclans aus Albanien, Rumänien und der Ukraine die

Hand geben. Oder besser gesagt – sich gegenseitig abhacken wollen. Und die Russen auch schon wieder langsam zurückkommen. Vor allem aber, weil wir jetzt relativ sicher sein können, dass der Mörder nicht in Schläferposition abgetaucht ist, sondern mit allergrößter Wahrscheinlichkeit diese Laura Hermes in seiner Gewalt hat. Das ist jetzt zwar sehr schlecht für sie, aber sehr gut für uns. Weil wir davon ausgehen können, dass er aktiv sein muss. Was für uns bedeutet, dass wir ihn zwingen können…«

»Einen Fehler zu machen«, vollendet Baranowski mit leicht matter Stimme den Satz seiner Vorgesetzten.

Es waren seit Auffinden der Leiche am Stauwehr noch keine zwei vollen Tage vergangen und just in dem Moment, als der Oberkommissar seinen Rechner runterfahren wollte, kam der Anruf des Frauen-Duos. Das er diesmal natürlich nicht abwimmeln wollte.

Und kaum hatte er die Info verdaut, war auch schon die Nummer von Katja gewählt, die keine halbe Stunde nach den beiden schwer angefassten Damen wieder in den Räumen der Mordkommission eintraf. Wie immer von einer Nikotinwolke verfolgt, deren glutroter Rest noch vor der Eingangstür des Polizeipräsidiums in der Novemberkälte verglomm.

»Und ihr Mann, tut der wirklich so unbeteiligt? Oder will der uns was vormachen? Was ist dein Eindruck, Langer?« Während der Aufnahme der Zeugenaussage hatte sich Baranowski kurz ins Büro verzogen, um nun auch einen gewissen Thomas Hermes telefonisch zum Verbleib seiner Ehefrau zu befragen. »Hmm, dieses erstaunliche Desinteresse macht mich immer noch stutzig. Das letzte Mal habe er sie am Freitag gesehen, man habe gesprochen, alles einvernehmlich, aber mehr könne er auch nicht sagen. Doch im Großen und Ganzen klingt das von seiner Seite aus schon sehr geringschätzig. Zumal die doch seit zwanzig Jahren verheiratet sind. Und es ja aktuell immer noch sind!«

»Das heißt mal gar nichts, mein lieber Jensenmann. Wir hatten doch auch immer wieder Fälle auf dem Tisch, wo der liebe, jahrzehntelang vertraute Partner – und so manches Mal auch die Partnerin – schließlich bei uns das Geständnis unterschreiben musste.«

Baranowski verzieht die Mundwinkel. »Also den Mann, in seiner Position, und auch Reputation, würde ich nicht mit unseren drei Mordfällen in Verbindung bringen. Wobei wir zugegebenermaßen auch schon solche Wendungen hatten. Aber hier«, er zögert kurz, »würde ich mal eine Beteiligung in Abrede stellen. Wobei er allerdings schon ein Interesse haben könnte, dass seine Frau schwuppdiwupp aus seinem Leben verschwindet. Offensichtlich war er vorhin auch nicht zu Hause. Und mein Gefühl sagt mir, dass er nicht allein war, als ich ihn erreicht hatte!«

Katja ist inzwischen hinter ihn getreten. »So oder so. Der läuft uns nicht weg. Und einbestellen würden wir uns den dann auch noch. Aber nicht jetzt und heute. Zeig mir lieber noch mal die Bilder von den Autos, die nach dem Verschwinden unserer Wanda durch die Straße gefahren sind.«

Langsam klickt Baranowski erneut durch die neun, sehr unscharfen und zum Teil verwischten Aufnahmen. »Keine Chance, einen Fahrer zu erkennen. Oder ob jemand auf dem Beifahrersitz gesessen hat. Selbst wenn ich ganz nah in den Ausschnitt reingehe. Leider!«

Katja nickt zustimmend. »Wir geben sie trotzdem zur KT. Mal gucken, was die noch aus der Qualität rausholen können. Aber mach bitte noch mal Dalli-Klick. So lange, bis ich Stopp sage.«

Seufzend öffnet Baranowski wieder den Ordner mit den Bildern. Aber erst nach dem vierten Durchlauf ertönt ein Stopp aus dem Mund von K3.

»Schau mal auf das Bild. Was fällt dir auf?«

Verzweifelt wandert Baranowskis Blick über das Foto, welches er wie auch die anderen bereits mehrfach ausgiebig gemustert hat. »Chefin, ich…«

Mütterlich legt sie nun ihre Hand auf die Schulter des Assistenten. »Ich schiebe es mal auf die späte Stunde und ja, du bekommst auch gleich deinen Feierabend. Sonst klappst du mir noch zusammen und ich brauche in den nächsten Tagen meinen hellwachen Jens.«

Ihr Finger deutet nun in die Mitte des Monitors. »Der Transporter. Der passt nicht in die Serie rein! Wir haben überall nur normale Pkw, die auf allen Bildern zu sehen sind. Nur der Kastenwagen, der sticht hier raus. Siehst du das Logo auf der Seite? Ganz ehrlich: Paketboten sind zu der Zeit eigentlich nicht mehr unterwegs, oder? Es sei denn, es ist Weihnachten. Aber bis dahin sind es noch ein paar Wochen hin!«

Baranowski schaut skeptisch und weiterhin wenig überzeugt über die Schulter in das konzentrierte Gesicht der Hauptkommissarin. »Das ist jetzt aber wirklich reine Spekulation, Chefin!«

Lächelnd wiegt sie ihren Kopf hin und her. »Kannste nennen, wie du willst: Spekulation, Intuition, Instinkt. Vielleicht auch mal wieder die pure Einbildung der schrulligen K3. Aber du weißt, wie uns das berühmte Bauchgefühl so manches Mal einen entscheidenden Schritt weitergebracht hat. Vor allem, wenn man meint, nichts zu haben. Das Logo auf der Seitenwand ist nur noch rudimentär vorhanden, aber es kann ein Anhaltspunkt sein. Gib die Bilder in die KT, damit die noch was rauskitzeln. Und dann sollen die Kollegen vom Nachtdienst sich noch die Aufnahmen der Verkehrsüberwachung rausziehen. Wir haben immerhin eine exakte Uhrzeit auf den Bildern angegeben. Der Transporter interessiert mich. Je mehr Details, desto besser. Mach eine Notiz für Sarah, dass die sich in der Früh gleich dahinterklemmt. Die soll gleich mit dem Foto zu dem Paketdienst in die Niederlassung und checken, was die über das Fahrzeug sagen können. Und dann machste Feierabend. Morgen geht's weiter. Wir brauchen die Zeugenaussagen von dieser schrillen Adriana und dem Barbesitzer. Ich mache Joachim die Hölle heiß, dass er uns noch mindestens drei Leute abstellt. Eher vier. Drei Mal darfste raten, was ich jetzt mache.«

»Eine rauchen gehen«, brummt der gertenschlanke Oberkommissar von seinem Schreibtisch aus und schiebt ihr demonstrativ ein ausgiebiges Gähnen hinterher, das Katja aber, während sie bereits durch die offene Tür in den zu dieser Stunde menschenleeren Gang der Mordkommission getreten ist, gar nicht mehr sehen kann.

DREIUNDDREISSIG

Wütend reißt er sich mit einer einzigen Handbewegung den Anzug vom Körper, so dass er auf einen Schlag vollkommen nackt im Kellergang steht. Das dünne, elastische Gewebe leistet seiner schieren Gewalt keinen Widerstand.

Wie konnte er sich von ihr nur so bloßstellen lassen? Wie einen kleinen, schüchternen Schuljungen hat sie ihn regelrecht vorgeführt. Obwohl sie beide allein in dem Raum waren und es keiner gesehen hat: Sie hat ihn vorgeführt! Sie hat ihn einfach bloßgestellt!

Sein schmerzerfüllter Schrei verhallt gellend im Untergeschoß seines riesigen Hauses.

Und noch einmal brüllt er alles aus sich raus, bis er nach zwei, drei großen Schritten bereits mitten in seinem Fitnessraum steht und auf den mittig aufgehängten Boxsack eindrischt. Wieder heult er auf, wie ein Wolf, der verzweifelt um seine Beute kämpft, der seine ganze Wut herauspeitscht, bevor er zu einer zweiten Boxrunde ansetzt, die an Heftigkeit nicht zu überbieten ist.

Endlich spürt er nach einer kleinen Ewigkeit doch, wie seine Kräfte nachlassen, ihm immer mehr die Luft entweicht, die blanke Wut verraucht, als er nur noch mit dem linken Arm das schwere Leder umklammern kann, um aber trotzdem noch mit der rechten Faust auszuholen und so lange nachzusetzen, bis er ein dünnes Rinnsal spürt, das aus seinen inzwischen blutig aufgeschürften Knöcheln sickert. Müde wendet er sich ab und sieht im Spiegel auf die schrumpeligen Reste seiner ganzen Pracht und Herrlichkeit, mit der er sie doch gerade noch beeindrucken konnte.

Nein, es wollte, aber es dann doch nicht konnte!

Warum? Warum hat sie ihm das angetan? Vor allem so höhnisch? Er hatte doch bereits gespürt, wie sehr sie ihn in seine Arme schließen wollte. Und genau deshalb hatte er ihr all das gegeben, wonach sie sich so sehr verzehrt hatte. All das, womit sie sich wieder schön zurechtmachen konnte. Das war doch ihr innigster Wunsch, er hat es aus ihren Augen ablesen können, als sie, seine Nähe suchend, durch den Raum gewandert ist.

Immer und immer wieder ihm durch die Kamera sehnsüchtig in die Augen geblickt hat. Doch nur für ihn! Für wen denn sonst? Sie weiß es doch genau wie er, dass sie sich nur noch für ihn allein herrichten muss! Winselnd sackt er in die Knie und reckt seine Arme hilfesuchend nach oben, bis er sich auf dem kalten Parkett wie ein kleiner Säugling zusammenrollt.

»Ach, mein Junge«, hört er ihre Stimme von oben und riecht, wie ihr wunderbarer Blumenduft den mit seinem Schweiß geschwängerten Raum durchdringt. Schon fühlt er ihre Hände, wie sie seine Haare sanft durchkämmen, dann ihre Finger, wie sie beginnen, seine Wangen so lange zu streicheln, bis er das leichte Zucken in seinen Mundwinkeln spürt.

Sofort breitet sich wieder dieses heimelige Glücksgefühl aus, dass ihn seit seinen Kindertagen begleitet und niemals ganz verlassen hat.

»Nun verzweifle doch nicht so! Du weißt doch, dass du schließlich immer alles richtig machen wirst! Also gräm dich nicht und steh wieder auf! Du bist doch mein großer, starker, prächtiger Junge geworden!« Er dreht seinen Kopf und schaut in die ihn liebevoll anblickenden Augen.

Das Glück in ihm wird größer und größer.

»Nun komm, mein Junge, du weißt doch, wie gerne ich dir helfe. Und wie gut dir das immer getan hat. Habe ich dich jemals im Stich gelassen?« Ohne sich zu sträuben lässt er sich so weit hochziehen, bis er sie auf seinen Knien fest umklammern kann. Nun brennt das Glück in ihm bereits lichterloh.

Wie gut sie wieder riecht, wenn seine Nase in ihrem warmen und weichen Busen versinkt. Er spürt, wie ihre Hände nun über seinen Rücken streichen. Zunächst noch sanft, doch dann immer fester, bis ihre Fingernägel fast schon leichte Striemen ziehen.

Wohlig grunzt er auf.

Sein kleines schrumpeliges Etwas wächst und wächst immer stärker empor, das spürt auch sie, die mit Händen inzwischen nach seinen Pobacken greift, um sie mit einem leisen Stöhnen aus ihrem leicht geöffneten Mund immer beharrlicher durchzukneten.

»Hmmm, magst du das, mein Junge?«

Dann fühlt er, wie es plötzlich warm und feucht auf seinem Bauch wird und die zähe, klebrige Masse langsam an ihrem Oberschenkel herunterrinnt. Sofort zuckt sein erschrockener Blick durch die offene Tür in den Kellergang hinein.

»Ach mein Junge«, hört er sie amüsiert kichern, »ist dir wieder das kleine Missgeschick passiert. Aber keine Sorge, das von uns beiden wird doch niemals jemand erfahren! Guck, mit einem Wisch ist alles wieder weg. Und was schaust du denn so ängstlich zur Tür. Du weißt doch, dass wir heute und auch morgen ganz allein sind! Hast du denn beim Frühstück noch geträumt?«

Er schmeckt ihren Lippenstift, der sich auf seinem Mund zerreibt, bis auch er im Gesicht nun bestimmt genauso rot leuchtet wie sie selbst. Wieder fühlt er ihre Hand auf seinem Po, nun aber, wie sie ihm einen festen Klapser gibt.

»So, jetzt aber ab mit dir unter die Dusche, mein großer, mein starker Junge! Mach auch du dich hübsch für sie! Und dann gibst du ihr endlich das, was sie braucht, um glücklich zu sein! Du hast es doch immer genau beobachten können, wenn du mich durch den Türspalt..., du kleiner, frecher Schlingel, du!«

Mit einem festen Strahl lässt er minutenlang das Wasser heiß auf seinen Kopf prasseln, bevor er sich sorgfältig einseift und dann zusieht, wie der Seifenschaum zusammen mit ihrem Veilchenduft in der Abflussrinne versickert. Zugleich spürt er, wie seine Kraft, seine Stärke und seine Überlegenheit wieder zurückkommen. Das wird ihm nicht noch einmal passieren. Das wird sie nicht noch einmal mit ihm machen. Seine Fußsohlen hinterlassen feuchte Abdrücke, als er nackt aus dem Fitnessraum in den Kellergang tritt und im Vorbeigehen nach dem zerrissenen Lycra-Overall greift.

Jetzt weiß er, was er mit ihr machen muss.

Wie ihr Widerstand einfach in einem Nichts verpuffen wird. Wie er ihren Willen brechen wird. Endlich! Endgültig! Jetzt ist sie reif! Er wird sie nach Hause bringen.

Und nie wieder gehen lassen.

VIERUNDREISSIG

»Hier ist ja alles kaputt. Nicht nur die Straße. Die ganze Gegend!« Oberkommissar Jens Baranowski, der bislang stumm aus dem Seitenfenster gestarrt hat, wendet seinen Kopf rüber zu Sarah Dörfler, der er generös den Fahrerplatz des Dienst-BMW überlassen hat.

Er weiß, wie gerne die junge Kriminalassistentin selbst am Steuer sitzt. »Das ist auch eine Art Mitarbeitermotivation, mein lieber Jensenmann«, pflegt K3 immer zu sagen – was er als einer der Dienstälteren in der Abteilung für Gewaltverbrechen inzwischen ebenfalls sehr häufig zu beherzigen weiß. Wieder lässt er seinen Blick aus dem Seitenfenster wandern, bevor er zur Antwort ansetzt. »Noch nie hier gewesen, Frau Kollegin?«

Er sieht, wie sie mit dem Kopf schüttelt.

»Das hier war mal in den Siebzigerjahren der ganze Stolz der Stadt. Komplett neu erschlossen, sollte ein Vorzeige-Industriepark des ganzen Landes werden. Große Wirtschaft trifft auf große Kunst am Bau. Aber irgendwie, hmm, seit den Neunzigern ging es hier nur noch bergab, ne Menge Insolvenzen, und dann viele Betriebe, die einfach nur dichter an die Autobahn wollten. Obwohl vorn gleich die Schnellstraße und der Zubringer zum Nordwestkreuz ist. Und dazu halt ohne den architektonischen Firlefanz, den man an manchen Stellen noch deutlich sieht. Tja, seitdem ist es das Paradies für Freunde des morbiden Charmes. Die Kolleginnen und Kollegen vom Streifendienst haben hier häufiger zu tun. Vor allem Lost-Places-Touristen, die sich unerlaubt Zutritt zu mancher Brache verschaffen.«

Er schaut auf den Maschendrahtzaun zu seiner Rechten, der von einer auffällig neuen Stacheldrahtrolle gekrönt ist. Die riesigen Hallen sind hinter dem wild zugewucherten Grüngürtel von der Straße aus kaum auszumachen.

»Die hier drüben waren eine der Letzten. Die Bering-heim-Werke, großer Zulieferer für die Autobranche. In jedem Pkw und Lkw hat mal ein Teil von denen dringe-steckt. Bis dann, ja, das war damals ein Riesendrama…« Er stockt und schaut aufgeregt auf den großen Hof, der inzwischen auf der linken Seite in ihr Sichtfeld geraten ist. »Häh, was denn für ein Drama?«, hört er seine Kollegin interessiert fragen.

»Später«, stößt es hektisch aus ihm heraus. »Schauen wir doch erst mal, was wir hier haben!« Sarah setzt den Blinker und stoppt die silberne Limousine vor einem maroden Verwaltungsgebäude, an das sich eine lang gezogene und ziemlich heruntergekommene Lagerhalle mit vielen Verladerampen anschließt. Sie steigen aus und gehen auf die Treppe des Bürotrakts zu.

In den oberen Etagen hängen die Lamellen der Jalousien schief in den Führungen und klappern blechern im Herbstwind. Nur das Erdgeschoss scheint belegt zu sein. Ein letztes verbliebenes Schild mit ausgebleichter Schrift leuchtet den beiden Polizisten auf der metallenen, mit Rostflecken überzogenen Stehle neben dem breiten Treppenaufgang entgegen.

Die Assistentin grinst zu ihrem Vorgesetzten rüber. »Ich glaube nicht, dass wir beim Pförtner nach dem Weg zu Contex Logistics fragen müssen!«

Baranowski wirft nur ein abwesendes Brummeln zurück. Noch immer verharrt sein Blick auf dem Vorplatz des Verladehofes, wo drei ziemlich abgetakelte Transporter stehen.

Bei allen klebt der Firmenname von Contex Logistics auf der Fahrertür, doch auf dem Kastenaufbau ist immer noch das große, markante Logo des alten Paketdienstes zu sehen. Baranowski merkt, wie ihm das Jagdfieber wieder hektische rote Flecken ins Gesicht treibt, als er sein Handy herauszieht und die Aufnahme aus der Alt-Budapester-Straße zum Abgleich in Richtung des kleinen Fuhrparks hält. Interessiert schaut ihm Sarah Dörfler über die Schulter.

»Kann ich helfen?«

Hinter ihnen ertönt eine ölig schmatzende Stimme. Sie drehen sich um.

»Bestimmt«, antwortet der Oberkommissar und nimmt die Stufen mit wenigen Schritten. Schon hält er seinen Dienstausweis in der Hand. »Baranowski und meine Kollegin Dörfler!« Sarah ist unten stehen geblieben und hebt zum Gruß nur die Hand. »Sie sind bestimmt…«

»Ja, ich bin bestimmt Martin Pfeifflinger, Geschäftsführer, Inhaber, Sekretärin und Hausmeister von Contex Logistics«, brummt der massige Glatzkopf, der vor langer Zeit in seinen jungen Jahren bestimmt einmal als Ringer auf der Matte gestanden hat, mit lauerndem Ton in Richtung des Oberkommissars. Er hat sich inzwischen mit verschränkten Armen vor der Eingangstür zum Bürotrakt aufgebaut und macht keine Anstalten, sie anstandshalber auf einen Kaffee in das Gebäude zu bitten. »Wie kann ich helfen?« Es klingt nicht wirklich danach, dass er helfen will.

»Wir haben Ihren Namen und Ihre Adresse von denen da bekommen«, schießt nun Sarah Dörfler von unten scharf zurück und deutet mit ihrem erhobenen Daumen in Richtung des kleinen Fuhrparks. »Dort sagte man, dass Sie mal einen Teil der ausgemusterten Flotte übernommen haben. Aber das ist doch nicht alles, oder?« Der Blick des Glatzkopfs wandert zwischen Ermittlerin und Ermittler hin und her. »Schon mal auf die Uhr geguckt? Was glauben Sie, was meine Leute jetzt zu tun haben? Pakete ausliefern! Einsammeln! Ausliefern! Und zwar presto, presto. Gibt ja noch andere Jobs als die von Sesselfurzern.« Die Spitze in Richtung der beiden Beamten ist unüberhörbar.

Baranowski beschließt trotzdem, dass die nicht nur aus Krimis altbekannte Taktik »good Cop, bad Cop« eine Maßnahme wäre, um an eine Information zu kommen, die sie in ihrer Suche weiterbringt. »Klar, verstehen auch die Sesselfurzer, dass alles, was vom Sessel aus bestellt wird, von irgendjemanden vorbeigebracht werden muss. Und in Richtung Weihnachten wird wahrscheinlich noch ein drittes und viertes Presto dazukommen.«

Pfeifflinger schaut ihn argwöhnisch an.

»Wissen Sie, es ist auch keine große Sache und wir sind weder vom Wirtschaftsdezernat noch wollen wir die Einhaltung von Lenk- oder Arbeitszeiten kontrollieren. Letzteres ist ja auch gar nicht die Zuständigkeit der Polizei. Wir sind von der Mordkommission!« Der Oberkommissar wartet einen Moment, um das Wort bei seinem Gegenüber sacken zu lassen.

Mit Erfolg. Der Zucker verrät ihm, dass dem Glatzkopf damit nun etwas Wind aus den Segeln genommen wurde.

»Wir sind auch schnell wieder weg. Schauen Sie, im Zuge unserer Mordermittlungen«, wieder betont er das Wort Mord so, dass es bei seinem Gesprächspartner eine Wirkung erzielen muss, »haben wir ein Fahrzeug entdeckt, das einem von Ihren ähnlich sein könnte. Ich betone, könnte. Es wäre interessant zu wissen, ob es tatsächlich einer Ihrer Transporter ist, den man hier sieht.« Er hält Pfeifflinger die verwackelte Aufnahme auf seinem Smartphone unter die Nase und beobachtet ihn dabei ganz genau. Man sieht, wie dieser eine Zeitlang überlegt.

»Was Besseres haben Sie nicht? Also, ich meine, so von der Bildqualität?«

Baranowski schüttelt mit dem Kopf. Die KT hat noch ein wenig rausholen können, aber ein Wunder haben auch die Kollegen nicht vollbringen können.

»Immerhin ist klar zu erkennen, um was es geht. Ein Transporter dieser Baureihe, das alte Logo auf der Seite! Und wir wissen vom Paketdienst, dass Sie damals aus diesem Fundus zwölf ausgemusterte Fahrzeuge übernommen haben. Von denen jetzt neun in der Stadt unterwegs sind, wenn ich richtig gerechnet habe.«

Der Glatzkopf schüttelt den Kopf und schaut wieder eine Zeitlang auf die Aufnahme, die ihm der Oberkommissar beharrlich vors Gesicht hält. Es dauert eine ganze Weile, bevor er mit seiner Antwort ansetzt. »Ne, es sind acht. Ich habe einen mit Motorschaden sofort wieder abstoßen müssen. Der stand hier quasi unbenutzt auf dem Hof und ist dann den üblichen Weg gegangen. Rauf auf den Autoseelentransporter. Südostroute. Der rumpelt bestimmt durch Sibiu. Oder noch weiter östlich.«

Jetzt schaltet sich wieder Sarah ein, die inzwischen die Treppenstufen nach oben gekommen ist und ihn von der anderen Seite in die Klammer nimmt. »Und was ist mit den übrigen acht Verdächtigen? Ähnlichkeiten zu dem auf dem Foto?«

Bedächtig schüttelt Pfeiffinger erneut den Kopf. »Ne. Geht auch gar nicht! Bei dem ist das Logo noch zu gut zu sehen. Das wäre bei mir doch gar nicht zulässig. Die würden mir die Hölle heiß machen, wenn meine Kisten da draußen mit dem Branding rumrollen würden. Meine sehen aus, wie die da unten. Die Beklebung ist eigentlich komplett runtergezogen worden, aber klar, du siehst die Umrisse noch recht deutlich. Haben sich durch die Witterung und vor allem durch die Sonne im Lauf der Jahre halt deutlich eingebrannt. Kannste nicht vermeiden. Wenn, dann müsste ich die Karren schon neu lackieren. Aber da würde die Farbe mehr kosten als das Fahrzeug noch wert ist.«

Er lacht kurz auf. Seine Stimme klingt inzwischen deutlich versöhnlicher als noch vor ein paar Minuten. »Wenn Sie wollen, können Sie ja gegen Abend noch einmal wiederkommen, dann stehen alle an der Rampe. Wenn Sie es selbst noch einmal abgleichen wollen. Aber nicht vor sieben! Die Jungs haben gerade ordentlich zu tun. Jetzt dieser dämliche Black Friday, dann drehen sie alle zu Weihnachten hohl. Irgendwas ist halt immer!« Er lacht etwas scheppernd los.

Baranowski blickt kurz zu seiner Kollegin, die unschlüssig die Lippen bewegt. »Ne, passt vorerst«, sagt er dann und fingert seine Karte raus, um sie ihm in die Hand zu drücken.

»Aber Sie kennen es ja bestimmt aus dem Sonntags-Tatort: Meine Nummer. Wenn Ihnen noch was einfällt. Besten Dank zunächst für Ihre Auskunft!« Der Glatzkopf betrachtet die Karte. »Ja, ja, ist schon recht, Wiedersehen!« Als Baranowski gerade ins Auto steigen will, hört er die ölig schmatzende Stimme noch mal hinter sich rufen. »Und es geht um Mord, sagten Sie?«

Der Oberkommissar dreht sich um und sieht Pfeifflinger, der inzwischen vom Eingangspodest einige Stufen nach unten gegangen ist, abschätzig in die Augen. »Ja, Mord. Die Frauenleiche vom Wehr. Haben Sie doch bestimmt in der Zeitung oder im Internet gelesen. Ich verlasse mich auf Sie! Wenn Ihnen noch was einfällt, dann rufen Sie an. Ist für vermutlich alle Seiten das Beste!«

Erst als sie über die mit Schlaglöchern übersäte Straße zurück in Richtung Schnellstraße rollen, schießt es aus Sarah raus. »Der weiß was. Irgendwas wollte der uns nicht sagen!«

Anerkennend nickt Baranowski in Richtung Fahrersitz. »Sehr gut, Frau Kollegin. Das ist auch mein Eindruck. Und ich glaube, dass wir uns noch einmal wiedersehen werden. Nun aber zurück ins Präsidium. In einer knappen Stunde kommen die Zeugen, die wir noch einbestellt haben!« Sarah grinst zu ihm rüber. »Presto, presto, Boss«, und drückt aufs Gaspedal.

FÜNFUNDDREISSIG

Die Sonne scheint so herrlich durch das hinter fein bestickten Gardinen verborgene Fenster hinein, dass ich mich zunächst in dem großen, kuscheligen Bett, das so wunderbar frisch gewaschen duftet, behaglich ausstrecken muss.

Noch einmal sauge ich diesen angenehmen Duft nach Blumenwiese und Lenor tief in mich hinein. Meine Güte, ist das schön!

So schön, dass ich einen lauten und wohligen Seufzer ausstoßen muss. Und noch einmal: Ahhhh, herrlich!

Glücklich strecke ich die Arme weit über meinen Kopf und räkele mich noch ein wenig. So gut wie jetzt ging es mir seit Tagen nicht mehr. Und so lang wie heute habe ich ja auch seit Tagen nicht mehr geschlafen! Tief und fest und traumlos. Es könnten vierundzwanzig Stunden und mehr gewesen sein. Aber wo bin ich?

Erst jetzt dringt mir langsam ins Bewusstsein, dass ich mich gar nicht mehr in meinem kleinen Kerker befinde. Irritiert richte ich mich in dem Doppelbett auf und strample dabei die dicke Daunendecke von meinen Füßen. Verwundert schaue ich an mir herab.

Ich bin ja angezogen!

Jemand muss mir dieses altbackene Negligé in einem ziemlich durchsichtigem Pastellrosa und mit weißem Puschelbesatz angezogen haben. Und nicht nur das. Ich trage sogar einen dazu passenden, leicht transparenten Slip in gleicher Farbe! Aber was heißt hier jemand. Es kann doch nur einer gewesen sein, der mich so hergerichtet hat.

Schlagartig wird mir heiß und kalt zugleich. Sofort breitet sich das Unbehagen aus. Was ist mit mir passiert?

In meinem Kopf beginnt es im Stakkato-Takt zu rattern. Meine Erinnerung stoppt in dem fensterlosen Verlies. Vage taucht das Bild wieder auf, wie ich zusammensacke und dabei die Schüssel mit dem Waschwasser mitreiße. Ich muss komplett nass gewesen sein, aber das scheine ich gar nicht mehr gespürt zu haben.

Wie bin ich hierhergekommen?

Warum hat er mich so angezogen?

Fröstelnd zieht sich alles in mir zusammen. Plötzlich durchzuckt es mich, als wäre ein heißer Blitz in mich gefahren: Hat er etwa auch…? Erschrocken fährt meine Hand in den Slip und streicht über meine Scheide.

Puh, Gott sei Dank! Es fühlt sich so an, als ob alles clean wäre. Ein kleiner Stoßseufzer der Erleichterung kommt über meine Lippen. Die Erleichterung verschwindet sofort, als mein Blick auf die Wand gegenüber vom Bett fällt. Da hänge ja ich!

Als riesengroß gerahmtes Bild. Es ist aus dem ersten Shooting bei Eva, wo ich gerade das rote Cocktailkleid von den Schultern gleiten lassen. Ich sehe auf meinen nahezu nackten Hintern, meine Beine, meinen Rücken – und auf dieses knappe Straps-Set, das ich dazu noch trage. Und wieder wird mir heiß und kalt, noch dazu muss mein Kopf jetzt feuerrot glühen! Mein Fluchtinstinkt erwacht, als ich auf das Fenster sehe.

Hinter der weißen Gardine zeichnet sich ein blauer Himmel mit weißen Wolkentupfern ab, die Sonne muss förmlich von oben brennen, so hell scheint es in das Zimmer hinein. Wie an einem warmen Sommertag. Aber geht nicht bereits mitten auf Weihnachten zu? Wie kann das sein? Wo bin ich denn inzwischen nur gelandet?

Mit einem Satz springe ich aus dem Bett, fege die langen Stores unwirsch zur Seite und reiße das Fenster auf. Der Hilfeschrei erstirbt auf meinen Lippen.

Ich schaue auf eine nackte Betonwand, die zum Fenster hin von einem gleißend hellen LED-Kranz in Sonnengelb umgeben ist und den Anschein eines Wolkenhimmels auf die Fassade wirft. Fassungslos streichen meine Hände über die undurchdringbare Fläche, und suchen meine Augen verzweifelt nach einem Ausweg. Keine Chance. Die Illusion des Blicks in die Freiheit ist perfekt.

Trotzdem will ich noch nicht aufgeben und beginne, aus dem offenen Fenster zu brüllen: »Hilfe! Hört mich jemand? Hierher! Hilfe!« Meine Fäuste hämmern gegen das kalte Mauerwerk. Dann lausche ich angespannt in die Stille. Nichts.

Die Tür! Was ist hinter der Tür? Kann ich sie öffnen? Ich stoße mich vom Fensterbrett ab und haste durch den Raum an dem langen, komplett verspiegelten Kleiderschrank zu meiner Rechten vorbei, drücke die Klinke der nussbraunen Zimmertür nach unten und: Öffne sie! Ja, ich habe diese Tür öffnen können! Wieder rasen Glückshormone durch meinen Körper.

Schritt für Schritt wage ich mich in den ebenso wie das Schlafzimmer taghellen Raum hinein und sortiere die wenigen Einrichtungsgegenstände, die, wie auch das Schlafzimmer selbst, mal in den Achtzigern wohl State-of-the-art waren: Ein langer Esstisch mit drei Stühlen, ein schnörkelloser Vitrinenschrank. Und wieder Bilder.

Bilder von mir! Bilder, die Eva auf ihrem Insta-Kanal veröffentlicht hat. Meine tiefrot geschminkten Lippen, meine rot lackierten Zehen in High Heels. Meine Beine in schwarzen Nylons und mein Busen unter schwarzer Spitze. Mein befreites Lachen in Evas Studio und dort auch der sentimentale Blick nach der einzigen gemeinsamen Nacht mit ihr. Nur hier nun ohne sie! Ihr Kopf ist auf dem riesigen Posterdruck wie abgeschnitten.

Es zieht mir die Kehle zusammen und meine Gedanken beginnen zu rasen. Ich bin das lebende Ausstellungsstück in meinem eigenen Schrein geworden. Meine so herrlichen, befreienden Fotosessions in Evas Paradies sind nun Teil meines Gefängnisses geworden.

Die Tür!

Es ist die gleiche, schwarz und sehr stabil, wie das Exemplar in meinem fensterlosen Verlies. Ein Knauf und da, wo sich das Schloss befindet, ebenfalls eine kleine Sensorfläche. Meine Zuversicht ist längst geschwunden. Aber trotzdem. Mit aller Kraft ziehe und ziehe ich zunächst am Knauf, dann werfe ich mich mit Wucht gegen den schwarzlackierten Stahl. Nichts passiert. Die Tür bewegt sich nicht einen Millimeter. Nahezu fugenlos ist sie in dem ebenfalls stählernen Türrahmen eingelassen.

Mutlos lasse ich mich mit dem Rücken an das Türblatt gelehnt zu Boden sinken. Das Fenster?

Frustriert lache ich lautlos in mich hinein. Wahrscheinlich die gleiche Farce wie schon in dem Schlafzimmer nebenan.

Ich starre zur Decke, wo auch hier, genau wie im Nebenraum, unter einer kleinen Plexiglaskuppel ein kreisrundes Kameraauge eingelassen ist. Das gleiche Modell, das ich bereits in meinem Verlies gesehen habe. Und ich spüre ganz genau, wie gerade sein Blick auf mir ruht.

SECHSUNDDREISSIG

Er sieht es ihrem Blick an, dass sie ganz genau weiß, wie er sie keine Sekunde unbeobachtet lässt. Durch das hochfrequente Piepen ist er aus seinem Halbschlaf hochgeschreckt. Eigentlich hatte er genau berechnet, wann sie wieder wach werden würde. Aber trotzdem hatte ihn die Müdigkeit, die Anstrengung und Anspannung der letzten Tage schließlich übermannt, so dass er in seinem Schreibtischstuhl kurz zusammengesunken ist. Bis das Signal kam: Sie kommt wieder zu sich, sie bewegt sich.

Sofort war auch er hellwach.

Liebevoll betrachtet er den stummen Film, der sich gerade auf dem riesigen, gekurvten Monitor vor ihm abspielt. Wie sie in diesem herrlich neckischen Dress, der ihm seit Kindertagen so vertraut ist, panisch aus dem Bett aufspringt. Wie sie das Fenster aufreißt und plötzlich zu schreien beginnt.

Ein Schrei, den aber keiner hört. Nicht einmal er hier oben in seiner »Kommandozentrale«, nur zwei Stockwerke entfernt von ihr. Wie sie durch das Zimmer läuft und dann in dem anderen Raum mit fassungslosem Blick an den Bildern vorbeigeht.

An ihren Bildern!

Ja, hat er es ihr nicht schön gemacht? Milde lächelnd verfolgt er ihre letzten verzweifelten Versuche, die Ausgangstür zu öffnen. Wie sie dann resigniert zu Boden sinkt. Und ihn endlich anschaut! Minutenlang nicht den Blick von ihm abwenden mag!

Scheint sie ihn nicht bereits förmlich anzuflehen? Komm zu mir, sei endlich bei mir! Nein, das wird noch zu früh sein. Liebevoll lächelt er auf dem Monitor zurück: Komm erst einmal an, erkunde dein Reich, mach es dir schön. Mach dich schön! Und dann irgendwann machst du dich schön nur für mich!

Voller Erregung auf das, was schon bald alles passieren wird, fährt seine Hand in die Hose, wo sich schon das Blut gewaltig zu stauen beginnt. Mit einem wohligen Stöhnen packt er zu. Und auch sie scheint genau in diesem Augenblick zu spüren, was er sehen will! Warum sonst sollte sie mit dieser Anmut aufstehen? Mit diesem so aufreizendem Gang an ihren Bildern vorbei durch das Esszimmer wieder nach nebenan schreiten? Die Türen des Kleiderschranks öffnen und dann mitten im Raum stehend diese immense Auswahl an Pracht und Herrlichkeit betrachten? Ja, sie scheint genau zu wissen, was sie für ihn machen soll. Ist da nicht bereits ein glücklicher Schimmer in ihren Augen zu sehen, als sie ihren Blick durch die Kamera direkt auf ihn wirft?

Zufrieden nickt er zurück. Ja, genau, du siehst es richtig: Das alles hier ist jetzt alles deins.

Gefällt es dir?

Komm, such dir was aus! Nimm einfach das, wonach dir ist. Und wenn du dich schön machst für mich, mache ich es auch immer schöner für Dich! Wie wäre es, meine Angebetete, meine Göttin, nur du und ich, wir beide, schon bald, endlich gemeinsam, in dem Paradies, das nur uns beiden gehört! Wie wollen wir unsere Zeit beginnen? Vielleicht mit einem romantischen Dinner? Nur du und ich, bei Kerzenschein? So wie es damals bei mir…

Mit einem zufriedenen Grunzen schließt er für einen Moment die Augen, um seine Erregung immer weiter auszukosten. Immer schneller gleitet seine Hand in der Hose auf und ab, als plötzlich die Türklingel ertönt.

Erschrocken zuckt seine Hand heraus, und erstaunt schaut er auf das bekannte Gesicht, welches die Kamera an der Gartenpforte auf sein Handy gespielt hat. Unschlüssig betrachtet er es eine Weile.

Er sieht, wie sich der Zeigefinger des Besuchers der Kamera nähert. Erneut ist der Klingelton in der Eingangshalle zu hören.

Mit einem letzten, wehmütigen Blick schließt er auf dem Monitor das Fenster mit der Übertragung aus dem Kellergeschoss und eilt mit einer kleinen Wut im Bauch über die breite Treppe nach unten in die Eingangshalle. Es klingelt bereits ein drittes Mal. Also gut.

Sekunden später steht er am Gartentor und grinst den Besucher jovial an. »Martin, welch Ehre. Aber so spät noch?« Mit wachem Blick kontrolliert er dazu die Umgebung. Die Straße ist leer, und auch die surrenden Geräusche der vielen elektrischen Hubwagen und kleinen Gabelstapler aus der gegenüberliegenden Lagerhalle sind inzwischen verstummt.

Sein Gegenüber schaut ihn durchdringend an und erspart sich bis auf ein genuscheltes »Ja« jede weitere höfliche Begrüßung. »Kann ich mal reinkommen? Hätte da was zu besprechen! Nur du und ich.«

Wieder scannt er die Straße ab und zögert noch einen Moment. »Ja, klar doch, mein lieber Nachbar, aber ich könnte auch morgen rüber zu dir ins Büro kommen? Jetzt ist es ja schon spät geworden und ich müsste heute noch…« Der massige Kerl, der ihm gegenübersteht, schüttelt bedächtig mit dem Kopf und unterbricht unwirsch seine Ausflucht. »Jetzt wäre schon besser.« Nun schaut auch er die stille Straße hoch und runter. »Und es wäre etwas, das man wirklich nicht draußen am Gartentor besprechen sollte!«

Er spürt, wie sich seine Nerven schlagartig anspannen und die Nackenhaare aufstellen. »Okay, dann komm halt rein!« Bereit, jederzeit einen hinterrücks ausgeführten Angriff abzuwehren, geht er vor seinem Besucher die Treppe hinauf in die Eingangshalle. Mit einer lässigen Handbewegung lässt er die Haustür wieder ins Schloss fallen. »Setz dich doch. Kann ich dir einen Drink anbieten?«

Martin Pfeifflinger schüttelt stumm den Kopf und nimmt nur ganz vorn auf der Kante des Sofas Platz. In einer Körperhaltung, die ihm verrät, dass der ehemalige Kampfsportler jederzeit bereit ist, aufzuspringen und ihn niederzuringen. Selbst wenn seine Reflexe inzwischen bestimmt in die Jahre gekommen sind: Sein Besucher wird nicht zu unterschätzen sein.

»Komm schon, wenn du schon mal hier bist, dann spendiere ich auch einen. Und Feierabend haste doch auch! Deine Paket-Brigade ist doch bestimmt schon weg, stimmt's? Also, ich würde mir jetzt einen genehmigen!« Er spürt, wie er durch seine gespielte Unbedarftheit die nervöse Anspannung seines Besuchers etwas einfangen kann, als dieser schließlich auf seinen Vorschlag einwilligt. »Na gut, einen kleinen nehme ich auch.«

Grinsend wendet er sich ab. Ein Punkt für ihn. Und es wird nicht sein letzter sein! »Behalte dein Wort, ich bin gleich wieder da.« Er verschwindet im Wohnzimmer, um kurz darauf zwei fein geschliffene Tumbler auf dem niedrigen Couchtisch in der Empfangshalle zu platzieren. »Zwanzig Jahre alt und wenn du den trinkst, kannst du das Stück Torf, mit dem der gebrannt wurde, gleich mitkauen. Genau, wie du es doch magst!«

Sein Besucher schnuppert und nickt anerkennend, bevor er sich mit einem stummen Prost in seine Richtung einen kleinen Schluck genehmigt.

»Also, mein lieber Nachbar. Was ist so unaufschiebbar? Braucht der alte Marwitz neue Mieter? Oder muss ich ihm mal wieder unter die Arme greifen, weil es bei dir reinregnet und er keine Kohle mehr für die Dachsanierung aufbringen will?« Er lacht auf und nippt nun an seinem Whisky.

Pfeifflinger grinst schief zurück.

Er spürt, wie seine Taktik aufgeht und sich sein später Besucher mehr und mehr entspannen kann.

»Ne, mir kann keiner an den Karren fahren, da habe ich schon alles passend gemacht. Und der Marwitz, nein, das ist es auch nicht. Ist was komplett anderes.« Sein Gast verstummt und nimmt zunächst einen weiteren Schluck, diesmal einen deutlich größeren, bevor er weiter fortfährt. »Die Bullen waren heute bei mir!«

Er spürt, wie ihn Pfeifflinger nun mit einem durchdringenden Blick so fixiert, als wolle er dadurch die Dramatik seines Satzes nochmals potenzieren. Seine Nackenhaare können inzwischen nicht steiler stehen. Doch er will sich seine Erregung nicht anmerken lassen. »Ach,

Polizei, wirklich? Habe ich ja gar nichts mitgekriegt. Aber nicht, weil sie bei dir Ware vermuten, für die du keine Lieferscheine hast? So was macht ein Martin Pfeifflinger doch nicht, oder?«

Sofort spürt er, wie sich bei seinem Besucher wieder die Anspannung ausbreitet. Lächelnd erhebt er sofort sein Glas, um die Lage zu entschärfen. »Hey, alter Junge, war ein Spaß. Und deine Jungs sind bestimmt auch alle angemeldet!«

Wieder nickt Pfeifflinger bedächtig. »Ja, bei mir passt alles und von mir wollten sie auch nichts. Oder genauer gesagt: Wollte die Mordkommission nichts!« Er lässt den Satz im Raum verklingen und schweigt. Seine Nervosität ist jetzt durch die kleinen Schweißperlen, die sich unter seinem kurz geschorenen Haaransatz gebildet haben, nicht nur zu sehen, sondern dazu auch, selbst in dieser riesigen Halle, förmlich zu riechen.

Wie ekelhaft.

Verächtlich schaut er seinen späten Besucher an. Er weiß, dass er sich ab sofort nicht mehr um irgendeinen belanglosen Smalltalk bemühen muss. Stumm mustert er sein Gegenüber, bis dieser sich beflissen fühlt, nach einer Weile wieder selbst die Stille zu durchbrechen. »Sie haben mir deinen Wagen gezeigt. Auf einem Foto. Genau an der Stelle, wo diese Nutte verschwunden ist. Die sie dann als Tote aus dem Kiesbett am Wehr gezogen haben. Stand doch jetzt erst in der Zeitung.«

Noch immer lässt er sich zu keiner Antwort hinreißen. Denn er weiß, dass sein Schweigen die Unsicherheit bei seinem Besucher weiter schüren wird. Und das wird sein Untergang sein. Er schaut zu, wie Pfeifflinger zur Selbstberuhigung noch einen Schluck nimmt.

»Keine Sorge, ich habe denen nichts gesagt. Oder eigentlich doch. Dass ich einen aus der Flotte nach Rumänien verschoben habe. Sonst nichts.« Wieder herrscht Schweigen im Raum.

Er beobachtet, wie der Spediteur den Blick nervös durch die große Halle wandern lässt, bevor er erneut ansetzt. »Hör mal, ich bin durch. Die Firma ist durch. Da ist nichts mehr zu machen. Sind ja auch Scheißzeiten. Wem sag ich das. Ich glaube, dein Alter, wie auch immer er das gemacht hat, hat's genau richtig gemacht. Alles rausgezogen, zugemacht und seitdem isser weg. Ob er noch lebt? Ich will es ja gar nicht wissen. Aber ich sehe auch ganz genau, dass du seitdem vollsteckst. Verdammt vollsteckst mit der Marie! Anders kann ich mir das nicht erklären, was du alles machst. Schon die ganzen Jahre nicht. Ich meine, ich rackere mich hier ab, aber…«

»Wieviel?«

Eiskalt schneidet seine Stimme ihm das Wort ab. Das war genau der richtige Zeitpunkt, sein Schweigen zu beenden. Pfeifflinger schaut ihn perplex an. Er sieht, dass er ihn vollkommen überrumpelt hat.

»Was brauchst du? Eine Million? Oder gleich zwei?« Mit arroganter Überheblichkeit blickt er in das weit aufgerissene Augenpaar seines Nachbarn.

»Das gute ist: Ich habe sie sogar gleich hier. In Euro oder Dollar, ganz wie du willst. Du nimmst es und du verschwindest. Einfacher geht's doch nicht, oder?« Pfeifflinger leckt sich über die Lippen, kann anscheinend immer noch nicht fassen, dass seine ganze Aufregung und Nervosität, die Forderung vorzubringen, vollkommen unnötig war. Dass man die ganze Sache wie unter Kaufleuten einfach sehr sachlich und auch sehr geschäftlich regeln kann.

»Ja, also, ich, na klar, du wirst mich, das verspreche ich, und natürlich werde ich, das verspreche ich dir hoch und heilig, ja Mensch, mein lieber Herr Nachbar, dass wir uns so schnell einig sein werden…« Die Worte sprudeln in einer Mischung aus Erleichterung und glücklicher Siegesgewissheit nur so aus dem Speditionschef raus, bevor er von seinem Gegenüber wieder harsch unterbrochen wird.

»Lass gut sein, Martin, bemüh dich nicht. Lass mich noch einmal unsere Gläser auffüllen, damit wir den Deal besiegeln. Dann packe ich dir je eine Million in Euro und Dollar ein, und im Gegenzug werde ich dich nicht wiedersehen. Nein, nie wiedersehen! Haben wir uns klar und deutlich verstanden?« Mit einem herrischen Blick über die Schulter fixiert er Pfeiffinger, der ihm aber nur stumm hinterhernickt, als er mit den zwei leeren Tumblern im Wohnzimmer verschwindet.

Es dauert keine zwei Minuten, bis er wieder gegenüber Platz nimmt und seinem Nachbarn das gut gefüllte Glas über den Tisch reicht. »Auf dein neues Leben, Martin. Und auf unser Nimmerwiedersehen!« Aufgeregt, ja fast schon euphorisch stößt Pfeifflinger mit seinem Drink gegen das Kristall in der Hand seines Gastgebers und übersieht dabei vollkommen, dass dessen Augen inzwischen diabolisch blitzen. »Auf Nimmerwiedersehen! Abgemacht.« Gurgelnd verschwindet der ganze Inhalt mit einem Schluck im Rachen des ehemaligen Kampfsportlers. »Danke für den Drink. Und du hast Recht gehabt, den Torf da drin kannste ja förmlich durchkauen!« Mit anerkennend geschürzten Lippen schaut ihn Pfeifflinger erwartungsvoll an.

Seine Entgegnung, das weiß er inzwischen ganz genau, wird sein Gast aber nur noch wie ein fernes Rauschen hören können. »Ja, Martin, das kannst du wirklich« murmelt er mit einem zufriedenen Nicken, während er den Tumbler zunächst bewundernd gegen das durch das Oberlicht fallende Licht des Mondes hält, bevor er sich selbst einen tiefen Schluck genehmigt. Erst dann lehnt er sich entspannt zurück und schaut mit ausdrucksloser Miene seinem Besucher beim Sterben zu.

SIEBENUNDDREISSIG

Am Freitagmorgen strahlt eine herrliche Novembersonne über der Stadt, als sich eine gerädete Eva mühsam aus dem Bett schält und zunächst sinnierend durch die

Haare von Paul streichelt, der daraufhin im Halbschlaf leise zu grummeln beginnt.

In genau diese Sonne schaut eine übernächtigte Verena, als sie mit einer großen Tasse Café-au-lait an ihrem Panoramafenster im zweiundzwanzigsten Stock steht und trübsinnig die Hügelketten am Horizont betrachtet, auf deren Spitzen sich bereits die ersten Boten des Winters zeigen.

Die Sonne blitzt auch durch die Fenster des Gästezimmers von Heike, als sie gerade den Kopf hereinsteckt und leise die Namen von Mara und Moritz ruft, die sie nach einem aufgeregten Anruf von Thomas am Mittwochabend zu sich genommen hat.

Die Sonnenstrahlen wandern schließlich über den kleinen Berg frisch gebackener Piroggen, die Natalia bereits in den frühen Morgenstunden mit sorgenvoller Miene nach dem alten Rezept ihrer Großmutter gebacken hat, nachdem sie, von innerer Unruhe getrieben, nicht mehr einschlafen konnte.

Als die Sonne an diesem Freitag im Tagesverlauf immer höher steigt, eskalieren die Ereignisse.

»Jens, hier drüben!« Sofort huscht ein Lächeln über das Gesicht des Oberkommissars, als er ihre Stimme hört und gleich darauf die winkende Hand in der gut gefüllten Kantine des Polizeipräsidiums entdeckt. Mit einer eleganten Drehung schiebt er sein Tablett mit dem Backfisch und Kartoffelsalat auf den Tisch und lässt sich gegenüber von Polizeihauptmeisterin Anna-Lena auf den Stuhl sinken.

»Dankeschön fürs Freihalten«, grinst er sie freundlich an, »ich glaube, sonst hätte ich im Stehen essen müssen!«

Sie lacht schelmisch zurück. »Ja, und dabei wäre dir dein kleiner Backfisch garantiert durch die Lappen gegangen. Das wollen wir mal nicht riskieren.« Jens schaut in das zwinkernde Augenpaar seiner adretten Kollegin und ärgert sich ein wenig, dass der aktuelle Fall ihn nun blöderweise mit Sicherheit davon abhalten wird, den Faden aufzunehmen und ihn weiter zu einer richtigen Essenseinladung zu stricken.

Zum Italiener, am besten in das kleine, lauschige Ristorante in seinem Viertel, das ihn mit den weißrot-karierten Tischdecken immer ein wenig an Susi und Strolch erinnert.

»Darf ich?« Schwer schnaufend schiebt sich Guido Kaminski auf den freien Platz neben Anna-Lena und nickt

Oberkommissar Baranowski zu. »Sehr gut, haben wir einen weiteren braven Katholiken hier am Tisch? Freitag ist Fischtag!«

Mit gerunzelter Stirn taxiert Jens den korpulenten Kollegen aus dem Ermittlerteam der Abteilung für Gewaltverbrechen. Den Faden, jetzt noch was mit Anna-Lena auszuspinnen, kann er gleich wieder fallen lassen. »Frühkindliche Prägung halt, Kollege«, brummelt er vor sich hin, während er schon etwas lustloser den panierten Seelachs mit der Gabel zerteilt. Sofort ist seine Aufmerksamkeit aber voll und ganz auf ihn gerichtet, als der Holzklotz Kaminski, unbewusst ob seiner unsensiblen Ader, sofort ins Dienstliche verfällt.

»Sag mal, Jens, ich habe im Reporting gesehen, dass du vorgestern mit Sarah bei dieser Paketfirma im alten Industriepark warst.«

Erstaunt schaut Jens von seinem Teller auf. »Contex Logistics, ja, da waren wir. Warum fragst du?«

Kaminski kaut zunächst genüsslich auf seinem Fischbrocken herum, bevor er wieder mit leerem Mund antworten kann. »Weil wir da auch gestern Morgen auflaufen mussten. Unfall mit Todesfolge. Gab eigentlich keine Anhaltspunkte für Fremdeinwirkung. Aber jetzt, wo ich gesehen habe, dass ihr auch da wart, da würde ich es noch einmal genauer ansehen wollen. Siehst du bestimmt genauso, oder? Lass mich raten, es ging garantiert um die aktuelle Mordermittlung?«

Baranowski merkt, dass er wieder seine hektischen roten Flecken bekommt. Dummerweise direkt gegenüber von Anna-Lena, aber das ist ihm jetzt egal. »Und eine vermutliche Entführung, wo wir aber noch keine wirklichen Anhaltspunkte und stichhaltigen Hinweise haben. Wer ist tot? Jetzt sag nicht…«

»Doch, doch. Genau der. Martin Pfeifflinger, der Chef der Firma. Genau der, den ihr befragt habt. Als die Morgenschicht zur Paketverladung angerückt ist, haben sie ihn in der Halle gefunden. Muss wohl nach Feierabend noch alleine mit einer Ameise eine viel zu voll gepackte Palette zu hoch angehoben haben, die ihm dann von der Gabel gerutscht ist, als er dummerweise danebenstand und die ihn dann zerquetscht hat. Die Jungs haben versucht, ihn drunter weg zu ziehen und auch die Rettung gerufen. Aber da war schon längst Exitus. Als wir gekommen sind, lag der bereits zugedeckt auf der Trage.« Er zückt sein Handy und gibt es über den Tisch.

Aufgeregt wischt sich der Oberkommissar durch die Fotos und blickt in die leblosen Augen von Martin Pfeifflinger. Dass er ihn nun so wiedersehen wird, hatte er dann doch nicht gedacht.

»Fremdeinwirkung ausgeschlossen?«

Kaminski wiegt bedächtig den Kopf. »Laut Notarzt ja. Der hat gleich den Totenschein ausgestellt. Auch, weil Pfeifflinger dermaßen nach Alkohol gestunken hat! Aber jetzt, im Zusammenhang, dass ihr ihn im Fokus hattet? Vielleicht sollte er doch in die Rechtsmedizin?«

Der Oberkommissar steht bereits mit dem Tablett in der Hand, auf dem ein nahezu noch komplettes Fischfilet in dem Remouladenklecks schwimmt. »Unbedingt! Der muss bei Doktor Schiwago auf den Tisch. Wenn einer was findet, das in Zusammenhang mit unseren Morden steht, dann er! Veranlasst du das? Danke!«

Gequält lächelt er zu Anna-Lena rüber. »Sorry, jetzt wird doch nichts aus unserer gemeinsamen Mittagspause!« Leise lächelt sie zurück. »Wir bekommen mal was hin. Notfalls zücke ich meine Handschellen und kette dich halt fest!« Grinsend sieht er noch aus den Augenwinkeln, wie sich Guido Kaminski hustend an einem großen Stück Backfisch verschluckt, bevor er im Eilschritt aus der Kantine hastet und gleich mehrere Stufen nehmend die Treppe in den dritten Stock hochspurtet. Auf dem Gang läuft er K3 in die Arme.

»Chefin, wir haben neue Entwicklungen im Fall Wanda und Laura.«

Sofort wird er von Katja unterbrochen. »Gleich, mein lieber Jensenmann, ich muss mal schnell runter ins Archiv. Wenn ich zurückkomme, klärst du mich auf. Vollumfänglich. Mich haben nur gerade die Kollegen aus Passau angerufen. Dem Grenzschutz ist ein Transporter ins Netz gegangen mit einem ganz merkwürdigen Fund. Der was mit einer uralten Vermisstensache zu tun hat, an der ich mal dran war. Ich habe schon eine Überstellung des Fahrers zu uns angefordert. Lass mich nur schnell die Akten holen, und nebenbei, du weißt schon…« Sie zückt die Packung aus der Tasche und winkt ihm augenzwinkernd damit zu.

Jens hebt indigniert die Augenbrauen. »Was soll ich da noch sagen? Übrigens, was ist mit dem Thomas Hermes?

Den haben wir auch noch zur Befragung einbestellt. Soll ich den wieder wegschicken, wenn der kommt?«

Katja schaut ihn überlegend an. »Ne, ne, Langer, der soll schön hier antanzen. Ich will jetzt mal Tacheles reden, was mit ihm und seiner Frau ist. Diese Ignoranz geht mir so langsam auf die Nerven. Seine Frau ist weg und der tut so, als ob sie ihm gestohlen bleiben kann. Der soll mal Farbe bekennen. Und wenn ich ihm dazu die Daumenschrauben anlegen muss.«

NEUNUNDDREISSIG

Er summt wieder ihr Lieblingslied, als er in der Küche steht und den Topf mit der Tomatensauce umrührt.

»Alles fertig oben, auch die Wäsche ist gerichtet. Ich gehe wieder oder soll ich noch die Küche später machen?«

Gut gelaunt dreht er seinen Kopf in Richtung der weiblichen Stimme, die aus dem breiten Durchgang zur Empfangshalle kommt.

»Nein, nein, Dilara, Sie haben Feierabend! Und Wochenende! Das bisschen Haushalt, das schaffe ich doch auch noch!« Er muss ein wenig lachen, wie gut doch seine Bemerkung zu dem Lied passt, welches auch sie früher so gerne vor sich hin geträllert hat. »Ach, Dilara, ehe ich es vergesse!«

Die junge Frau mit dem Kopftuch wendet an der Eingangstür noch einmal ihren Blick in seine Richtung.

»In den kommenden Wochen brauche ich Sie nicht. Ich werde viel unterwegs sein und schicke eine Nachricht, wenn Sie wiederkommen müssen!« Fröhlich winkend schaut er, wie die Tür hinter ihr ins Schloss fällt.

Ach, diese Freitage. Wie hat er sie doch immer geliebt. Hatte er sie doch immer ganz allein für sich. Und sie ihn doch auch. Der Papa erst in der Firma und später dann im Club. »Herrenabend«, hat die Mama immer gekichert und geheimnisvoll den Finger vor die Lippen gelegt. »Da darf man nicht stören!«

Und dann hat sie sich ihn gegriffen und feste durchgeknuddelt.

»Aber ich habe doch auch meinen kleinen Herrenabend und du dafür deinen Muttertag. Da lassen wir uns doch niemals stören, stimmt's?« Und dann hat sie sein Leibgericht gekocht: Makkaroni mit Tomatensauce! »Darfst auch kleckern«, hatte sie gesagt, »und du weißt ja, jeden einzelnen Kleckser schmatze ich dir auch wieder weg!« Ach, wie glücklich ihn das alles gemacht hat. Summend rührt er weiter in der Kasserolle.

Und bestimmt wird es auch sie glücklich machen! Diese Apathie, mit der sie am Tisch sitzt, wenn er ihr ihre Mahlzeiten bringt, die wird bestimmt bald vergehen. Vielleicht sogar heute, wenn sie das erste Mal gemeinsam am Tisch sitzen werden. Und sie ihm zum ersten Mal in sein Gesicht sehen kann, wenn er zu Feier des Tages…, ja, er spürt, wie das ein toller Tag werden wird.

Er gibt die dünnen Makkaronis, die man immer so schön schmatzen lassen kann, in das sprudelnde Kochwasser und holt die großen, schweren Pasta-Teller aus dem Schrank. Wie beim feinen Italiener, hat die Mama doch immer gesagt, und guck, wie fein ich mich doch auch für dich gemacht habe!

Sieben Minuten bleiben ihm noch, das Timing ist perfekt.

Das Haus versinkt in der Abenddämmerung, und Licht braucht er keins, als er die Freitreppe in der Empfangshalle nach oben hastet und sich dabei schon aus seinen Alltagsklamotten schält. Nackt kommt er in seinem Schlafzimmer an und zieht die oberste Schublade der Kommode auf, um ein schmales, etwa Din-A4-großes Kuvert herauszunehmen. Ungeduldig reißt er die Verpackung auf und schlüpft in seinen neuen Anzug.

Zufrieden betrachtet er sich im Spiegel und zupft das enganliegende, elastische Gewebe noch ein wenig zurecht.

Ein letztes Mal, grinst er sich zufrieden an.

Nach heute Abend wird er die Maskerade, die wirklich alles von seinem Körper verhüllt, nicht mehr brauchen! Nun aber weiter, es ist keine Zeit zu verlieren. Schon steht er wieder in der Küche und fischt eine Nudel aus dem Topf, die flutschend in seinem Mund verschwindet. Al dente, perfekt! Wieder summt er die altbekannte Schlagermelodie, als er einen großen Klecks

Tomatensauce auf die Teller gibt. Im Kellergang steht der große, schwere Servierwagen vor der Tür bereit.

Jetzt noch die Kerzen, und dann wird sie aber Augen machen!

Vielleicht ist die Trübsinnigkeit schon weiter geschwunden, jetzt, wo er ihr doch auch nichts mehr in ihre Getränke mischen muss, damit sie zur Ruhe kommt. Das schafft sie doch inzwischen ganz allein! Weil er vor ihrem Fenster die Sonne rot untergehen und golden wieder aufgehen lässt. Wo die Nacht die Nacht und der Tag der Tag ist. Eigentlich kann, nein, muss sie doch stolz auf ihn sein, wie er das alles für sie macht! Nur für sie!

Vielleicht sitzt sie ja bereits mit leuchtenden Augen am Tisch, genauso wie damals die Mama, wenn er ihr das Essen auch als Dreikäsehoch wie ein zuvorkommender Gentleman serviert hat. Vielleicht kann er dann sofort die seinen Kopf komplett umhüllende Maske abziehen, die er sich nun ein hoffentlich letztes Mal noch überstreifen wird.

Er öffnet die Tür und verharrt andächtig auf der Schwelle, den Servierwagen mit den brennenden Kerzen vor sich stehend. Trotz des feinen Nylongewebes vor seinen Augen kann er jedes Detail erkennen und tief in sich hineinsaugen.

Da sitzt sie ja!

In dem feinen Kleid, das er extra für den heutigen Abend mit ihr herausgelegt hat.

Das auch sie doch immer so gerne getragen hat, wenn sie ihn kichernd zum »Muttertag« gerufen hat!

Zusammen mit dieser knisternd-glänzenden Strumpfhose, die er ihr dazugelegt hat. Und in diesen wunderbaren Schuhen, in denen sie so erhaben stehen kann.

Sie kann es nicht sehen, besser gesagt, noch nicht sehen, aber ein glückliches Lächeln breitet sich unter seinem schwarz verdeckten Gesicht aus, als er die Teller auf dem Tisch abstellt, das Besteck mit den feinen Damastservietten ausrichtet und die Kerzenleuchter zwischen ihnen platziert. Mit Wohlwollen registriert er, dass sie ihn ungläubig anstarrt, als er Platz nimmt. Das erste Mal! Und nun auch das letzte Mal in dieser Maskerade!

Er greift zum Kinn und will sich schon die Kopfbedeckung herunterziehen, als er zum ersten Mal seit Tagen wieder ihre Stimme hört. Stets hatte sie ihn angeschwiegen, als er ihr genauso schweigend zugesehen hat. Beim Essen, beim Waschen, beim Anziehen. Tagelang.

Doch jetzt ist Schluss. Schlagartig.

»Fick mich!«

Ungläubig starrt er in ihr Gesicht, in dem sich keine Regung zeigt. Und noch einmal setzt sie nach, während ihn die Kälte in ihrer Stimme frösteln lässt. »Los, fick mich!«

Sein Glücksgefühl stürzt urplötzlich in einen unendlichen Abgrund, als er sie aufstehen sieht und fassungslos zusehen muss, wie sie den Pastateller hochhebt, um ihn an der Tischkante zu zerschlagen. Die Melange aus Makkaroni und Tomatensoße färbt das weiße Tischtuch rot und hat sich mit tausend kleinen Spritzern auf dem feinen Kleid verteilt. Mamas Kleid, ihr bestes, ihr liebstes!

»Das ist doch das, was du die ganze Zeit willst, oder?«
Wie Schläge eines Eispickels bohrt sich jede Silbe in sein
inzwischen laut hämmerndes Herz.

Langsam öffnet sie mit einer Hand von der Brust abwärts, Knopf für Knopf das Kleid und geht in Richtung
ihres Schlafzimmers, während die bleistiftdünnen Absätze hart auf das feine Parkett knallen. Noch einmal
dreht sie den Kopf mit ausdrucksloser Miene aus der offenen Tür in seine Richtung, bevor sie im Nebenraum
verschwindet.

»Jetzt fick mich doch endlich!«

Das Blut rauscht in seinen Ohren. Er spürt, wie sein
Blick vor lauter Tränen verschwimmt. Wie kann sie nur?
Wie kann sie nur so mit ihm sprechen? So dreckig, so obszön, so widerwärtig? Nie hatte sie mit ihm doch so gesprochen!

Wieder ertönt ihre Stimme, diesmal brüllt sie es schon
fast. »Los, komm rüber! Fick mich endlich! Oder schaffst
du es etwa nicht, es mir zu besorgen?« Sein Herz rast vor
Wut, als er hinter ihr her stürzt.

Sei still! Sei lieb! Sei mitfühlend!

Sei wie meine Mutter, rast es in wirren Gedankenströ-
men durch seinen Kopf. Er will ihr antworten, doch nur
ein Krächzen kommt aus seinem Hals.

Breitbeinig steht sie inzwischen vor dem Bett und
schaut ihn provokant an, während sie das inzwischen
ganz geöffnete Kleid langsam über ihre Schultern nach
hinten schiebt. »Los, hol ihn endlich raus, deinen Prachtburschen und besorg es mir! Ich kann es…«

Weiter kommt sie nicht. Schallend landet die Ohrfeige in ihrem Gesicht. Mit einer wahnsinnigen Wucht, so dass ihr Kopf förmlich zur Seite fliegt. Und schon holt er wieder aus.

Mit einer Heftigkeit, die sie rückwärts aufs Bett schleudert. Er sieht, wie ihre Augen schlagartig wegklappen.

»Junge, was hast du schon wieder gemacht?« Das Brüllen seines Vaters lässt sein Trommelfell zittern. Hilflos schaut er mit tränenüberströmtem Gesicht auf seine Mutter, die vor ihm auf dem Bett liegt. So als wäre sie friedlich eingeschlafen.

Genauso friedlich wie das kleine Wesen, das in der Trage neben ihr genussvoll am Daumen nuckelt. Nur dass die roten Striemen in ihrem Gesicht nicht von Friedfertigkeit künden.

Wie konnte sie ihm das alles antun? Ihn so kalt abweisen? Ihm die Tür weisen? Ihn aus dem Haus verbannen? Seinem Haus, seiner Heimat! Gerade jetzt, wo er doch zusammen mit ihr…?

Sein Vater reißt ihn an der Schulter herum. Er fühlt, wie sein Gesicht mit seinem ekelhaft feuchten Speichel überzogen wird, als er ihn, keine Nasenlänge entfernt, weiter anbrüllt. »Du Ungeheuer, du Ratte, das war es jetzt! Ein für alle Mal! Du wirst nicht noch einmal in dieses Haus kommen und auch deine Mutter nicht noch einmal…«

Sein Brüllen erstirbt in einem Röcheln, als er mit dem Daumen seinen Kehlkopf immer stärker gegen den

Rachen drückt, und er sieht seinem panischen Blick an, dass er ihm diese Kraft niemals zugetraut hat.

Nein, er ist schon lange nicht mehr der kleine Junge, der schlaff an der Reckstange durchhängt. Er ist jetzt groß geworden, hat seine Muskeln trainiert, ist ihm in allem überlegen. Aber er hat nicht nur seinen Körper trainiert, auch sein Geist ist gewachsen.

Weit weg von zu Hause, in der Ferne, in dieser herrlichen Berglandschaft, in diesem kleinen fremden Land, das aber dem eigenen so nahe ist. Wie er mit seiner Intelligenz, seinem Wissen, seinen Fähigkeiten allen davongelaufen ist. Sogar seinen Lehrern.

Aber er hatte auch mit der ihm so vertrauten, grausamen Einsamkeit aus den Kindertagen zu kämpfen. Doch wie dankbar war er immer wieder, wenn sie ihn besuchen gekommen ist. Diese wunderbaren Tage, ganz allein und nur mit ihr, in diesen herrlichen Räumen, direkt am See, in denen sie so ungestört waren. Tag und Nacht!

Er hört das schmatzende Wesen in der Trage neben seiner reglosen Mutter und ein unendliches Machtgefühl durchströmt ihn.

Ja, in allen bin ich dir überlegen! Und mit diesem glücklichen Triumph im Kopf drückt er nun so fest zu, bis es leise knackt. Dann durchfährt ihn selbst ein wahnsinniger Schmerz.

Ungläubig starrt er an sich herab und sieht, wie die scharfkantige Spitze einer riesigen, weißen Porzellanscherbe tief in seinem Oberschenkel steckt. Auf der sich nun das Rot der Tomatensauce mit dem Rot seines Blutes vermischt. Wie sie herausgezogen und wieder mit unfassbarer Kraft in ihn hineingestochen wird.

Gleich darauf fühlt er die immense Wucht ihres Tritts in seine Weichteile und ihm wird schwarz vor Augen.

VIERZIG

K3 schiebt genervt die Fotos zusammen und schaut den bärtigen Mann eine Weile stumm an. Er erwidert ihren Blick mit ausdrucksloser Miene. Nichts zu machen. Jedenfalls nicht so schnell.

Er weiß, dass sein Geld futsch ist. Die achtzehntausend Euro, die der Grenzschutz aus seinem alten Transporter gefischt hat, wird er gedanklich bereits abgeschrieben haben. Eigentlich war es lediglich eine Routinekontrolle, weil der Streifenbesatzung die defekte Beleuchtung aufgefallen war. Doch als sie dann in das Innere des rostzernarbten Kastenwagens geblickt hatten, war auch das Wort »Ladungssicherung« ein Thema. Bis dann dem einen kontrollierenden Beamten das dicke Geldbündel aus der Werkzeugkiste entgegenrollte. Da stand schnell das Wort »Devisenvergehen« im Raum. Brisant wurde es aber erst, als der Grenzschützer das Ledersäckchen entdeckte, das nun neben der alten Akte und den wenigen Fotos auf dem Tisch im Vernehmungsraum des Polizeipräsidiums liegt.

Katja wendet ihren Blick sehnsüchtig in Richtung Fenster. Wie gerne würde sie jetzt am offenen Fenster eine inhalieren. Das Nikotin richtig tief in sich hineinsaugen. Den Frust über die stockenden Ermittlungen im Mordfall, bei denen auch die Verbindung zu dieser spurlos verschwundenen Frau namens Laura Hermes nicht so richtig Fahrt aufnehmen will, für einen kurzen Moment einfach nur verglimmen lassen.

Und jetzt kommt noch dieser uralte Fall dazu, den der Zufallsfund an der tschechischen Grenze wieder aus den Tiefen des Archivs gespült hat. Direkt auf den Schreibtisch von K3.

Weil sie eine der wenigen, nein, eigentlich die Einzige im Ermittlerteam ist, die vor fünfundzwanzig Jahren direkt daran beteiligt war. Also quasi die letzte Zeitzeugin hier in Präsidium ist. Vielleicht geht sie doch einmal kurz vor die Tür, um sich eine anzustecken. Kurz durchschnaufen und dem Qualm hinterherschauen, wie er sich im kühlen, immer dunkler werdenden Novemberhimmel auflöst.

Ihr Gegenüber schaut sie mit unverändert stoischer Miene an. Katja öffnet nochmals das Bändchen an dem Beutel und kramt die zwei Eheringe heraus, um sie dem Mann vor die Nase zu legen.

»Es sind auch Eltern eines Kindes. Das seit fünfundzwanzig Jahren in der Ungewissheit lebt, was mit ihnen passiert ist. Auch nach so langer Zeit werden sie von ihm bestimmt noch vermisst werden. Wollen Sie ihm das weiter antun?« Noch einmal versucht sie es auf die mütterliche Art.

Der bärtige Mann schaut nun auch auf die zwei goldenen Ringe, in denen die Namen und Daten eingraviert sind, durch die schließlich im Polizeikommissariat in Passau, an das der Fahrer vom Grenzschutz überstellt wurde, die Alarmglocken angingen. Weshalb dann bei Katja das Telefon läutete. »Wir hätten da was zu einem uralten Vermisstenfall beizutragen. Das ist doch eure Baustelle gewesen, oder?«

Katja versucht es ein letztes Mal mit der Schnellumschalttaste. »Oder haben Sie etwas mit dem Mord zu tun? Doppelmord, in dem Fall?« Wieder blickt der bärtige Mann sie an, doch seine Augen bleiben weiter unbeeindruckt, selbst jetzt bei dem von ihr vorgebrachten Tötungsvorwurf.

Erst nach einer Weile hebt er die Hände und grinst sie schief an. »Nix Mord. Ich niemanden getötet. Ich sag nochmal: Hat gelegen in alter Kiste auf Recyclinghof, als ich gebracht habe den Bauschutt von meine Baustelle.« Ihr Blick bleibt auf ihm ruhen, bis er seine Augen abwenden muss und betroffen niederschlägt. Mist, hier wird sie vorerst nicht weiterkommen. Er weiß, dass sie ihn bald wieder gehen lassen muss.

Das mit dem Schwarzgeld wird ihn ärgern, aber vermutlich wird er es bald wieder durch irgendwelche neuen Aufträge hereingeholt haben. Aber egal, eine

Weile wird sie ihn noch schmoren lassen. Noch hat sie den Ermessensspielraum und den kostet sie aus. Der Freitag, das Wochenende ist eh schon kaputt. Und außerdem – wer wartet denn auf sie?

Sie packt die Ringe zurück in den Lederbeutel, greift nach der Akte und den Fotos und nickt ihrem uniformierten Kollegen in der Ecke zu. »Eisinger, der bleibt hier erst mal sitzen. So ganz fertig sind wir noch nicht!«

In der Tür zum Verhörraum stößt sie mit Baranowski zusammen. »Langer, ich geh mal geschwind…« Schon will sie ihm die Unterlagen in die Hand drücken, als er ihr sofort ins Wort fällt. »Der Hermes. Jetzt ist er doch noch gekommen!« Sie sieht auch seinen Augen an, dass er nicht minder genervt ist. »Unfassbar, wo ist er?«

»Sitzt vor unserer Tür, hat versucht, sich mit wichtigen, unaufschiebbaren Meetings zu entschuldigen!«

Katja streicht mit der Hand zärtlich über die Zigarettenpackung in der Tasche ihres Strickcardigans und seufzt gefrustet auf. Also doch nicht. »Komm mit, dem halte ich erst mal die Bergpredigt. Was glaubt denn der Idiot, was wir hier machen? Beamtenmikado spielen? An einem Freitagabend? Wenn jemand eine unaufschiebbare Arbeit vor der Brust hat, dann wir. Weil auch seine Gattin abgängig ist.« Wütend fegt sie mit ihrem Assistenten im Schlepptau los.

»Herr Hermes?« Schon aus der Ferne versucht Katja den Mann, der vor ihrem Büro auf der Bank Platz genommen hat, ins Achtung zu stellen. »Wenn wir Sie für fünfzehn Uhr zur Befragung einbestellt haben, dann meinen wir auch fünfzehn Uhr. Eine Vorladung ist eine Vorladung und wenn Sie vermeiden wollen, dass wir Sie das nächste Mal mit Blaulicht und Eskorte aus Ihrem Büro holen, dann respektieren Sie das ab sofort auch. Es sei denn, Sie wollen Ihren Kolleginnen und Kollegen mal etwas Abwechslung in ihrem tristen Schreibtischleben bieten!«

Sie schaut strafend auf einen gut gebauten Mittfünfziger, der bei ihren ersten Worten bereits aus dem Stuhl aufgesprungen ist und nun mit zerknirschtem Blick vor ihr steht. »Frau Hauptkommissarin Kramer? Es tut mir wirklich leid, es ging heute aufgrund des Bilanzabschlusses drunter und drüber, dann musste das Reporting an den Vorstand, ich weiß, es ist unverzeihlich, aber, vielleicht können Sie da meine Situation…«

Brüsk fällt sie ihm ins Wort. »Ihre Situation ist eigentlich nur die eine, Herr Hermes. Ihre Gattin Laura ist verschwunden. Und wir haben berechtigten Grund zur Annahme, dass ihr Verschwinden in Zusammenhang mit einem Mordfall stehen könnte. Das ist kurz und bündig mein Reporting. Und meinem Bilanzabschluss möchte ich in diesem Fall keine weitere Tote hinzufügen. Weil diese Tote dann wie Ihre Frau aussehen wird. Habe ich mich klar ausgedrückt? Ich behaupte mal, dass das auch der branchenübliche Jargon in Ihrer Sparte ist.« Katja sieht, dass sie ihn mit dieser Ansprache erwischt hat.

Erschrocken schaut der großgewachsene Mann ihr ins Gesicht, während seins inzwischen ziemlich aschfahl geworden ist. Schon etwas milder gestimmt, fasst Katja ihn nun am Arm und zieht ihn in das Büro, gefolgt von Baranowski, der die Szene mit Genugtuung verfolgt hat.

»Nochmals, es tut mir wirklich leid. Und ganz ehrlich: diese Dimension und dieser Zusammenhang waren mir bis gerade gar nicht bewusst. Wir, ähm, also meine Frau und ich, ja, wir haben seit, ähm…,« Seine brüchige Stimme erstirbt mitten im Satz und mit offenem Mund starrt er auf das Foto auf Katjas Aktenstapel, den sie gerade auf dem kleinen Beistelltisch abgelegt hat.

»Herr Hermes, haben Sie irgendwas?«, mustert Katja ihn mit fragendem Blick. »Vielleicht ein Glas Wasser, müssen Sie sich setzen?« Kopfschüttelnd betrachtet er nochmals das Bild, bevor er wieder Katja anschaut.

»Das Bild, ich dachte im ersten Augenblick, aber nein, es ist nur…« Wieder schweigt er.

»Chefin, wie können wir so blind sein!« Konsterniert sieht die Hauptkommissarin zu, wie Jens Baranowski aufgeregt nach dem Foto grabscht und seine hektischen roten Flecken im Gesicht regelrecht zu glühen beginnen. Schon steht er an der Stellwand, um es neben die Aufnahme von Laura Hermes zu pinnen, die ihnen die Fotografin Eva aus einem der vielen Shootings zur Verfügung gestellt hat.

Es ist ein schönes Porträt, richtig festlich zurecht gemacht strahlt sie unter ihren blonden, hochgesteckten Haaren in die Kamera. Und jetzt sieht Katja es auch.

Die seit fünfundzwanzig Jahren vermisste Frau, die auf dem Foto links daneben mit ihrem Ehemann, anscheinend auf einem festlichen Empfang, mit hochgesteckten blonden Haaren in die Kamera strahlt, sieht ihr zum Verwechseln ähnlich!

»Jensenmann, ich bin ein Hornochse in weiblich. Wie kann ich nur so blind gewesen sein!« Mit einem grimmigen Brummen nimmt sie nun Lauras Foto von der Wand und pinnt auch das der toten Wanda ab. »Sie, Herr Hermes, warten bitte vor der Tür auf uns! Und Langer, du kommst mit. Abmarsch zum Verhörraum! Jetzt weiß ich, wie ich ihn knacken werde. Und ich befürchte, wir werden eine Überraschung erleben, mit der wir nicht gerechnet haben.«

Keine drei Minuten später knallt sie die zwei Aufnahmen auf den Tisch. Mit großen Augen betrachtet der Mann zunächst sie und dann die zwei Frauen. Mit einem Nicken bedeutet Katja dem wachhabenden Kollegen, vor der Tür zu warten. Dann öffnet sie das Fenster, um endlich eine Kippe aus der Schachtel zu ziehen. Stumm ist ihr der Bärtige mit seinem Blick gefolgt.

Erst nach drei langen Zügen unterbricht sie die Stille. »So mein Freundchen, jetzt vergessen wir mal die Sache mit dem Schmuck im Bauschutt. Jetzt geht es um Menschenraub und Mord. Es geht um die beiden Frauen da, die du siehst. Eine ist tot, die andere entführt. Und du bist daran beteiligt. Selbst wenn es nur Beihilfe ist. Ich garantiere dir: Dein geliebtes Schwarzes Meer wirst du verdammt lange nicht mehr sehen, wenn du jetzt nicht auspackst!« Wieder herrscht für einen Moment Stille im Raum, bevor der bärtige Mann sich räuspert und Katja schließlich schulterzuckend anblickt.

»Ich habe doch nur gebaut das Puppenhaus in Keller.« Er stockt einen Moment und schaut erneut auf die Fotos, bevor er leise fortfährt. »Alles so, wie er wollte!« Erst jetzt schaltet sich Jens Baranowski ein, der ihm gegenüber am Tisch mit seinem Notizblock Platz genommen hat. »Sein Name, die Adresse?«

Ihm fällt fast der Stift aus der Hand, als der Bärtige sie nennt. Katja hat inzwischen die Zigarette aufgeraucht und ist hinter ihn getreten. »Und den Schmuck hast du doch auch von da!«, zischt sie ihm mit drohender Stimme direkt ins Ohr. Er dreht seinen Kopf über die Schulter, um sie mit seinen schiefen Zahnreihen ebenso schief anzugrinsen.

»War in kleinem Schacht in Heizungsraum. Habe ich gefunden, als ich Anschluss gemacht habe für Puppenhaus. Dachte ich: ist altes Haus, haben vergessen die alten Besitzer. Vermisst heute keiner mehr.« Katja sieht, wie Jens bereits in der Tür angekommen ist und ungeduldig mit den Hufen scharrt. »Chefin, wir sollten…«

Sie nickt ihm zu. »Mach mal alles klar. Das große Besteck. SEK, Rettung, schnellstmöglicher Zugriff. Schick mir den Eisinger rein, damit er unseren Kandidaten hier abführt. Ich komme gleich nach!«

Katja stellt sich nochmals ans Fenster, um sich eine weitere Zigarette anzuzünden. Während sie in tiefen Zügen das Nikotin durch ihre Lunge strömen lässt, betrachtet sie den Bärtigen, dessen Augen nun resigniert auf den Bildern der zwei Frauen vor ihm ruhen. »Du wirst noch ein wenig bei uns bleiben. So ganz raus bist du aus der

Sache nicht. Auch Unwissenheit schützt nicht vor Strafe! Und ich glaube, dass du geahnt hast, was mit, oder besser gesagt, in deinem Puppenhaus passieren soll.« Sie nickt dem Uniformierten zu, der gleich nach Jens in den Verhörraum getreten ist. »Abführen, Herr Kollege!«

Als sie auf ihr Büro zugeht, sieht sie, dass neben Thomas Hermes, der den Kopf gedankenverloren zwischen seinen Händen vergraben hat, inzwischen eine junge Frau in einem knappen Business-Kostümchen Platz genommen hat und in rasender Geschwindigkeit auf ihrem Handy herumtippt. »Herr Hermes?« Sofort springt er auf. Mit einem Seitenblick auf seine Begleitung schaut Katja ihn fragend an.

»Verzeihung, meine Assistentin, Jana Hartwald. Sie hatte unten im Wagen gewartet. Und da ich nicht wusste, wie lange es noch dauern wird, und es ja immer kälter wird…« Die junge Frau schaut auf und lächelt sie höflich an. »Guten Abend, Frau Kommissarin!«

Katja lächelt höflich zurück. Für Assistentin und Büro ein sehr aufreizender Dress. Zeigt schon viel Bein und Busen und auch viel Absatz, das Mädel. Auf dem Polizeipräsidium hätte man damit bestimmt Mühe, die Kollegen rechtzeitig in ihre Streifenwagen zu bekommen. Dann schaut sie ihr in die Augen.

Wache, intelligente Augen blicken zurück. Das Gesicht kommt ihr merkwürdig vertraut vor. »N'abend!«, nickt sie ihr schließlich zu. Auf eine Korrektur ihres richtigen Dienstgrades verzichtet sie. Das hier ist wichtiger. Sie wendet sich wieder Thomas Hermes zu.

»Wir haben eine Adresse. Es ist im alten Industriepark. Ihnen sagen die Beringheim-Werke noch was? Wir bereiten gerade einen Zugriff vor. Ich biete Ihnen an, bei meinem Kollegen und mir mitzufahren. Eventuell wird Ihre Frau Sie brauchen!« Wieder geht ihr Blick zu seiner Assistentin, die ihr Handy inzwischen zur Seite gelegt hat und ihren Worten sehr aufmerksam gefolgt ist.

»Thomas, ich glaube, die Kommissarin hat Recht. Ich kann ja dein Auto nehmen und es dann Montag wieder in der Firma abstellen – falls du bis dahin darauf verzichten kannst. Und mich auch heute nicht mehr brauchst?« Stirnrunzelnd betrachtet Katja nun Thomas Hermes, der inzwischen ziemlich verwirrt auf seine junge Assistentin schaut.

Ihr entgeht nicht, wie sie gerade die Steilvorlage genutzt hat, ihn ganz elegant abzuservieren. Interessiert verfolgt sie nun jede Regung in ihrem schönen Gesicht, als ihr Vorgesetzter wie ein kleiner Schuljunge losstammelt. »Jana, ich, ja klar, ähm, wenn du meinst? Ja, dann also vielen lieben Dank für deine Unterstützung und ich melde mich, sobald ich, ähh…«

Erst Jens Baranowski kann die peinliche Vorstellung beenden, als er mit einem lauten Wumms die Bürotür schließt. »Zugriff läuft. SEK steht bereit. Können wir dann?«

Mit einem leisen Lächeln hakt sich K3 bei Thomas Hermes ein und zieht ihn sanft, aber beharrlich den Gang hinunter. »Ihre Assistentin wird Ihnen schon nicht abhandenkommen. Ganz im Gegensatz zu Ihrer Frau.

Kommen Sie, Herr Hermes, wir alle haben jetzt keine Zeit mehr zu verlieren!«

E I N U N D V I E R Z I G

Ich wusste, dass er zum Schlag ausholen wird. Aber mit der Heftigkeit hatte ich nicht gerechnet. Kaum habe ich die erste verdaut, kommt auch schon die nächste Ohrfeige, die mich tatsächlich niederstreckt.

Nein, Laura, bleib klar, bleib stark, bleib bei Bewusstsein, spreche ich mir selbst Kraft zu, als mich die Wucht aufs Bett schleudert.

Ich spüre, wie mir dennoch kurz die Augen wegklappen. Doch es können nur Sekunden gewesen sein.

Der Mut der Verzweiflung hält mich am Leben, nein, bringt mich zurück. Schnell bin ich wieder da, doch er steht bereits über mir und hat mit seinen Händen meinen Hals eng umklammert. Immer fester beginnen seine Daumen meine Luftröhre zusammenzudrücken.

Ich spüre seine unbändige Kraft, mich zu töten und fühle zugleich meinen unbändigen Willen zu leben! Endlich bekomme ich das scharfkantige Stück zu fassen. Er hat es Gott sei Dank nicht gecheckt, wie ich es im Ärmel verschwinden lassen konnte, als ich den Teller zerschlagen habe. Ich fühle das dicke Porzellan in meiner Hand und steche mit aller Kraft zu. Erneut muss ich sein Scheißblut schmecken, als es mir bis auf die Lippen spritzt. Wieder überkommt mich der Ekel. Aber ich merke sofort, wie sein Druck auf meinen Hals nachlässt. Gut so. Noch einmal ramme ich die spitze Scherbe in seinen Oberschenkel und ziehe sie heraus.

Meine Hand ist blutüberströmt. Ich scheine ihn genau richtig erwischt zu haben. Denn endlich lässt er von mir ab und schaut mir ungläubig in die Augen, bevor ich zum finalen Schlag ausholen kann und ihm die spitzen Heels in seine Eier ramme.

Das war es! Röchelnd bricht die von Kopf bis Fuß schwarzmaskierte Gestalt vor meinen Augen zusammen. Als ich mich vom Bett aufstemme und los haste, merke ich, dass auch eine ganze Menge Blut auf mir gelandet ist. Der BH ist rot gesprenkelt, und in kleinen Rinnsalen fließt es über meinen nackten Bauch an der Strumpfhose herunter. Mein Kleid ist noch geöffnet, doch ich habe jetzt keine Zeit mehr zu verlieren.

Meine Schuhe klackern laut über das Parkett, als ich zur Tür renne. Erst dort wird mir bewusst, dass ich weiterhin seine Gefangene bin. Natürlich ist die Tür verschlossen! Verzweifelt ziehe ich am Knauf. Keine Chance, ich brauche seinen Daumenabdruck, um sie öffnen zu können. So habe ich es doch in den vergangenen Tagen immer wieder beobachten können.

Panisch kreist mein Blick durch das Esszimmer. Auf dem Tisch brennen noch die Kerzen, durch das Fenster scheint der Vollmond und funkelt ein Sternenhimmel. Aber ich weiß ja, dass es nur eine von ihm perfekt gestaltete Illusion ist.

Wie soll ich den großen Kerl den ganzen langen Weg von nebenan bis hier zur Tür bekommen? Ich brauche seinen Daumen.

Eigentlich brauche ich nur seinen Daumen! Kurz schaue ich zum Scherbenhaufen auf und um den Tisch herum. Ob ich damit…?

Angeekelt verwerfe ich den Gedanken allerdings sofort wieder. Da, der Servierwagen! Das könnte funktionieren. Ich schlüpfe aus den Pumps, um besser agieren zu können und hetze nun in den dünnen Nylons mit dem stabil wirkenden Gefährt ins Schlafzimmer. Jetzt nur in keinen Splitter treten, das wäre es noch.

Regungslos liegt mein Peiniger immer noch vor dem Bett. Unter ihm hat sich eine Blutlache gebildet, die langsam größer wird. Mir wird leicht übel, als sich das Gewebe der Strumpfhose mit der Flüssigkeit vollsaugt und meine Fußsohlen förmlich damit tränkt. Aber sein Blut, das nun an meinen Sohlen klebt, scheint mir komischerweise neuen Ansporn zu geben.

Mit aller Kraft ziehe ich an seinen Armen, um ihn aufzurichten. Meine Güte, wie kann ein Mensch so schwer sein! Verzweifelt schaue ich auf die tischhohe Anrichtfläche des Servierwagens. Unmöglich! Wie soll ich ihn jemals da oben rauf bekommen?

Das Bett! Vielleicht kann ich ihn von da aus rüberhieven! Noch zeigt er keine Regung, als ich ihn zur Seite rolle und mit dem Rücken an die Bettkante lehne. Seine Brust von hinten umklammernd, versuche ich ihn auf die Matratze zu ziehen.

Mist, ist das schwer. Ist der schwer! Ich beginne zu schwitzen. Immer wieder rutscht er mir wie ein nasser Sack herunter! Das kann doch nicht sein.

Noch einmal.

Ich beiße die Zähne zusammen und stoße beim nächsten Versuch einen gewaltigen Urschrei aus.

Endlich, geschafft!

Plumpsend landet er auf mir. Und damit auf dem Bett. Angewidert rolle ich ihn von mir runter. Nicht ohne, dass er wieder etwas Blut auf meinem Bauch und meinen Beinen verteilt.

Nur mühsam kann ich die aufsteigenden Magensäfte wieder runterschlucken.

Aber immerhin ist er nun oben. Doch noch ist er nicht da, wo ich ihn haben will. Nun auf den Wagen, den ich direkt vor dem Bett mit den Rollen arretieren kann. Zuerst die Beine. Das ging schnell. Jetzt nur noch den Oberkörper hinterherrollen. Das muss doch gehen!

Mit gespreizten Beinen stehe ich über ihm auf der Matratze und ziehe ihn nach oben. Sein Kopf fällt nach vorn zwischen meine Beine und seine Nase presst sich gegen den Slip und die Strumpfhose, die er mir für diesen Abend zugeteilt hat.

So wie er mir jeden Tag irgendwelche zwar sauber gewaschene, aber bereits getragene Kleidungsstücke aus dem Schrank zugewiesen hat. Sachen, die vor

Jahrzehnten bestimmt mal richtig modisch und bestimmt auch sauteuer waren – die Etiketten sprechen eine eindeutige Sprache.

Angewidert ob dieser Erinnerung an die letzten Tage, aber auch ob der Tatsache, wo sich seine Nase gerade befindet, stoße ich ihn mit einem Beckenschwung von mir weg, so dass sein Kopf mit einem leisen Knacken nach hinten fällt. Ich merke, wie die Anstrengung immer mehr an meinen Kräften zehrt.

Lebt der eigentlich noch?

Und falls er schon tot ist: Funktioniert dann sein Daumenabdruck noch?

In Krimis sieht das immer so einfach aus, wenn sie die Hand eines Toten nehmen, um sein Handy zu entsperren. Aber wenn das nur im Film klappt und hier nicht, dann bin ich hier auf immer und ewig mit einer Leiche gefangen! Die Panik mobilisiert noch einmal alles, was ich aufzubieten habe.

Es knackst erneut, diesmal in seinen Schultern, als ich den leblosen Sack endlich auf den Wagen ziehen kann. Nun schnell zur Tür!

Die Gummiräder surren leise, als wir im Eiltempo nach nebenan schießen. Jetzt nur nicht zu Fall kommen! Puh, geschafft. Ich greife nach seinem schlaffen Arm und halte seinen Daumen gegen den Sensor.

Keine Reaktion!

Verzweifelt ziehe ich am Türknauf.

Laura, denk klar, was bis du doch für eine Idiotin. Du brauchst doch seinen Fingerabdruck! Doch auch die

Hände sind in seinen Ganzkörperanzug eingepackt. So war es schließlich die ganze Zeit, seitdem ich in seiner Gefangenschaft bin. Mit den Zähnen reiße ich an der Naht des dünnen Spandex-Gewebes. Meine Güte, ist das elastisch und nachgiebig! Ich spucke kurz aus, jetzt, ein neuer Versuch! Dann erst sehe ich den schmalen Schlitz unterhalb der Fingerkuppe. Nun habe ich ihn rasend schnell freigelegt.

Das hättest du auch einfacher haben können, du dumme Pute, schelte ich mich selbst.

Es klickt sofort, als ich den blanken Daumen gegen den Sensor presse. Und ich spüre noch was anderes: Widerstand! Seine Muskeln zucken, ein leises Stöhnen dringt an mein Ohr.

Er lebt ja doch noch!

Und er kommt wieder zu Bewusstsein!

Panisch reiße ich die Tür auf und gebe dem Servierwagen einen kräftigen Schubs, so dass er schlingernd in den Raum zurückschießt und schließlich gegen den Türrahmen zum Schlafzimmer prallt, wo er mit seiner menschlichen, nein eigentlich unmenschlichen Ladung umkippt. Krachend landet das schwarze Wesen auf dem Fußboden. Was ihn anscheinend endgültig zu Bewusstsein bringt.

Ich sehe, wie er mit einem leisen Aufstöhnen seinen weiterhin verdeckten Kopf in meine Richtung dreht. »Mutti! Tu es nicht! Verlass mich nicht! Nicht noch einmal!«

Hat er wirklich gerade Mutti zu mir gesagt?

Krachend schlage ich die Tür hinter mir zu. Mit seiner Verletzung wird der mich hoffentlich so schnell nicht einholen können. Aber noch bin ich nicht draußen. Es ist stockfinster. Tastend suche ich nach einem Schalter neben der Tür. Da ist was! Es klickt und Neonröhren flackern auf.

Ein langer Gang, von dem sechs weitere Türen abgehen. Hoffentlich sind die nicht auch so gesichert. Egal, nichts wie weg von hier. Plötzlich ertönt das fauchende Geräusch, welches ich tagelang immer wieder aus der Ferne gehört habe, ganz nah an meinem Ohr. Hinter diese Tür brauche ich erst gar nicht gucken, es wird der Heizungsraum sein.

Ich reiße die nächste auf und schaue mit Schrecken in mein Verlies der letzten Tage. Das metallene Bettgestell, die dreckige Matratze ohne Bezug, die Ketten und Ringe, der Ohrensessel in der Ecke. Kein Eimer, klar. Der steht jetzt in meinem Schlafzimmer.

So ein Ekel! Nun weiter!

Auch die nächste ist unverschlossen: Das Flurlicht fällt in einen riesigen Fitnessraum mit gläsern eingefasster Luxusdusche. Erschrocken zucke ich zusammen, als ich eine Bewegung wahrnehme. Steht da jemand in diesem Raum, ist es der Silhouette nach etwa eine andere Frau?

Ich gehe zwei Schritte auf sie zu. Erst dann fällt mir auf, dass es mein Spiegelbild ist, das mir im Halbdunkel des Raumes entgegenleuchtet.

Entsetzt schaue ich auf ein blutverschmiertes Etwas, das Kleid noch immer geöffnet, die Haare vollkommen verstrubbelt. Meine Güte, Laura, du bist ja reif für eine Horrorshow! Doch Halloween ist lange vorbei und für Schönheitspflege bleibt jetzt keine Zeit: Ich muss hier raus, und zwar schnellstens. Fassungslos schaue ich hinter der nächsten Tür, wie das Licht aus dem Kellergang in ein perfekt eingerichtetes, penibel sauberes Labor hineinscheint, das es mit einem Krankenhaus aufnehmen kann. Hier wird das Schwein also seine Cocktails angerührt und Spritzen aufgezogen haben.

Ein Frösteln überzieht mich, als ich an die vielen Tage denke, wie er mich so in Schach gehalten hat, mich immer wieder ins Delirium geschickt hat und so jedes Bewusstsein für Zeit und Raum in mir aufgelöst hat.

Waren es wirklich nur Tage? Oder sind es bereits Wochen geworden? Ich weiß es nicht mehr und jetzt ist es mir auch egal.

Ich werde frei sein. Und zwar in wenigen Minuten! Das spüre ich mit jedem Gedanken und in jeder Faser meines Körpers. Nur noch zwei Optionen bleiben, und gleich habe ich die richtige!

Ich höre, wie sich in meinem Rücken etwas regt und schaue panisch über meine Schulter. Eine hinkende Gestalt erscheint stöhnend am Ende des Ganges und stützt sich im offenen Türrahmen ab.

»Laura! Bleib bei mir! Geh nicht!«

Wer ist dieser Typ? Woher, nein, warum kennt der mich? Was will der nur? Langsam hinkt die immer noch schwarz verhüllte Gestalt auf mich zu. Ich sehe den Feuerlöscher neben mir hängen und reiße ihn vom Haken.

Ein weißer Sprühnebel hüllt sofort den ganzen Gang ein. Als er leer ist, werfe ich den schweren Behälter in die weiße Wand und höre ihn mit einem dumpfen Geräusch zunächst gegen einen Körper prallen und dann krachend auf den Kellerfliesen aufschlagen, bevor ich die vorletzte Tür aufreiße und einen Freudenschrei ausstoße. Ein Treppenhaus! Endlich.

Mit einem lauten Schlagen lasse ich auch diese Tür hinter mir zufallen. Und sehe, juchhe, einen Schlüssel in ihr stecken. Klick! Mit einem Dreh rastet das Schloss ein. Und noch ein weiteres Mal drehe ich den Schlüssel um. Sicher ist sicher!

Gleich mehrere Stufen nehmend haste ich nach oben und bin froh, dass ich in diesem Moment nicht diese gottverdammten High Heels tragen muss. Durch riesige Dachfenster fällt das Licht des Vollmonds in eine große, nur mit einem Ecksofa und Couchtisch spärlich eingerichtete Empfangshalle, die sich über in offener Bauweise über zwei Etagen erstreckt.

Dieses Mal ist es keine Illusion! Das ist der echte Mond, den ich endlich wieder zu sehen bekomme.

Befreit atme ich auf. Da, die Eingangstür. Raus hier. Sofort, Laura, guck dich nicht mehr um! Schon stehe ich auf dem Podest und atme zum ersten Mal seit einer gefühlt kleinen Ewigkeit wieder kalte, klare Luft in mich hinein.

Aber wo zum Teufel bin ich hier gelandet? Nach irgendeiner Orientierung suchend scannen meine Augen die Umgebung ab. Ich stehe im Nirgendwo eines stillen, einsamen Industriegebiets. Das hohe Gebäude auf der gegenüberliegenden Straßenseite liegt wie auch die angrenzende Lagerhalle in vollkommener Dunkelheit.

Ich haste den wild umwucherten Weg zur Straße vor, bis ich an dem eisernen Gartentor stehe. Natürlich, auch das ist verschlossen. Der Knauf lässt sich weder drücken noch drehen. Doch hier soll die Höhe kein Hindernis darstellen. Ein Schwung reicht und ich sitze rittlings auf dem schmalen Steg, dann lasse ich mich sachte nach unten gleiten. Ich blicke die schmale Straße hinunter und stutze.

Habe ich nicht dahinten am Ende des Weges vor nicht allzu langer Zeit an dem Zaun gestanden und mir die Seele aus dem Leib gekotzt? Nach diesem verhängnisvollen Sadomaso-Abend bei Marie und Markus, der inzwischen in einer vollkommen anderen Zeitzone angekommen ist? Und im Vergleich zu meinen jüngsten Erlebnissen in dem Keller dieses Hauses ja wirklich nur ein harmloses Sex-Spielchen gewesen ist?

Aber wie schrill ist das denn, dass ich rein zufällig, genau an dieser Stelle…? Kann das wirklich nur ein Zufall sein?

Unwirsch wische ich meine Erinnerungen zur Seite. Komm Laura, denk jetzt nicht weiter nach, mach dich auf den Weg! War nicht gleich dahinter die Schnellstraße? Erleichtert atme ich auf, genau das wird mein Ticket ins Leben sein, irgendein Auto werde ich dort doch stoppen können! Die fünf- oder sechshundert Meter schaffe ich mit links. Auf jeden Fall nichts wie weg hier.

Trotzdem aber muss ich doch ein letztes Mal zurück auf das mir unbekannte Anwesen schauen, wo ich wie eine Leibeigene, wie eine Sklavin, nein, wie ein ungezähmtes Tier gefangen gehalten wurde. In einem Sadomaso-Stück, das keine Regeln, kein Pardon und vor allem aber auch kein Stoppwort kannte. Das Haus ist von der Straße aus kaum zu sehen, nur mächtige Industriehallen, die sich etwas weiter entfernt auf dem Grundstück hinter dem schwarzen Gestrüpp gegen den mondhellen Nachthimmel abzeichnen.

Dann endlich höre ich es. Und ein unendliches Glücksgefühl erfasst mich.

Ich habe es geschafft.

Wie auch sie es wohl geschafft haben.

Aus der Ferne dringt Sirengeheul an mein Ohr, das immer näherzukommen scheint. Erleichtert atme ich auf. Das war es! Gleich werde ich endgültig in Sicherheit sein. Der Schock, die Angst der letzten Tage, sie sind auf einen Schlag wie weggeweht.

Adrenalin, nein pures Glück durchströmt mich. Ich bin frei!

Ich bin am Leben!

Ich habe es geschafft!

Wo ist ein Spiegel, in dem ich mein Lachen sehen kann? Später!

Nun zunächst Krönchen richten und los! Die Eiseskälte des narbigen Asphaltbands kriecht durch das dünne, immer noch blutdurchtränkte Nylongewebe in meine Fußsohlen, als ich, das Kleid wieder langsam

zuknöpfend, auf der Straßenmitte dem Meer an Blaulich-
tern entgegengehe und in dem Augenblick komischerweise nur an eins denken kann: Warum, zum Teufel, hast
du nur die Schuhe im Keller stehen gelassen?

ZWEIUNDVIERZIG

Der Morgen graut, als er die letzten Fahrzeuge abrücken
hört. Mühsam stemmt er sich hoch und schaut durch das
windschiefe Lamellengitter aus dem obersten Stockwerk
des Nachbargebäudes auf die Straße. Langsam rollen
zwei Streifenwagen und der weiße Transporter der Spu-
rensicherung die Sackgasse hinunter in Richtung
Schnellstraße. Er wartet, bis sie endgültig aus seinem
Blickfeld verschwunden sind. Nun ist wieder alles leer
und still geworden.

Wehmütig schaut er nochmals aus der Vogelperspek-
tive von gegenüber auf sein Anwesen. Ob er es jemals
wieder betreten kann?

Vorerst auf jeden Fall nicht. Mit Sicherheit werden im
Tagesverlauf nochmals Heerscharen an Polizisten sein
Haus durchkämmen und dabei auch sein ganzes bisheriges Leben konfiszieren. Was ihm einen mindestens genauso großen Schmerz verursacht, wie die zwei

klaffenden Stichwunden, die sie ihm verpasst hat. Aber gut! Er hat es rechtzeitig geschafft. Und alles andere wird sich klären!

Was sie alles noch finden werden, wird überschaubar bleiben. Die wirklich wichtigen Dokumente sind anderweitig gesichert. Genauso wie sein Vermögen. Die Daten sind in der Cloud und seinen Computer samt Festplatten werden sie nicht mehr rekonstruieren können. Der Killschalter in der Garage wird den entscheidenden Impuls gegeben haben. Gut, dass er entsprechend vorgesorgt hat. Wichtiger wird jetzt was anderes sein.

Erneut kontrolliert er den Druckverband, der sich schon wieder dunkelrot durchgefärbt hat. Zum Glück hat sie mit der Monsterscherbe nicht seine Arterie, sondern nur eine Vene getroffen. Zwar hat die Blutung schon erheblich nachgelassen, aber bei jeder Bewegung reißt die Wunde doch wieder auf. Sie muss fachgerecht versorgt werden. Und natürlich weiß er auch schon wo! Er zieht wieder das kleine Besteck aus seinem Notfallrucksack heraus, den er sich aus dem vorbereiteten Versteck in der Garage gegriffen hat, bevor er durch die kleine Seitentür nach draußen gehumpelt ist.

Zuvor hatte er sich mit dem zerrissenen Bettlaken bereits die Wunde bestmöglich abgepresst, um auf seinem Weg nach draußen keine verräterischen Blutspuren zu hinterlassen. Die kaum profilierten Turnschuhe, die er erst auf dem Rasen übergestreift hat, tun ihr Übriges. Er klopft die Luft aus der dünnen Spritze heraus und jagt sich die Injektion in seinen Körper. Der eigens präparierte Cocktail wird ihm wieder die notwendige Kraft verleihen, um sich weiter in Sicherheit zu bringen.

Erst jetzt schält er sich mühsam und mit zusammengebissenen Zähnen aus den zerfetzten Resten seines enganliegenden Lycra-Overalls heraus. Geschafft. Dann fördert er aus dem Rucksack ein kleines Wäschebündel zu Tage. Vorsichtig schlüpft er in eine schwarze, weit geschnittene Leinenhose und zieht sie am Oberschenkel vorsichtig über den Druckverband. Jede Bewegung verursacht einen stechenden Schmerz, der ihn am ganzen Körper zittern lässt. Er spürt, wie die Betäubung, die er sich selbst verpasst hat, langsam nachlässt.

Aber noch will er nicht nachspritzen, denn er merkt, wie ihn das Mittel auch im Denken und Handeln zu träge macht. Also weiter. Als er sich den dunklen Hoodie überstreift, hört er aus der Ferne das brummende Geräusch eines Fahrzeugs näherkommen.

Erschrocken hält er inne. Wieder schaut er durch den leise klappernden Lamellenvorhang nach draußen. Zwei gleißend helle, schneeweiß leuchtende Kreise kommen langsam die Sackgasse heruntergefahren.

Angespannt verfolgt er, wie das große Nobelauto vor seinem Haus stoppt und erst nach einer ganzen Weile der leise wummernde Sound des PS-starken Motors erstirbt. Wieder herrscht Stille. Minutenlang passiert nichts. Schließlich öffnet sich doch die Fahrertür und mit ungläubigem Staunen beobachtet er die schlanke, hochgewachsene Gestalt, die auf die Straße tritt und im Dämmerlicht des beginnenden Tages langsam auf sein Haus zugeht. Bis sie vor dem Gartentor angekommen ist und plötzlich suchend um sich blickt.

Aus seinem Versteck schaut er zum ersten Mal in das Gesicht, das gerade von den ersten Strahlen der aufgehenden Sonne beschienen wird.

Und schließlich spürt er die Tränen, die ihm ohne Unterlass über die Wangen laufen.

»Hoffnung«
Buch Drei der Laura-Trilogie kommt!

Folgen Sie der Autorin Katharina Tannhäuser
und ihren Protagonistinnen
auch auf Instagram und TikTok